춘원 이광수 전집 2

개척자

정홍섭 | 서울대학교 및 동 대학원을 졸업했고, 현재 아주대학교 다산학부대학 교수로 재직
중이다. 국문학 연구서로『채만식 문학과 풍자의 정신』,『소설의 현실·비평의 논
리』, 편저로『채만식 선집』,『탁류』, 교양서로『삶의 지혜를 찾는 글쓰기』, 역서로
『파르치팔과 성배 찾기』,『감의 빛깔들』,『벤담과 밀의 공리주의』,『에드먼드 버
크: 보수의 품격』등이 있다.

춘원 이광수 전집 2

개척자

초판 1쇄 발행 2019년 4월 15일

지은이 | 이광수
감　수 | 정홍섭

펴낸이 | 지현구　　　　　　　　펴낸곳 | 태학사
등　록 | 제406-2006-00008호　　주　소 | 경기도 파주시 광인사길 223
전　화 | (031) 955-7580　　　　전　송 | (031) 955-0910
전자우편 | thaehaksa@naver.com　홈페이지 | www.thaehaksa.com
편　집 | 조윤형·오은미·김성천　디자인 | 이보아·이윤경·김선은

값은 뒤표지에 있습니다.

ISBN　979-11-6395-033-2　04810
　　　　979-11-6395-031-8　(세트)

이 도서의 국립중앙도서관 출판예정도서목록(CIP)은 서지정보유통지원시스템
홈페이지(http://seoji.nl.go.kr)와 국가자료종합목록시스템(http://www.nl.go.kr/kolisnet)에서
이용하실 수 있습니다.(CIP제어번호: CIP2019011759)

이 전집은 춘원 이광수 선생 유족들의 협의를 거쳐 막내딸인 이정화 여사의 주관으로 발간되었습니다.

춘 원 **이 광 수** 전 집 **2**

개척자

장편
소설

정홍섭 감수

태학사

이광수(李光洙, 1892~1950)

일러두기

1. 이 책은 홍문당서점 간행 초판(1922. 12. 20)과 4판(1924. 9. 20), 그리고 회동서관 간행 5판 (1930. 4. 30) 등 작가 생전에 간행된 단행본을 저본으로 삼고, 처음 발표되었던 『매일신보』 연재본(1917. 11. 10~1918. 3. 15)을 함께 참조하였다.

2. 이 책은 2017년 3월 28일 문화체육관광부 고시 '한글 맞춤법'에 따라 현대어로 옮긴 것이다. 각각의 작품은 저본에 충실하되, 현대적인 작품으로 일신하고자 하였다. 단, 작가의 의도를 드러낼 필요가 있거나 사투리, 옛말, 구어체 중에서도 오늘날 의미나 어감이 통하는 표현은 가급적 살리고자 하였다.

3. 한글만 쓰기를 원칙으로 하되, 낱말의 뜻을 파악하기 어려운 한자어나 외국어의 경우, 혹은 경전, 시가, 한시, 노래 등의 원문을 그대로 인용한 경우에는 한글을 먼저 쓰고 한자 또는 해당 원어를 병기하였다.

4. 대화는 " "로, 등장인물의 생각이나 강조의 뜻은 ' '로, 말줄임표는 '……'로 표기하였다. 읽는 이들의 편의와 문맥을 감안하여 원문의 의미를 훼손하지 않는 선에서 적절하게 문장부호를 추가, 삭제하거나 단락 구분을 하였다.

5. 저술, 영화, 희곡, 소설, 신문 등의 제목은 각각의 분량을 기준으로 「 」와 『 』로 표기하였다.

6. 숫자는 가급적 한글로 표기하되, 연도 등 문맥을 고려하여 필요하다고 판단되는 경우에는 아라비아 숫자로 표기하였다.

7. 현행 외래어 표기법을 따르되, 그 쓰임이 굳어진 것은 관례적인 표현을 따랐다.

8. 명백한 오탈자라든가 낱말의 순서 바뀜 등의 오류는 바로잡았다. 선정한 저본만으로 해결할 수 없는 경우, 다른 판본을 참조하여 수정하였다.

9. 이상의 편집 원칙에 따르되, 감수자가 개별 작품의 특성을 고려하여 유연하게, 탄력적으로 이 원칙들을 적용하였다.

발간사

　춘원연구학회가 춘원(春園) 이광수(李光洙) 연구를 중심축으로 하여 순수 학술단체를 지향하면서 발족을 본 것은 2006년 6월의 일이다. 이제 춘원연구학회가 창립된 지도 13년이 되었다. 그동안 우리 학회는 2007년 창립기념 학술발표대회 이후 학술발표대회를 16회까지, 연구논문집『춘원연구학보(春園研究學報)』를 13집까지, 소식지『춘원연구학회 뉴스레터』를 13호까지 발간하였다.

　한국 현대문학사에 끼친 춘원의 크고 뚜렷한 발자취에 비추어보면 그동안 우리 학회의 활동은 미약하였다. 그러나 여러 가지 어려운 여건 속에서도 학회를 창립하고 3기까지 회장을 맡아준 김용직 선생님과 4〜5기 회장을 맡아준 윤홍로 선생님, 그리고 학계의 원로들과 동호인들의 각고의 노력으로 우리 학회의 내일이 한 시대의 문학과 문화사에 깊고 크게 양각될 것으로 기대된다.

　일제강점기에 춘원은 조선인들에게 민족의식을 일깨워주고 문학적 쾌락을 제공하였다. 춘원이 발표한 글 중에는 일제의 검열로 연재가 중단되거나 발간이 금지된 것도 있다. 춘원이 일제의 탄압에도 끊임없이 소설을 쓴 이유는 「여(余)의 작가적 태도」에 잘 나타나 있다. 이 글은 검열을 의식하면서 쓴 글임에도 비교적 자세히 춘원의 입장을 밝히고 있다. 춘원은 "읽을 것을 가지지 못한" 조선인, 그중에도 "나와 같이 젊은 조선의 아들 딸을 염두에" 두고 "조선인에게 읽혀지어 이익을 주려" 하는 것이라 하면서, 자신이 소설을 쓰는 근본 동기가 "민족의식, 민족애의 고조, 민족운동의 기록, 검열관이 허(許)하는 한도의 민족운동의 찬미"라고 밝히고 있다. 춘원의 소설은 많은 젊은이에게 청운의 꿈을 키워주기도 하고 민족적 울분을 삭여주기도 했다.

뿐만 아니라 춘원은 『신한자유종(新韓自由鐘)』의 발간, 2·8독립선언서 작성, 대한민국 임시정부 수립, 임시정부의 『독립신문』 사장, 수양동맹회(修養同盟會)와 수양동우회(修養同友會), 그리고 동우회(同友會) 활동 등 독립운동과 민족운동에 참여한 바 있다.

일제는 1937년 7월, 중일전쟁 직전인 1937년 6월부터 1938년 3월까지 수양동우회와 관련이 있는 지식인 180명을 구속하고 전향을 강요하였으며, 1938년 도산(島山) 안창호(安昌浩)의 사후 춘원은 전향하고 '가야마 미쓰로(香山光郎)'로 창씨개명을 하게 된다.

당시의 정황은 우리가 생각하는 것처럼 단순하지 않다. 조선의 히틀러라 불리는 미나미 지로(南次郎) 총독이 전시체제를 가동하여 지식인들의 살생부를 만들고 그들의 생명을 위협하던 시기였다. 나라를 잃고 민족만 남아 있는 일제강점기에 우리 선조들은 온갖 고난을 감수해야만 했다. 일제에 저항하여 독립운동을 하고 옥사한 사람들도 있지만, 생존을 위해 일제에 협력하고 창씨개명을 한 이들도 적지 않았다.

해방 후 춘원은 자신의 과오를 반성하지 않고, 자신은 민족을 위해 친일을 했고, 민족을 위해 자기희생을 했노라고 했다. 이러한 주장은 많은 사람들로부터 질타를 받았다. 그럼에도 춘원을 배제하고 한국 현대문학과 현대문화를 논할 수 없으며, 그가 남긴 문학적 유산들을 친일이라는 이름으로 폄하하는 것은 온당해 보이지 않는다. 문학 연구에 정치적인 논리나 진영 논리가 개입하면 객관적인 연구가 진척될 수 없다. 공과 과를 분명히 가리고 논의 자체를 논리적이고 이지적으로 전개해야 재론의 여지가 생기지 않는다.

삼중당본 『이광수전집』(1962)과 우신사본 『이광수전집』(1979)은 편집자의 의도에 따라 많은 작품이 누락되어 춘원의 공과 과를 가리기에 어려움이 있다. 또한 현대어와 거리가 먼 언어를 세로쓰기로 조판한 기존의 전집은 현대인들이 읽기에 어려움이 있다.

따라서 춘원이 남긴 모든 저작물들을 포함시킨 새로운 전집을 발간할 필요성이 제기되었다. 춘원연구학회에서는 춘원의 공과 과를 객관적으로 평가하는 장을 마련하기 위해 춘원학회가 아닌 춘원연구학회라 칭하고 창립대회부터 지금까지 공론의 장을 마련해왔으며, 새로운 '춘원 이광수 전집' 발간을 준비해왔다.

전집 발간 준비가 막바지에 달한 2015년 9월 서울 YMCA 다방에 김용직, 윤홍로, 김원모, 신용철, 최종고, 이정화, 배화승, 신문순, 송현호 등이 모여, 모 출판사 사장과 전집을 원문으로 낼 것인가 현대어로 낼 것인가, 그리고 출판 경비는 어느 정도로 할 것인가를 가지고 논의했으나 합의점을 찾지 못했다. 2016년 9월 춘원연구학회 6기 회장단이 출범하면서 전집발간위원회와 전집발간실무위원회를 구성하였다. 전집발간위원회는 송현호(위원장), 김원모, 신용철, 김영민, 이동하, 방민호, 배화승, 김병선, 하타노 등으로, 전집발간실무위원회는 방민호(위원장), 이 경재, 김형규, 최주한, 박진숙, 정주아, 김주현, 김종욱, 공임순 등으로 구성하였다.

전집발간위원들과 전집발간실무위원들은 연석회의를 열어 구체적인 방안들을 논의하고, 또 전집발간실무위원들은 각 작품의 감수자들과 연석회의를 하여 세부적인 사항들을 논의한 끝에, 2017년 6월 인사동 '선천'에서 춘원연구학회장 겸 전집발간위원장 송현호, 태학사 사장 지현구, 유족 대표 배화승, 신문순 등이 만나 '춘원 이광수 전집' 발간 계약을 체결하였다. 춘원이 남긴 작품이 방대한 관계로 장편소설과 중·단편소설을 먼저 발간하고 그 밖의 장르를 순차적으로 발간하기로 하였다. 또한 일본어로 발표된 소설도 포함시키되 이 경우에는 번역문을 함께 수록하기로 하였다.

전집발간위원회에서 젊은 학자들로 감수자를 선정하여 실명으로 해당 작품을 감수하게 하며, 감수자가 원전(신문 연재본, 초간본, 삼중당본, 우신사본 등)을 확정하여 통보해주면 출판사에서 입력하여 감수자에게 전송해주고, 감수자는 판본 대조, 현대어 전환을 하고 작품 해설까지 책임지기로 하였다.

'춘원 이광수 전집' 발간은 현대어 입력 작업이나 경비 조달 측면에서 간단한 일이 아니어서 오랜 시일이 소요되었다. 전집 발간에 힘을 보태주신 김용직 명예회장은 영면하셨고, 윤홍로 명예회장은 요양 중이시다. 두 분 명예회장님을 비롯하여 전집발간위원회 위원, 전집발간실무위원회 위원, 감수자, 유족 대표, 그리고 태학사 지현구 사장님께 감사드린다. 아울러 실무를 맡아 협조해준 전집발간실무위원회 김민수 간사와 춘

원연구학회의 신문순 간사, 그리고 태학사 관계자에게도 고마운 마음을
전한다.

2019년 4월 1일

춘원이광수전집발간위원회 위원장 송현호

차례

1의 1

화학자 김성재(金性哉)는 피곤한 듯이 의자에서 일어나서 그리 넓지 아니한 실험실 내로 왔다 갔다 한다. 서향 유리창으로 들이쏘는 시월 석양빛이 낡은 양(洋)장판에 강하게 반사되어 좀 피척(疲瘠)하고 상기한 성재의 얼굴을 비춘다. 성재는 눈을 감고 뒷짐을 지고 네 걸음쯤 남으로 가다가는 다시 북으로 돌아서고, 혹은 벽을 연(沿)하여 실내를 일주하기도 하더니 방 한복판에 우뚝 서며 동벽에 걸린 팔각종을 본다. 이 종은 성재가 동경서 고등공업학교를 졸업하고 돌아오는 길에 실험실에 걸기 위하여 별택(別擇)으로 사온 것인데, 하물(荷物)로 부치기도 미안히 여겨 꼭 차중(車中)이나 선중(船中)에 손수 가지고 다니던 것이다. 모양은 팔각목종에 불과하지마는 시간은 꽤 정확하게 맞는다. 이래 칠 년간 성재의 평생의 동무는 실로 이 시계였었다. 탁자에 마주 앉아 유리 시험관에 기기괴괴한 여러 가지 약품을 넣어 흔들고 젓고 끓이고 하다가 일이 끝나거나 피곤하여 휴식하려 할 때에는 반드시 의자를 핑 돌려 이 팔각종의 시침, 분침과 똑딱똑딱하는 소리를 듣고는 빙긋이 웃는 것이 예였다. 칠년간이나 실험실 내 고단한 생활에 서로 마주 보고 있었으니 정이 들 것도 무리는 아니다. 칠 년 묵은 목종은 벌써 칠이 군데군데 떨어지고 면의 백색 판에도 거뭇거뭇한 점이 박히게 되었다. 돌아가는 소리도 여전하고 시간도 매양 정확하게 맞되 기름이 다함인지 금년 철 잡아서는 두어 번 선 적이 있었다. 성재는 시계가 선 것을 보고는 가슴이 두근두근하도록 놀라고, 그의 누이 되는 성순(性淳)도 그 형과·더불어 걱정하였다. 그러다가 시계가 다시 돌아가기 시작하면 형매(兄妹)는 기쁜 듯이 서로 보고 웃었다.

고요한 방에서 성재가 혼자 시험관을 물끄러미 주시하고 앉았을 때에는 그의 측면에 걸린 팔각종의 똑딱똑딱 돌아가는 소리만 온 실내를 점령하는 듯하였다. 그러다가는 의례히 성재가 일어서서 지금 모양으로 실내를 왔다 갔다 한다. 성재는 흔히 시계 소리에 맞춰서 발을 옮겨놓았고, 성재가 걸음을 좀 빨리 걸으면 시계도 빨리 가고 더디 걸으면 더디 가는 듯도 하였다. 성재는 그 팔각종을 노려보며 팔짱을 끼고,

"칠 년! 칠 년이 짧은 세월은 아닌데."

하고 고개를 돌려 지금 실험하던 시험관을 본다. 그 시험관에는 황갈색 액체가 반쯤 들어서 가만히 있다. 성재는 빨리 탁자 앞으로 걸어가서 그 시험관을 쳐들어서 서너 번 쩔레쩔레 흔들어보더니, 무슨 생각이 나는지 의자에 펄썩 주저앉으며 주정등(酒精燈) 뚜껑을 열고 바쁘게 성냥을 그어서 불을 켜놓은 뒤에, 그 시험관을 반쯤 기울여 그 불에 대고 연해 빙빙 돌린다. 한참 있더니 그 황갈색 액체가 펄럭펄럭 끓어오르며 관구(管口)로 무슨 괴악한 냄새 나는 와사(瓦斯)가 피어오른다. 성재는 고개를 반만

치 기울이고 한창 비등하는 액체만 주시할 때에, 그 눈은 마치 유리로 하여 박은 듯이 깜박도 아니 한다. 그러나 그 악취가 실내에 가뜩 차게 되매 제아무리 성재라도 가끔 손수건을 코에 대기도 하고 소매로 눈을 씻기도 한다. 한참 이 모양으로 시험관을 돌리더니 다시 그것을 세워놓고는 탁자 위에 놓았던 조그마한 병에서 백색 분말을 조금 떠내어서 천칭에 단다. 조그마한 숟가락으로 병의 것을 더 떠서 천칭에 놓기도 하고 천칭의 것을 도로 떠서 병에 넣기도 하더니, 얼마 만에 천칭이 평형을 얻어 가만히 서는 것을 보고 얼른 천칭 접시를 들어 그 백색 분말을 시험관에 집어넣는다. 그 분말이 들어가자 시험관 속에서는 푸시시 하는 소리가 나며 수중기 같은 것이 피어오른다. 성재는 수중기가 그치기를 기다려서 다시 그 시험관을 주정등에 대고 아까 모양으로 빙빙 돌린다. 그 황갈색 액체는 아까보다 조금 담(淡)하게 되었으나 여전히 황갈색대로 부글부글 끓으며 잠깐 쉬었던 악취를 발한다. 일심(一心)으로 시험관을 보고 앉았는 곁에서는 그 팔각종이 똑딱똑딱하면서 주인의 실험하고 앉았는 양을 물끄러미 내려다본다. 주인의 얼굴에는 기쁜 듯한 미소와 걱정스러운 듯한 찡그림이 몇 분간을 새에 두고 번갈아 왕래한다.

1의 2

이러할 때에 안으로 통한 문이 방싯 열리더니 서양 머리 쪽진 십팔구세가 되었을 듯한 처녀가 가만히 들어선다. 얼굴은 그렇게 미인이라고할 수는 없으되 가지런한 눈썹 밑으로 맑은 영채(暎彩)를 발하는 눈과 둥그스름한 아래턱이 퍽 사랑스럽다. 머리에는 기름도 아니 바르고 좀 헙수룩하게 쪽진 데다가, 지금 무슨 부엌일을 하다가 오는지 부르걷은, 고운 때 묻은 양목 겹저고리 소매 밑으로 하얀 팔뚝이 보인다. 키는 중키나 될까, 비록 검소한 의복에 모양을 보지 아니하는 태도이언마는 무엇을 입으나 잘 어울릴 듯한 그러한 체격이다. 그 얼굴이 좀 길쭉하고 윗입술이 좀 두터운 모양이 그가 김성재와 동기인 것을 가리킨다.

가만히 문안에 들어서며 손으로 코를 막고 잠깐 얼굴을 찌푸리더니 소리 없이 서너 걸음 걸어 나와서 성재의 어깨너머로 시험관에서 황갈색 액체가 부글부글 끓는 것을 우두커니 보고 섰다. 성재는 그런 줄도 모르고 연해 시험관을 빙빙 돌리다가는 잠깐 쳐들어보고 한다. 성순의 얼굴에는 분명히 그 시험관의 성적에 주의하는 빛이 보인다. 이렇게 얼마를 있다가 성순은 허리를 펴서 팔각종을 보고 실내의 일영(日影)을 보았다. 팔각종의 시침이 4와 5의 사이에 있고 분침은 6과 7의 사이에 있었다. 성순은 '네 시 반보다 오 분이 지났네.' 하고 혼자 생각하였다. 네 시 반은 성재가 실험을 그치고 삼십 분간 산보를 하거나 성순과 이야기를 하는 시간이니, 이것은 삼 년래로 일정불변하는 가규(家規)라. 네 시 반이 지나면 성순은 의례히 실험실에 찾아오고, 그래도 성재가 시간 가는 줄을 모르고 있으면 성순이 우수(右手)의 식지로 성재의 좌편 어깨를 가만히 두드리며 "오빠, 십 분 지났어요." 하는 법이요, 그리하면 성재는 잠깐 고개를 돌려 성순을 보고, 다음에는 팔각종을 보고 시험관을 세우고 주정등의 불을 끄고 의자에서 일어나 성순의 손을 잡으며 "아아 오늘도 그저 보냈다." 하는 법이요, 그러고 나서는 "산보 갈란다. 내 모자 다오." 하든지, 산보 갈 마음이 없으면 "저 의자 갖다놓고 여기 앉어라." 하여 성순과 이야기를 하든지 하는 법이요, 그러다가 팔각종이 다섯 번을 땡땡 치면 "자, 저녁 먹자." 하고 성순의 뒤를 따라 오전 여덟 시에 떠난 안방에를 아홉 시간 만에 처음 들어가는 법이라.

성순은 분침이 꼭 Ⅶ 자 위에 달한 때를 보아서 예대로 우수의 식지로 성재의 좌견(左肩)을 두어 번 두드리면서 다정한 목소리로,

"오빠, 십 분 지났어요."

하였다. 성재는 법대로 웃는 낯으로 성순을 보고, 다음에는 팔각종을 보고, 그러고는 시험관을 세우고 주정등 불을 끄고 탁자 위에 놓였던 기구며 약병을 찬찬히 약장에 집어넣고, 그러고는 어깨 위에 놓인 성순의 손을 잡고 일어서면서 법대로,

"아뿔싸, 오늘도 그저 보냈다."

한다.

"왜 그저 보내요, 오늘 종일 일 아니 하셨어요?"

하고 성순은 형을 책망하는 듯이 말한다. 성재는 한 번 더 팔각종을 쳐다보고, 군데군데 약물에 구멍 뚫어진 양목 실험복을 벗어 성순에게 주고 도로 의자에 앉으면서,

"글쎄, 생각을 해봐라, 왜 그러한 한탄인들 아니 나겠니. 저 시계가 칠년 보험인데 금년이 꼭 칠 년째 되니 저 시계로 말하면 일생을 다 보낸 셈이로구나."

하고 픽 웃으며,

"저것 봐라, 그렇게 딴딴하던 시계가 이제는 다 늙어서 칠이 다 떨어지고 말이 아니다. 그런데 나는 칠 년 동안이나 이 실험실에 들어박혀서 하여놓은 것이 무엇이냐, 저 시계도 보기가 부끄럽다."

하고 두 손을 두 무릎 위에 턱 놓으면서 고개를 푹 숙인다. 성순은 어이없는 듯이 우두커니 서서 보더니 머리를 북북 긁으며,

"왜 오늘은 또 그렇게 기운이 없으셔요? 그새 며칠 동안은 시험이 썩 좋다고, 이대로 가면 성공할 날이 가까이 있을는지도 모르겠다고 기뻐하시더니 오늘은 왜 갑자기 그렇게……."

하고 성순은 울음을 참는 모양으로 입을 꼭 다문다.

실로 지나간 칠 년간에 실패도 꽤 많이 하였다. 무슨 광명이 보일 듯하다가는 실패하고 또 무슨 광명이 보일 듯하다가는 실패하여 이렇게 하여 오기를 십수 차나 하였다. 그렇게 한 번 실패할 때마다 많지 아니한 재산은 눈 슬듯 차차 스러졌다.

1의 3

이번 계획을 세운 뒤에도 성공할 듯 할 듯하면서 실패한 것이 벌써 두 번이나 되었다. 그러할 때마다 성재의 실망은 물론이거니와 성순의 실망은 여간이 아니었으며, 더구나 다정한 여성으로 생겨나서 사랑하는 오직 한 형이 실망하여하는 것을 보는 심정은 실망하는 당자보다도 더욱 간절하였었다. 성재가 실험에 아주 실패하여 며칠 동안 음식도 잘 먹지 못하고 밤에도 불을 켜놓은 대로, 옷을 입은 대로 방 안에서 왔다 갔다 하며 괴로워하는 양을 보고는 성순도 잠을 이루지 못하고 눈물로 베개를 적시는 일도 흔히 있었다. 지난번 사월에 한 번 실패하였을 적에는 성재가 어떻게 실망이 되고 상기가 되었는지, 자살이라도 할까 두려워 성순은 잠

시도 형의 곁을 떠나지 아니하고 형의 침실에는 칼이나 끄나풀 같은 것이 떨어지지 아니하기를 주의하였다. 그러다가 이번 구월부터 시작한 실험은 매우 경과가 좋았던지, 그동안 성재는 대개 만족한 얼굴로 지내었다. 그래서 성순도 시름을 놓고 기쁘게 지내었다. 그러나 오후 네 시 반에 실험실 문을 방싯 열 때마다 성순의 가슴은 자연히 울렁울렁하였다. 오늘 실험 결과는 어떠한가. 과연 성공이 되었는가, 성공은 못 되었더라도 기분(幾分)의 광명이나 얻었는가, 그렇지도 못하더라도 실패나 아니 되었는가. 이런 근심을 가지고 문을 열고 들어갔다가 성재가 웃으며 자기의 손을 잡고 일어서는 양을 보고야 비로소 마음이 놓였다.

　오늘도 성재의 웃는 낯을 보고 마음을 푹 놓았다가 문득 그가 고개를 숙이며 한탄하는 것을 보고 또 가슴이 쿵 하고 내려앉은 것이다.

　성재는 고개를 번쩍 들어 기운 없이 우두커니 섰는 성순을 보고,

　"의자 갖다가 여기 앉아라."

　성순은 시키는 대로 의자를 끌어다가 성재와 비스듬히 마주 놓고 앉으면서,

　"글쎄, 왜 오늘은 그렇게 기운이 없으셔요?"

하고 재차 묻는다.

　"얘, 성순아!"

　"네?"

　"내가 성공할 듯싶으냐?"

　"그럼은요! 그만한 자신이 없으십니까?"

　"자신이야 있지. 자신이 있기에 날마다 종일 시험관만 들여다보고 앉았지."

"그러면, 왜 그러셔요?"

"그런데 꼭 될 듯 될 듯하면서도 안 되는구나. 그리해오기를 칠 년이나 해도 그냥 안 되는구나. 이번 계획도 처음에는 순순히 되어오는 듯하더니 어제오늘에 와서는 또 위태위태하여지나 보다."

하고 길게 한숨을 쉰다. 성순의 몸에는 으쓱 소름이 끼친다.

"응, 무론 성공할 테지, 성공할 테지."

하고 성재는 손으로 낯을 한 번 만진 뒤에,

"그러나 이제야 돈이 있어야 아니 하니? 약품은 무엇으로 사고 주정(酒精)은 무엇으로 사나."

"주정은 아즉도 한 반 통 남았어요."

"반 통?"

"네, 지나간 사월에 부쳐온 것이 한 반 통 남았어요."

"그러면 주정은 금년 일 년, 명년 삼월까지는 걱정이 없겠다. 그러면 약품만 한 이백 원어치 샀으면 명년 삼월까지는 이럭저럭 지내겠다. 그런데 돈이 좀 남았니?"

"한성은행 저금통장에 일백육십 원이 남았어요."

"일백육십 원?"

"네, 함 사과(司果)한테 집문서 잡히고 취해온 중에서 저번에 약 부쳐오고 책 사오고……."

"일백육십 원이라."

하고 혼잣말로,

"그러면 걱정은 없다."

하고 얼굴에 화기(和氣)가 돌며 벌떡 일어나서 약품 목록과 주문서를 내어 철필로 무엇을 쓴다. 성순은 가만히 앉아서 성재의 손과 몸이 움직이는 것을 본다. '어서 성공을 하였으면', '만일 명년 삼월까지에도 또 실패를 하면 어찌하나', 이러한 생각이 희망과 공포와 한데 버물러서 성순의 흉중으로 왕래한다. 그러나 그 형이 그처럼 열성으로 자기의 초지(初志)를 관철하려고 애쓰는 것을 볼 때에 한껏 존경하는 마음도 생기고 또 한껏 불쌍한 듯한 생각도 난다. 이렇게 성재에게 동정하여주는 점으로 보아서는 성순은 마치 성재를 보호하여주는 맏누이와 같다.

성순은 성재에게는 없지 못할 사람이었다. 그는 그 형의 동생 중에 가장 그 형의 사랑을 받았고 또 가장 그 형을 사랑하였다. 성재의 동생 되는 성훈(性勳)이 학교를 중도에 퇴학하고 주야로 부랑자와만 추축(追逐)하여 늙은 부모와 성재의 마음을 아프게 할 때에, 성순은 발명에 열중하는 장형과 부랑한 차형을 대신하여 곧잘 부모를 위로하며, 또 성재에게도 위안과 용기를 주었다.

가족 중에 성재의 이상을 잘 이해하여 만강(滿腔)의 동정을 성재에게 주는 이는 오직 성순뿐이었다. 성재가 동경서 고등공업학교를 마치고 경성 다동(茶洞) 본집에 돌아왔을 때에는, 성순은 아직도 보통학교 삼년생 되는, 십이 세 되는 계집애였다. 성재가 발명의 지(志)를 품고 천신만고로 불완전하나마 실험실을 꾸미고 들어앉음으로부터는 아무도 이 실험실에 들어오기를 허하지 아니하되, 오직 성순은 아무 때나 들어올 수 있는 특권을 가졌었다. 가만히 있지 않고 장난하다가 두어 번 쫓겨난 일은 있으되, 성순이 학교에 갔다가 돌아와서 실험실에 들어올 때마다 성재는 만사제지(萬事除之)하고 웃는 낯으로 맞아서 한 번 안아주며,

"가만히 여기 앉아서 구경해라."

하였다.

칠 년 동안 꼭 이 모양으로 하여오다가 금년 봄에는 성순이 고등보통학교를 졸업하고 집에 있게 되매 성재의 범절은 그의 손에 다 맡게 되어, 회계에 관한 사무, 서신 왕복에 관한 사무까지도 다 맡게 되었다. 성순은 영리한 처자요, 그중에도 그 형의 성미를 잘 안다. 그러므로 성재도 성순

이 한 일에는 대개 다 만족한 뜻을 보이고, 무슨 일이나 성순에게 부탁하면 안심이 된다. 성순이 아직 졸업하기 전에는 성훈에게 무슨 일을 부탁한 적도 있었으나, 대판(大阪) 약포(藥舖)에 보내는 환전 백 원을 훔쳐쓴 뒤로는 일절 성훈에게 부탁하기를 그치고 자기가 몸소 가거나 그렇지 아니하면 반드시 성순에게 부탁하였다.

성순도 성재를 위하여 노고하기를 싫어하지 아니한다. 다른 사람이 보기에는 주야로 성재밖에 생각하지 아니하는 것같이 매사에 '동경 오빠' 말을 한다. '동경 오빠'라는 명칭은 성재가 유학 중에 얻은 것이언마는 귀국한 지 칠 년이나 되도록 여전히 '동경 오빠'라고 부른다. 아마 죽는 날까지 '동경 오빠'라고 부를 것이다.

그러나 성재는 성순에게 대한 약속을 이행치 아니하였다. 성순이 보통학교에 다닐 적부터 방학에 들어와서는 "성순아, 네가 고등보통학교를 졸업하거든 동경에 보내주께." 하였고, 성순도 동무더러 "나는 고등학교 졸업하면 동경 가." 하고 자랑하였다. "동경 가면 무슨 공부 할래?" 하고 성재가 물으면, "나도 오빠와 같이 고등공업학교에 가지." 하고는 여러 사람을 웃겼다. 성재도 주의상(主義上) 여자 교육을 중히 여기며, 성순을 사랑하며 또 성순의 재질을 믿는 고로 기어이 동경 유학을 시키려 하였었다. 그래서 삼사 년 전부터 혹 부모를 대하여 성순의 유학에 관한 의논도 하였고, 성순도 졸업하기 전전해부터 부모께 졸랐다. 그러나 부모는 여자가 글은 그리 많이 배우면 무엇하느냐 하는 것과, 성재도 모처럼 유학을 시켰더니 그다지 시원한 결과를 보지 못한 것과, 또 성재가 졸업, 귀국한 후로 무엇인지 모르는 사업에 재산의 대부분을 없이한 것을 생각하여 농담 겸,

"졸업하거든 시집이나 가지 공부는 무슨 공부!"

하고 거절하였고, 그러면 성순은 눈물이 글썽글썽하여지며,

"싫여요, 나 시집 안 가요."

하고 빽 소리를 지르기도 하였다. 그러할 때마다 성재는 성순의 머리를 쓸어주며,

"걱정 말아라, 내가 유학시켜주지."

하여 지금토록 성순에게 안심을 주어왔다. 그러나 연해 하여온 실패에 금년에 이르러서는 진실로 성순을 유학시킬 자력(資力)이 없이 되었다. 언젠가 한번 실험실 네 시 반 담화 시간에 형매(兄妹) 간에 이러한 담화가 교환된 일이 있었다(그때에는 참 고통되더라고 수일 후에 성재가 성순에게 회억담을 하였다).

"얘, 이제는 졸업을 하였으니까 동경 가고 싶은 마음이 있겠구나?"

하는 성재의 말에 성순은 손가락을 한참 물어뜯다가,

"가게 되면 가고 못 가게 되면 말지요."

"내가 이렇게 실패만 하여서, 너를 유학시킬 자력이 없고나."

하고 성재는 성순의 낯빛을 보았다. 거기는 분명히 실망의 비애가 드러났으며, 이것을 보는 성재의 심정은 참 아팠다.

"일 년만 참아라, 설마 금년 안에야 성공을 못 하랴. 명년 사월 학기에는 기어이 동경을 보내주마."

하였다. 그 후의 실험의 경과를 보건대 명년이란 말도 신용은 아니 되지마는 억지로 형의 말을 믿고 지금까지 온 것이다.

이렇게 말하면 성순은 오직 동경 유학하기만 위하여 그 형을 위하여 힘쓰는 것 같지마는 결코 그러한 것은 아니다. 사람이란 잠시라도 사랑하는 것 없이는 못 사는 동물이니, 사랑할 사람이 없으면 무슨 물건이라도 사랑하고야 배긴다. 성순은 어머니의 사랑을 떠나게 된 후로는 그 형 되는 성재를 사랑하였다. 성재에게 대한 성순의 사랑은 그에게 마땅히 올 사랑할 사람, 즉 그의 지아비 될 사람이 나서기까지는 변치 못할 것이다. 여자란 점점 성숙하여갈수록 어머니나 동생 되는 동성의 사랑으로는 만족하지 못하고 반드시 이성의 사랑을 얻고야 만족한다. 그래서 품행 방정한 처녀들은 지아비 되는 사람을 만나기까지 그 오라비에게 대한 사랑으로 생명을 삼나니, 오라비 없는 처녀가 흔히 침울한 것은 이 때문이라. 그러므로 성순이 성재를 위하여 전력을 다하는 것은 오직 이러한 종류의 애정에서 나왔다 함이 마땅하다. 어찌 처녀만 그러하리오. 남자도 거의 마찬가지다.

이렇게 성순은 진정으로 자기를 생각하여주건마는 성재의 마음에는 성순에게 대한 약속을 이행하지 못하는 것이 항상 찔렸다.

성순에게 대한 걱정뿐더러 부모에게 대한 걱정도 있고 동생에게 대한 걱정도 있었다. 더구나 빈가의 장자로 태어나서 일생을 고생으로 지내어 온 늙은 부모를 생각할 때에 자기가 그 부모에게 여년(餘年)의 낙을 드리지 못하고 도리어 (비록 좋은 일을 위함이라 하지마는) 가산을 기울여 노부모의 마음에 걱정이 아니 떠나게 하는 것이 어떻게 송구하고 가슴 쓰린 일이랴. 먹을 것을 먹지도, 쓸 것을 쓰지도 아니하고 한 푼 두 푼 모두어 각고(刻苦) 육십 년에 깨끗한 집칸이나 땅마지기나 장만하여서 장차 안락한 여생을 보내려 할 때에, 성재 자기는 유학하느라고 근 십 년 정성 (定省)을 궐(闕)하고, 졸업이라고 한 뒤에 칠 년이 넘도록 자기는 수만 원의 재산을 시험관의 연기로 화하고 말아 여간한 땅마지기, 집문서까지 빚쟁이의 손에 들었으니, 자수로 성가한 노부모의 심통(心痛)이야 그 얼마나 하랴. 그러하더라도 노부모가 자기의 사업이나 완전히 이해하여주었으면 얼마라도 안심이 되련마는, 노부모의 낡은 사상으로 아무리 설명을 한다 하여도 이해할 길이 만무하니 성재의 마음은 더욱 고단(孤單)할 것이다. 그 부모는 다만 성재의 착실하고 방정함을 알므로 전 재산의 사용권을 온통 성재에게 맡겨서 일가의 흥폐를 성재의 쌍견(雙肩)에 지우고 말았건마는, 그래도 날로 줄어들어가는 재산을 보고는 결코 안심될 리가 없는 일이라. 월전(月前) 최후 수단으로 가대(家垈) 문권(文券)을 전당할 때에 성재의 부친은 참다못하여 약주를 취케 먹고 성재를 불러 부득요령하는 분풀이를 한바탕하였으며, 그 모친은 곁에 서서 주름 잡힌 얼굴에 눈물을 좍좍 흘렸다. 그러나 자식이 하여오던 사업을 중도에 좌절케 하기도 차마 못 할 일이요, 또 가대 문권을 잡히는 함 사과는 세의 (世誼) 집일뿐더러 수십 년 전에 자기의 은혜를 진 사람이니, 설혹 기약이 넘어간다 한들 다른 채권자와 같이 강제집행을 한다든지 할 리는 없다하여 얼마큼 안심도 된다 하여 가대 문권을 내어주었다. 주기는 주었으나 그래도 분하여서 술김에 한바탕 분풀이를 한 것이다.

이런 일 저런 일 생각할 때에 성재의 마음이 잠시나 편안할 이유가 있으랴. 처음 졸업하고 온 때에는 아직도 일개 서생으로 다만 이상에만 달아났건마는, 차차 낫살이 많아지고 실사회(實社會)의 경험을 하여옴을 따라서 단순히 이상 하나로만 살아가지 못할 줄을 알았다. 부모에게 대한 의무, 형제에게 대한 의무, 집에 대한 의무, 차차 자라가는 자녀에게 대한 의무, 이러한 것이 차차 분명하게, 차차 무겁게 양견(兩肩)을 내리누른다.

실험실 속에 어찌 실사회가 들어오랴 하련마는 지구를 버리고 천상으로 날아 올라가기 전에야 어데를 간들 실사회의 풍파가 아니 미치랴. 유리창 한 겹을 열면 실사회요 십여 보를 나가면 종로 거리라, 성재의 실험실에도 아침부터 저녁까지 실사회의 고민 번뇌가 창틈과 벽 틈으로 꾸역꾸역 들어온다. 시험관을 들고 앉았을 때에는 모든 것을 다 잊어버린다 하더라도 주정 불이 틱 꺼지자 세상의 천사만려(千思萬慮)가 성재의 가슴을 누른다. 성재의 피난처는 실로 시험관과 성순 둘뿐이다.

2의 3

실로 성재의 책임은 너무 중하다. 수다한 식구의 활계(活計)가 이제는 전혀 성재의 손에 달렸다 할 수밖에 없다. 가족이 일생에 먹을 것을 성재의 손으로 온통 시험관에 넣고 말았으니 이제는 그것을 시험관에서 다시 찾을 수밖에 없이 되었다. 만일 성재의 계획이 성공이 되어 목적한 발명품이 여러 나라의 전매특허를 얻고 경성에 그 특허품을 제조하는 대공장이 서는 날이면 성재의 몽상한 바와 같은 결과를 얻을 수도 있지마는, 만일 아주 실패하는 날이면 성재의 일가족은 거지가 될 수밖에 없다. 이러한 생각을 할 때마다 성재는 몇 번이나 심화(心火)를 내었으며, 몇 번이나 장래에 대한 공포에 눌려 시험관을 온통 깨두드려 부수고 온다 간다는 말 없이 달아나려는 생각을 가졌으랴. 지난 사월의 대실패 때에는 속리산에 들어가 중이 되어서 일생을 보내리라는 결심까지 하였었다. 그때에도 성순더러 농담 삼아,

"성순아, 나는 멀리로 달아날란다."

"에?"

"멀리로 달아나고 말 테야."

"왜요?"

"하랴던 것이 되지는 않고, 부모에게 걱정만 끼치고…… 그러느니보다 산간에 들어가서 중이나 될란다."

"에그, 또 왜 그런 말씀을 하셔요."

"내가 만일 성공만 하면 만인에게 이익을 줄 일이지마는 실패하는 날에는 곯는 사람은 나 하나밖에 없을 것이다. 내가 비록 세상을 위하여서 재력과 정력을 다 허비하고 죽어버린다 하더라도, 내 계획이 성공만 못되고 보면 세상이 그 공로를 알아주기나 할 테냐. 세상이란 자기네에게 당장 은택이 돌아와야 고마운 줄을 알지, 은택을 주랴고 전심력을 다하다가 실패한 사람에게는 수고했다는 말 한마디도 아니 하여주는 법이다. 고래로 성공을 얻어서 세상의 감사와 존경을 받는 자도 많건마는, 애만 쓰고 마츰내 실패하여서 세상에서는 왔다 간 줄도 모르는 사람이 더욱 많을 것이다. 그러한 중에 내가 성공에 달하는 운수를 만나기가 그리 용이할 것이냐."

이러한 말을 들을 때에 성순은 논변으로 그 형을 설복하려 하지 아니한다. 논변으로야 성순이 성재를 당할 번이나 하랴. 영리한 성순은 이러한

경우에 쓸 무기가 무엇인 줄을 잘 안다. 그래서,

"못 합니다. 아모 데도 못 가십니다. 가시랴거든 시험하던 것을 성공하고 가셔야 합니다. 그렇지 아니하면 나는 어데까지든지 오빠를 따라가서 실험실로 붙들어 올 터이야요. 저 시험관에서 오빠가 바라는 결과가 날 때까지 언제든지, 몇 번이든지 나는 따라가서 붙들어 올 터이야요."

'의지의 사람'이라는 별명을 듣는 성재도 이 무기에 대항할 만한 의지는 가지지 못하였다. 그 차디찬 듯한 성재의 흉중에도 따뜻한 애정에 감응하는 무엇이 있는 것이 참 신기하다. 이리하여 성재는 새 용기를 얻어 가지고 다시 시험관을 들고 들어앉았다.

'성공하면 세상일, 실패하면 내 일.' 이러한 생각으로 성재는 날마다 실험실 사람이 되었다. 거지가 되면 되고 성공이 되면 되고, 아무려나 시험관과 사생결단을 할 작정이다.

지나간 칠 년 동안에 실패에 실패만 겹하였지마는 그래도 경험도 많이 쌓았고 지식도 많이 얻었다. 날마다 시험관을 들고 앉았으니까 실험하는 수완도 매우 숙련하게 되었다. 이만한 지식과 이만한 숙련을 가졌으면 어데를 가든지 매삭 육칠십 원 월급은 받을 것이요, 얼마만 지나서 성재의 진수완(眞手腕)만 알아주게 되면 돈 백 원 월급은 무려(無慮)하게 받을 것이다. 작년 추기(秋期)에는 경성공업전문학교의 초빙함을 받았고, 금년 사월에는 연희전문학교의 초빙을 받았다. 더구나 신설되는 연희전문학교에서는 실로 비사후폐(卑辭厚幣)를 가지고 청하였건마는 실력이 부족하다 함과 교수에 뜻이 없다는 이유로 다 사퇴하였다. 성재의 뜻은 결코 백 원이나 이백 원의 월급에 있지 아니하다. 그가 칠 년 전에 정한 목적과 더불어 일생을 마칠 것이다. '나는 이 일을 위하여서 세상에 났

다, 그러하니까 이 일을 위하여서 세상에 살아야 하겠다.' 하는 것이 성
재의 결심이다. 아니, 결심이라기보다 신념이요 신앙이다.

3의 1

성순은 우산을 받고 한성은행에 갔다. 남은 돈 일백육십 원을 찾아서 대판(大阪)에 약을 청구하려 함이라. 통장을 내어서 예금계에 내어대었더니 젊은 사무원이 그 통장을 들고 두어 탁자 지나가서 큰 탁자에 앉은 수염 난 사람한테 가서 두어 마디 문답을 하고 돌아와서 통장을 도로 내어주며,

"미안합니다마는 돈을 못 내드리겠습니다."

"왜 그래요, 본인이 와야 되겠습니까?"

"아니올시다. 채권자가 가차압 청원을 하여서 아까 재판소에서 지불하지 말라는 명령이 왔으니까 본인이 오시더라도 못 내드리겠습니다."

이 말을 듣고 성순은 실망하였다. 그러나 자기의 실망보다도 이 말을 들을 때에 할 그 형의 실망이 더 무서웠다.

"그 채권자가 누구오니까?"

"저는 모릅니다."

하는 것을 곁에 앉았던 어떤 사무원 하나가 성순을 보면서,

"함 사과라는 자인가 봅디다."

한다.

"함 사과!"

하고 성순은 더욱 놀랐다. 아버지 말씀에 "설마 함 사과야." 하는 것을 여러 번 들었고, 또 언젠가 "함 사과가 포목전에 큰 실패를 하여 진퇴유곡하였을 적에 자기가 돈 만 냥을 주어 전당포를 시작하게 되었다." 하는 말을 부친의 술회담 중에서 들은 일이 있었다. 그런데 그 함 사과가

불과 삼천여 원 돈에 가차압을 하였다는 말을 듣고는 아니 놀랄 수가 없었다.

성순은 분하기도 하고 부끄럽기도 하여 얼른 통장을 책보에 싸 들고 은행 문을 나섰다. 은행에 일 보러 오는 사람들과 시가로 걸어 다니는 사람들까지도 자기를 보고 조롱하는 듯하여 고개도 들지 못하고 속보로 집에 돌아왔다. 대문 안에 들어서니 부친은 담뱃대를 물고 마당에 놓인 화분의 낙엽을 소제한다. 성순의 눈에 원래 살이 많지 못하던 그 부친의 용모는 일래(日來)에 더욱 초췌한 듯하다. 만일 우리 가대가 가차압을 당한 줄을 알면 얼마나 놀라며 얼마나 비분해하랴 하고 생각하며 성순은 가슴이 뻐근함을 깨달았다. 성순은 그 걸음으로 실험실에 들어갔다. 실내에는 작일(昨日)과 같은 악취가 가득하고 성재는 정신없이 시험관만 돌리고 앉았다. 유리창 열어놓은 것을 잊고 닫지 아니하여 양장판 한편 구석에는 가는 비가 뿌려 이슬이 맺혔다. 성순은 사뿐사뿐 걸어가서 가만히 유리창을 닫고 돌아설 적에 창 닫는 소리를 들었던지 성재가 고개를 돌려 성순을 보면서 기쁜 듯이,

"오늘은 성적이 매우 좋다, 무슨 새 광명이 생길 모양이다."

하다가 성순의 불편한 안색을 보고 자기도 낯빛을 변하며,

"돈 부치구 왔니?"

"네!"

성순은 부지불각에 이렇게 대답을 하였다. 그러고는 휙 몸을 돌리며 쏟아지는 눈물을 얼른 손으로 받았다. 차마 그 형의 실망하는 꼴을 못 보아함이라. 성재는 시험관을 든 채로 벌떡 일어나면서 황망하게,

"왜, 왜? 응?"

하였다.

"우리 재산이 가차압을 당했대요."

"가차압!"

"네. 그래서 한성은행에서도 돈을 못 내어주겠다고 거절합디다."

"그러면 한성은행에서 가차압을 했단 말이냐?"

"함 사과가 가차압 청원을 했다구요."

"함 사과가? 저 함명은이가! 으응."

하고 성재는 시험관을 깨어져라 하고 탁자 위에 세워놓고 실내를 왔다 갔다 하기를 시작한다. 성순은 북받쳐 오르는 눈물을 억지로 참고 형의 안색만 주의해 본다. 탁자 위에 주정등은 혼자 멀건 불길을 굼실굼실 내면서 탄다.

이때에 밖에서 두런두런하는 소리가 나더니,

"얘, 성재야. 이리 좀 나오너라."

하는 부친의 황망한 소리가 들린다. 웬일인가 하고 성재는 실험복을 입은 대로 뛰어나가고 성순은 가만히 유리창으로 내다보았다. 모자에 금줄 두른 집달리(執達吏)가 와서 노인에게 가대의 가차압된 이유를 전하고 간다. 일가족은 다만 서로 쳐다볼 따름이요 아무 말이 없었다. 토지 문권을 잡힌 채무의 기한도 멀지 아니하였으니, 양식의 원천 되는 전답까지도 불원에 강제집행을 당하여 성재의 집은 아주 파산의 비경(悲境)에 빠질 것 같다.

3의 2

성재는 "어데로 가서요?" 하는 성순의 말도 들은 체 만 체 실험복을 벗어버리고 대문 밖으로 뛰어나가 천변으로 한참 올라가다가 좌편 골목으로 서너 집을 지나가서 어떤 솟을대문 밖에 우뚝 선다. 행랑은 낡은 건축인데 대문만 새로운 것을 보니 본래 평대문 집이던 것을 솟을대문으로 고친 것이 분명하다. 자기(磁器) 문패에는 해자(楷字)로 '함명은(咸明殷)'이라고 쓰고, 그 곁에는 그보다 조금 작은 문패에 '함영민(咸永敏)'이라고 썼다. 영민은 성재와 한때 잠깐 동경에 유학하던 사람이나 명치대학(明治大學) 법과 일년급(一年級)에 삼 년이나 이어 있다가 중도에 돌아온 후로는 성재와 아직까지 상봉한 적이 없다.

대문 밖에는 인력거 세 채가 놓이고, 안에서 여러 사람의 지껄이는 소리가 들린다. 성재는 함 사과의 생일이 이때이던 것을 기억하였다. 전일(前日) 같으면 자기의 부친 되는 김 참서(參書)는 의례히 제일로 초대를 받을 손님이언마는 금년에는 자기의 천한 채무자라 하여 초대도 아니 한 모양이다. 성재는 잠깐 주저하다가,

"이리 오너라!"

하고 소리 높이 불렀다. 누가 들어도 그 소리에 분기(忿氣)가 섞인 줄을 알겠다. 마당에 들어서니 사랑 대청에는 배반(盃盤)이 낭자하고, 수십 명 중로(中老)가 취안(醉眼)이 몽롱하여 이리저리 쓰러졌으며, 구석구석 둘씩 셋씩 기생들이 떼를 지어 모여 앉아서 남남히 지껄인다. 객들은 서로 듣지도 않는 소리를 크게 지껄이며 뚱뚱한 함 사과는 화려한 안석에 기대어 가장 만족한 듯이 객들의 지껄이는 소리를 듣는다. 그 지껄이

는 말은 대개는 함 사과에 관한 말이요, 함 사과에 관한 말이면 반드시 함 사과를 칭찬하는 말이었다. 함 사과가 젊어서 빈한한 사람으로서 이처럼 귀하게 된 것은 함 사과의 수완이 비범함이라고 칭찬하는 자도 있고, 아니 그러한 것이 아니라 함 사과는 천복지인(天福之人)이라 하는 자도 있고, 천복지인이기로 부자만 될뿐더러 체력이 장하고 자녀가 많다 하여 천복설에 찬성하는 자도 있고, 함 사과는 나이 육십이 가깝되 아직도 첩 이삼 인을 능히 거느릴뿐더러 간간 기생 오입도 할 수 있으니 과연 천복지인이라 하여 무한히 찬송하는 수척한 노인도 있고, 아니라 모두 다 그 부(父)와 조(祖)가 적선적덕(積善積德)한 인과(因果)라고 단언하는 자도 있다. 객들이 하는 말을 종합하건대 함 사과는 적선적덕한 부조(父祖)의 자손으로서, 자수로 능히 가도(家道)를 융성케 하며 많은 자녀를 두고 육십이 되도록 밤마다 젊은 첩을 거느릴 수 있으니 천복지인이로다 함이 그 결론이었다.

성재는 연전 자기의 부친의 생신에도 여기 모인 이 객들이 와서 여기서 지껄이는 이 소리를 지껄이던 것을 생각하였다. 그때에 그네들은 자기를 보고 자기의 부친을 향하여,

"성재는 참 기특한 사람이지. 함 사과의 아들은 돈만 쓴다는데 이 사람은 공부를 어떻게 잘하는지 일본서도 제 일등 가는 사람이라는데. 참 김 참서는 천복지인이요."

하던 것을 생각하였다. 그러나 지금은 자기가 마당에 들어와도 모두 다 본체만체하고 올라오라는 사람조차 없다. 성재는 성큼성큼 당에 올라 함 사과에게 인사를 드렸다. 사과는 잠깐 몸을 들며,

"응, 자네 어째 왔나?"

"좀 여쭐 말씀이 있어서 왔습니다."

"응, 무슨 말? 일후(日後)에 오게. 오늘은 손님들이 많으니 말 들을 새 없네."

하고 일동을 향하여,

"자, 이제는 기생들 소리나 들읍시다. 얘, 기생들아, 이리 나와 소리나 하여라. 이동백(李東伯)이 아즉도 아니 왔느냐?"

"응, 기생들아 소리나 하여라."

하고 객들이 응한다. 객들은 대개 함 사과의 젊었을 적 친구이므로 아직도 빈궁한 자가 많다. 그네는 함 사과와 김 참서의 생일을 자기네의 큰 명절로 알다가 지금 와서는 김 참서는 윤락(淪落)하고 오직 함 사과가 남았을 뿐이다. 기생들은 혹은 장고를 들고 혹은 가야금을 들고 한데 모여 앉는다. 장고 둥둥 하는 소리, 가야금 줄 고르는 소리가 나자 객들의 눈은 기생에게로 몰린다. 성재의 존재는 아주 잊어버리고 말았다. 성재는,

"급히 여쭐 말씀이 있어서 왔으니 잠깐만……."

"응, 자네 아즉도 거기 섰네그려. 저편 소년들 모인 데 가서 놀게."

"놀 새가 없습니다."

"그러면 가게그려."

3의 3

성재는 발길을 들어 함 사과의 복장(腹臟)을 차주고 싶었다. 그러나 꿀떡 참고 소리를 가다듬어,

"제 집을 가차압을 하시니 그런 법이 있습니까?"

"나는 몰라, 나는 모르네. 모든 채권은 다 변호사에게 위임하였으니까."

"그러면 제 집을 가차압하도록 한 것이 영감은 아니십니다그려."

이 말에는 함 사과도 좀 궁하였다.

"응, 채권은 다 변호사에 위임하였으니…… 그래서 나도 자네 어른과의 친분을 생각하고 잔 세간을랑 빼어노라고 그랬네."

"좀 연기하여주실 수 없겠습니까?"

"나는 몰라 변호사가 알지, 이 변호사가 알아."

"좀 연기하도록 영감께서……."

"모른다는데 그러네, 몰라, 몰라."

하고 고개를 돌리며 시끄러워하는 양을 보인다. 여러 객들 중에도 이 회화를 알아들은 사람은 혹 성재에게 동정하는 이도 있지마는 모르는 체하고 아무 말도 아니 한다. 성재는 암만 말해야 쓸데없을 줄을 알고 좌중에 일례(一禮)한 후에 뛰어나왔다.

성재가 나온 뒤에도 함 사과의 얼굴에는 불평한 빛이 스러지지 아니하여 기생들에게 소리 하라는 말도 아니 한다. 객들도 모두 다 흥이 깨어져서 서로 다른 데만 바라보고 가끔 함 사과의 얼굴을 도적하여 본다. 이 좋은 판에 성재 때문에 흥이 식은 것을 밉게 여기는 빛도 보이고 종일 잘 놀려던 것이 주인의 불평으로 중도에 그치지나 아니할까 하고 근심하는 빛도 보인다. 기생들도 웃기를 그만두고 공연히 장고며 가야금을 어루만지며 서로 머리와 옷소매를 만지기도 한다. 그중에 뚱뚱한 기생 하나가,

"얘, 그게 누구냐?"

하고 곁에 앉은 키 작고 이빨 좀 버드러진 기생에게 묻는다.

"그게, 저, 김 참서 아들이야. 그런데 무엇을 하노라고 그러는지 종일 방 안에 들어앉아서 무슨 유리통을 불에다 쪼이고 있어. 나도 심심하면 몰래 가서 창틈으로 디밀어 보지."

"유리통은 불에다 쪼여서 무엇하누?"

"내가 아니? 꼭 손가락같이 생긴 것이더라. 그것을 이렇게 불에다 대구는 우두커니 앉았겠지. 저 간호부 복장 같은 흰 복장을 입구서, 내 무엇을 하는지 당초에 알 수가 없더라."

이것은 성재의 집 바로 곁에 사는 수향(水香)이라는 기생인데, 어떻게 이야기를 재미있게 하는지 객들도 차차 수향에게로 고개를 돌려 성재의 말을 듣는다. "종일 유리통을 불에다 쪼이고 앉았어." 하는 말과 "무엇을 하는지 모르지." 하는 말은 아마 좌중의 성재의 사업에 대한 비평을 대표한 것이겠다. 함 사과를 천복지인이라고 칭찬하던 노인이 수향더러,

"그래, 날마다 그러구 앉았어?"

"네, 아침부터 저녁까지 꼭 고 모양으로 앉았어요. 내가 요렇게 창에 붙어 보는 것이 혹 그의 눈에 띄우든지 하더라도 슬쩍 볼 뿐이지 당초에 무슨 말이 없지. 내 이상한 사람 다 보지."

"너, 어디 그 양반을 한번 놀려먹어보렴!"
하고 그 노인이 웃는다.

"아이구, 놀려먹는 것이 무엇이야요, 돌부천데요, 돌부처야요."
하고 깔깔 웃는다.

"네가 좀 수단을 부려보았니?"

"호……, 아니야요, 그런 것은 아니지마는……."

"그러면 어떻게 돌부천지 아니?"

"보니깐 그렇단 말이지요. 밤낮 우두커니 앉았기만 하니깐 돌부처가 아니고 무엇이야요."

하고 또 호호 하고 웃는다.

부슬부슬 떨어지던 가을비가 개고 구름 터진 틈으로 추워 보이는 일광이 한성은행 벽돌 벽을 스쳐서 함 사과 집 사랑 대청에 들이쏘인다. 이윽고 장구 소리와 가야금 소리가 나고 기생들의 노랫소리가 들리며 간간이 "좋다!", "좋다!" 하는 소리가 들린다. 매우 불평하여하던 주인의 안색에도 화기가 돌고 그것을 따라 객들도 질탕하게 놀기를 시작한다. 기생들도 흥을 내어 "좋다!" 소리를 연방하며 가끔 남녀성(男女聲)이 합한 웃음소리가 대문으로 나온다. 문밖에는 이웃집 행랑 사람들이 우두커니 서서 새어 나오는 풍류를 얻어 듣고 섰다. 그것이 마치 강아지나 고양이가 주인의 밥상 밑에 앉아서 뼈다귀 던지기를 바라는 양과 같다.

성재는 그 걸음으로 이 변호사의 집에 갔다. 이 씨는 이전 동경 유학 시대에 같이 있던 사람이며, 그때에는 학비에 궁하여 흔히 성재한테 일 원, 이 원을 취하러 왔다. 성재는 혹 그 청구에 응하기도 하고 아니 응하기도 하였다. 성재에게 취하여간 돈은 갚아본 일이 없었다. 그는 학비는 군색하다고 하면서도 의복과 거처는 학비가 풍족한 사람보다도 낫게 하고 있었다. 그는 동복과 하복이 있고 외투가 둘이나 되고 비외투까지 있었다. 그의 구두는 항상 청결하였고 머리에서는 늘 향수 냄새가 났다. 어데를 가든지 반드시 가오루(カオール)나 인단(仁丹)을 지녔다. 그는 생활하여가는 데 무슨 큰 재주가 있었다. 그가 법과 이 년 적에 꽤 값가는 세비로(セビロ) 양복 한 벌을 신조(新調)하였을 때에는 입바른 친구들은 그를 정탐(偵探)이라고 한 일도 있었다.

아무려나 성재는 그를 좋아하지 아니하였고 그도 성재를 무론 좋아하지 아니하였다. 그러나 그에게는 또 한 가지 재주가 있으니, 그렇게 남의 시비를 들으면서도 자기를 존경하는 사람을 많이 얻었다. 그리고 그를 존경하는 사람은 대개 그보다 나이 어린 부잣집 자제들이던 것은 사실이다. 그 자제들은 그를 선생 모양으로 애경하여 그를 위하여서는 무엇이나 아끼지 아니하였다. 아마 그의 비외투와 세비로도 그네의 손에서 나왔을 것이다. 그러나 그가 졸업, 귀국한 후에는 그네와의 교정(交情)은 대개 다 끊어지고 말았다.

그가 귀국하였을 때는 아직도 옛날이라, 곧 어느 지방법원의 서기가 되고 그 후 이 년이 못 넘어서 판사가 되고 판사 된 지 일 년이 못 하여 변호사가 되었다. 변호사가 될 때에도 어떻게 주선을 하였던지 대구 본정(本町) 거리에 큼직한 사무소를 두고 전화를 매고 사무원을 이삼 인이나 부렸고, 그 후에도 어떻게 수완을 부렸던지 사오 년이 못 하여 몇백 추수(秋收)나 할 재산을 얻고 작년부터는 경성 대사동(大寺洞)에 꽤 굉장한 가옥을 사고 그것을 주택 겸 사무소로 쓰며, 대문 안에는 전용 인력거까지 세워두게 되었다.

내가 그의 시비를 말하려 함은 아니지만 그의 명예는 그리 좋지 못하였다. 그에게는 일 년 이상 가는 친구가 없었고, 그의 친구도 결코 그를 칭찬하지는 아니하였다. 그러나 그는 칭찬은 못 받으면서도 두려워함은 받았다. 그러므로 그를 미워하는 사람도 능히 그를 대적할 생각은 내지 못하였다. 그는 모든 것의 해결을 법률에 구한다. 누가 자기를 훼방한다는 말을 들으면 그는 고소한다고 으르고 명예 손해 배상을 청구한다고 위협하여서 마침내 저편의 사죄를 받고야 만다.

또 하나 이상한 것은 그가 송운(訟運)이 좋은 것이니, 그가 맡는 사건은 대개 다 승소가 된다. 그렇게 학식이 많은 것 같지도 아니하고 변설이 능한 것 같지도 아니하고 더욱이 일어의 발음조차 그다지 좋지도 못하여 변론 중에 흔히 재판장을 웃기는 수도 많건마는, 그래도 소송만 이기는 것이 참 신기하다고 동업자 되는 여러 변호사들은 웃음거리 삼아 감탄한다.

동업자 간에도 인심을 잃었다. 혹 사정(私情)을 보아서 연기 신청의 의논을 받는 수도 있건마는 그는 결코 응하지 아니하고 개정 시간에 삼십 분만 대수방(對手方) 변호사가 출석지 아니하여도 사정(私情) 없이 결석 판결을 청한다. 그러므로 동업자들은 좀 몸이 불편하더라도 "오늘은 이 변호사인데!" 하고 빙긋 웃으며 반드시 출석한다.

좀 불분명한 사건이라든지 정당치 못한 사건이라든지 한 것으로 다른 여러 변호사에게 거절을 당한 사건은 죄다 대사동 이 변호사 집 대문으로 들어간다. 그는 아무러한 사건이나 사양치 아니한다. "변호사는 의사와 같으니까 의사가 환자를 가리지 아니함과 같이 변호사는 사건을 가리지 아니할 것이라."고 이전 어느 연회에서 취중에 어느 동업자의 조롱을 반박한 일이 있다. 과연 그는 이 주의를 취하는 모양이다. "그러나 아모리 의사라도 처녀의 낙태 청구에 응하면 범죄가 되지."하고 그 곁에 있던 어느 청년 변호사가 푹 찔렀으나 그 말에는 아무 대답이 없고 다만 '일후에 한번 만나자.' 하는 듯이 한번 노려볼 뿐이었다.

상승(常勝) 변호사 이일우(李一宇) 군은 매우 함 사과의 신앙하는 바가 되어 함 사과 집 대소 사건은 이 씨에게 전임하는 바이다. 그래서 이번 김 참서 가옥 가차압 사건도 이 씨가 맡은 것이요, 성재는 이 씨에게 사정(私情)을 하여볼 양으로 지금 찾아온 것이다.

4의 2

대문을 들어서면 네모난 마당이 있고 마당 한편 구석에는 국화가 수십 떨기 심겼으며 그중에 오륙 떨기는 황금색 꽃을 발하였다. 이전 행랑이던 것은 뒷간을 만들고 뒷간 앞에는 새로운 목재로 일본식 손 씻는 물그릇 올려놓는 틀을 만들었으나 물그릇은 반이나 깨어져서 그 밑에 구른다. 깨끗이 쓸어놓은 마당 건너편에는 툇마루 달린 남향 방이 있고 그 곁에 네 칸 폭이나 되는 대청이 있다. 대청에는 새로 유리문을 하여 달고 양식으로 탁자와 의자를 놓았으며 '어약해중천(魚躍海中天)'이라든지 '추성각(秋聲閣)'이라든지 하는 흔히 고물전(古物廛)에 나오는 액(額)이 무수히 걸렸고, 그중에는 '위백재(爲栢齋)' 운운이라 한 당시 명가의 액도 걸렸다. 백재는 아마 그의 당호(堂號)인가 보다.

성재는 이 응접실에 들어가 의자 하나를 점령하고 사환 아이에게 명함을 들여보내었다. 응접실 서쪽에 있는 사무원실에는 오류 인 시골 사람인 듯한 자가 근심스러운 듯이 둘러앉았고 벽에 걸린 전화가 연해 운다. "네, 그래요." 하는 말과 "영감께서는 지금 안에 계십니다." 하는 말이 들린다. 성재는 "영감께서는" 하는 말에 이일우 군의 금일의 득의와 칠팔 년 전 동경 유학 시대를 비교하지 아니할 수 없었다. "돈 있거든 한 일 원" 하던 이일우 군과 해강(海岡)이니 소호(小湖)니 하고 당대에 명성이 쟁쟁한 양반네가 '위백재인형(爲栢齋仁兄)'이라 하고 서화를 하여주는 이일우 군을 같은 사람이라고 보기는 참 어렵다.

이 군뿐 아니라 성재의 동기생들은 대개는 훌륭한 신사가 되었다. 혹은 중등 정도 학교의 교장이 되며, 혹은 은행의 지배인이니 취체역(取締役)이니 하고 서슬이 푸르며, 혹은 판검사, 혹은 변호사 하고 조선에 있어서는 일류 인물로 자기도 임하고 남도 허하게 되었다. 길에 나서면 반드시 인력거를 타고 차를 타면 반드시 백표(白票)나 청표(靑票)를 탄다. 양목 의복에 미투리 끌고 다니는 자는 실로 성재밖에 없을 것이다. 동경서 같이 학교에 다닐 때에는 최연소자 되는 자기에게 수학 문제도 묻고 화문(和文) 영역(英譯)이며 작문 같은 것도 의뢰하던 그네들은 지금 와서는 모두 다 번쩍하는 신사가 되었다.

성재는 평생 자기를 비(飛)하면 충천(衝天)하려 하여 불비(不飛)하고 명(鳴)하면 경인(驚人)하려 하여 불명(不鳴)하는 자로 자임하고, 도리어 일시의 영화에 현혹하여하는 그네를 홍곡(鴻鵠)을 모르는 연작(燕雀)으로 여겨 일종 경멸하는 뜻을 품고 있었다. 그러나 칠 년간이나 연하여 실패 또 실패를 당하고 금일에 와서는 마침내 노부모와 어린 처자 있는 집까지 가차압을 당하고 나니 미상불 기운이 꺾이기도 한다. 성재가 손가락으로 탁자 부전을 두드리면서 이러한 생각을 하고 있을 때에 "애, 인력거 불러라." 하며 나오는 주인의 소리가 들린다. 확실히 그것은 이일우 군의 음성이언마는 못 만난 지 육칠 년에 그 음성조차 변하였다. "돈 있거든 한 일 원." 하던 음성과 "애, 인력거 불러라." 하는 음성과는 대단한 차이가 있다. 안석에 기대어 앉아서 소화불량한 배를 슬슬 내리쓸면서 길게 "이리 오너라." 하는 음성이다.

문이 열리며 순흑색 세비로에 줄 있는 넥타이를 맨 일우가,

"야! 이게 누구요!"

하며 들어와 손을 내민다. 성재도 웃고 일어나면서 일우의 손을 잡았다. 그러나 두 사람의 손은 손바닥을 마주 대었을 뿐이요 꼭 쥐지는 아니하였다.

"그런데 이게 얼마 만이요?"

하고 일우가 의자에 앉으며 궐련합의 뚜껑을 열며,

"자, 한 대 피우시오."

"내가 담배를 먹나요?"

"아 참, 안 잡수셨지. 그렇지마는 학생 시대에는 아니 먹어도, 지금도 안 자셔요? 하하."

하고 자기만 부도(敷島) 한 개를 골라 물고 불을 붙여 길게 한 모금을 빨아서 휘 내뿜는다. 성재는 전보다 뚱뚱하여진 몸과 과음한 듯한 일우의 눈을 보면서,

"참 많이 축하합니다, 이처럼 성공을 하셔서."

"성공이 무슨 성공이요. 내야 버린 사람이지요."

"천만의……."

"직업이 직업이니까 그저 술 먹고, 가끔 계집도 희롱하고……, 내 생활이 이러하외다. 그런데 김 상(樣)께서는 무슨 발명을 하신다는데 어찌 되었어요?"

"발명! 발명이 무슨 발명이요."

하고 픽 웃는다.

"어디 한번 큰 발명을 하시오."

하고 초인종을 누른다.

4의 3

사환에게 차와 과자를 명하고,

"왜, 어느 학교 일이나 좀 보시지요. 몇 학교에 화학 시간이나 가르치면 돈 십 원이나 수입이 될 터인데."

성재는 이 말이 매우 불쾌하였다. 그러나 안색에 내지도 아니하고,

"어데서 오라는 데도 있지마는, 갈 마음도 없고, 또 붙든 일이 있으니까 그것을 버릴 수도 없고……."

"그러면 모르겠소마는 만일 어느 학교에 가실 생각이 있으시거든 내라도 힘껏은 주선하여드리지요."

하고 불쌍한 듯이 성재를 본다. 성재는 그 말이 더욱 불쾌하였다. 자기는 상당한 자기의 실력을 믿을 때에 남이 자기를 한 무능력자로 인정하여주느니보다 불쾌한 것이 더 없을 것이다. 진실로 일우는 성재를 불쌍히 여긴다. 될 수 있으면 건져주리라 하는 정성도 있다. 그뿐더러 자기의 권력을 보이기 위하여서라도 성재에게 어느 중학교 화학 교사의 직업이나 얻어주고 싶었다. 만일 성재가 법률 지식이 좀 있었던들 자기의 사무원으로 써주겠노라고 하였을는지도 모르겠다. 성재는 한 번 더 불쾌함을 참고,

"고맙소이다마는 이제 다시 교사 되기도 무엇하고, 그냥 지나갈랍니다."

일우도 성재의 안색에 좀 듣기 싫어하는 빛이 있음을 보고 다시 권하려고도 아니 하였으나 속으로는 '주제넘은 것, 이제 어떻게 살아가나 보자.' 하고 비웃었다.

사환이 차를 가지고 나왔다. 하얀 고뿌에 가배차(珈琲茶)를 넣고 접시에는 각사탕 두 개씩을 놓았으며, 칠한 과자합에는 일본 과자가 담기고 과자 위에 이쑤시개 두 개를 꽂았다. 조선집에 서양식 탁자, 의자도 우습지마는 가배차에 일본 과자도 우습고, 그것보다도 미투리 신은 화학자와 세비로 입은 변호사와의 대조가 더욱 우스웠다. 성재는 차를 두어 모금 마신 뒤에,

"그런데 좀 청할 말이 있어서 왔지요."

"네. 무슨 말이요?"

하고 일우는 한 손으로 차를 저으며 한 손으로 시계를 내어본다.

"노형이 저 함 사과의 가차압 사건을 맡으셨어요?"

"응, 응, 네 그랬지요. 그런데?"

"그런데 좀 연기하여주실 수 없겠소?"

"응?"

"얼마 동안 좀 연기하여주셨으면 좋겠단 말이야요."

"응. 그러나, 그것은 나는 모르지요. 나는 함 사과의 대리니까."

"그런들 좀 변통이 없겠어요?"

"그것은 함 사과한테 가서 말씀을 하시지요."

"그래 함 사과한테를 갔더니 노형께 가서 말을 해보라고, 이 사건은 노형께 전임을 하였노라고, 그럽디다그려. 그래서……."

"그것은 어려운걸요. 대관절 기한이 벌써 일 삭(朔)이나 지났다던데요!"

"네, 한 이십여 일 지났지요."

"그러니까 채권자야 가만히 있겠습니까?"

"그러나 함 사과는 우리 세의(世誼)……."

"허허. 지금 세의가 어디 있소."

"그러면 노형은 친구의 정리(情理)도 없단 말이요?"

"친구의 정은 친구의 정이고 채권은 채권이고."

"그러니까 내 청을 못 듣겠단 말씀이구려."

"아니 그런 것도 아니지마는……, 나는 대리인이니까, 내 자유로 할 수가 있소?"

하고 이쑤시개에 요캉(羊羹)을 꿰어주며,

"자, 과자나 자시오!"

성재는 좀 분격하여,

"과자 먹을 생각도 없소, 그러니까 내 청은 못 들으신단 말씀이오그려?"

하고 재차 묻는다.

"아즉도 가차압이요. 강제집행은 아니니까, 그동안 어떻게 힘을 써보시구려. 함 사과뿐 아니라 다른 채권자들도 이번 가차압한 것을 보면 가만히 있지는 아니하리다. 속히 손을 쓰서야 할걸요."

이때에 사무원이 공순히 들어와서,

"재판소에서 전화가 왔습니다."

"응, 나 오라고?"

"네, 송 변호사께서 개정 시간이 되었다고."

"응, 지금 간다고 그러오. 그리고 인력거 왔소?"

"네, 벌써 와 기다립니다."

"그러면 김 상, 나는 재판소에 일이 있으니까……. 가끔 놀러 오시지요."

하고 사환에게 모자를 받아 들고 휙 나간다.

5의 1

성재의 실험실 문밖에 어떤 여행 양복 입고 가방 든 청년이 인력거에서
내려 문을 두드린다.

"선생 계시오?"

하고는 유리창으로 엿본다. '웬일인가?' 하면서 또 두드린다. 얼마 만에
안에서 퉁퉁퉁 발자취 소리가 들릴 때에 청년은 귀를 기울이고 열심으로
그 발자취를 듣는다. 시월 해가 짧아서 벌써 가등(街燈)에 불이 켜지고
오슬오슬하는 찬바람이 휙휙 불어 지나간다.

딸랑 하고 문고리 벗기는 소리가 나더니 실험실 밖 대문으로 통한 문이
열리며 성순의 얼굴이 보인다. 그 청년은 검은 중절모를 벗어 들고 공손
히 인사하고, 성순도 잠깐 고개를 숙여 인사한 뒤에,

"들어오시지요."

하였다. 그 사람도 반갑지마는 이렇게 근심 많고 고적한 때에는 더욱 반
가웠다. 그 청년은 한 걸음 문안에 들어서면서,

"선생 안 계셔요?"

"네, 아침 아홉 점(點)에 나가서는 아즉 아니 오십니다. 어데를 갔는
지……."

"오늘은 노는 날도 아닌데 용하게 출타를 하셨군."

하고 주저하는 모양이더니,

"올라가 기다리리까, 괜찮습니까?"

하고 허가를 기다리는 듯이 성순을 본다.

"네, 올라오셔요. 지금 오시는 길이야요?"

"그저께 금강산에서 떠나서 석왕사 구경하고 지금 남대문 와 내렸어요. 단풍이 어찌 좋은지."

하면서 구두를 끄른다. 성순은 곁에 놓은 무거운 가방을 들고 앞서 방으로 들어가고, 그 청년도 성순의 뒤를 따라 들어가서 한번 실내를 쭉 둘러보더니 탁자 위에 황갈색 액체 든 시험관을 들어보면서,

"어때요, 그동안 좀 성공이 되었습니까?"

"네, 매우 성적이 좋다고 그러던데요."

"그것 참 기쁜 말이올시다. 저도 이번 금강산 가서 어떻게 그림도 많이 그리고 글도 많이 지었는지……. 그림은 하물로 부쳤지요, 이따가 찾아오겠습니다. 보시거든 잘 그렸다고 칭찬이나 해줍시오."

하고 성재의 의자에 앉으려다가 다시 일어나면서,

"아차, 성순 씨한테 좋은 선물을 가져왔는데요."

하고 즈크로 싼 가방을 열더니 화구상(畵具箱), 원고지, 수건, 치마분(齒磨粉) 같은 것을 집어내고 맨 밑에서 백지로 싼 네모난 뭉텅이를 하나 내어 성순에게 주면서,

"이것이 선물이야요."

하고 웃는다. 성순은 그 중량을 보는 듯이 두어 번 들었다 놓았다 하더니,

"펴보리까?"

한다.

"보셔요, 이리 줍시오, 제가 펴지요."

하고 성순의 손에서 그 뭉텅이를 빼앗아서 탁자 위에 놓고 얽어맨 끄나풀을 끄른다. 서너 겹 싼 것을 젖히니 그 속에서는 단풍잎사귀, 고산식물, 동해에서 나는 조개, 회엽서(繪葉書), 자기가 그린 폭포와 산의 스케치

같은 것이 나오고 맨 나중에는 역시 백지로 꽁꽁 싼 것 하나가 나온다. 청년은 일일이 설명하기를 시작한다.

처음에 단풍잎사귀를 들고,

"이것이 바로 유점사 뒤에서 딴 것이외다. 하루 아침에 나가보니까 저편 절벽 위에 단풍이 어떻게 좋은지 모르겠어요. 사방이 다 단풍이지마는 그중에 그 절벽 위의 단풍은 특별히 좋아요. 그런데 길이 있습니까, 천신만고로 위험을 무릅쓰고 이것을 따왔지요. 한 움큼 땄다가 다 내어버리고 꼭 이것 두 잎사귀만 가져왔지요."

하고 핏빛 같은 단풍잎사귀를 들어 성순에게 주며,

"평지에는 도저히 이러한 단풍은 없습니다. 이것은 꼭 심산에 가야만 구경하는 것이야요."

성순은 그것을 받아 들고 이리 뒤적 저리 뒤적 재미있게 본다.

다음에는 고산식물에 앉은뱅이 같은 것을 들고,

"이것은 해발 팔천 척 이상에 난 것이야요. 오월에야 봄을 만났다가 팔월에 가을을 만나는 불쌍한 식물이야요. 이놈은 여름의 더움이라고는 구경을 못 하지요. 찬바람 속에 났다가 찬바람 속에 죽는 가엾은 신세지요. 그러면서도 이렇게 고운 꽃을 피웁니다그려."

하고 자색화(紫色花)를 만지면서,

"자, 어떻습니까, 꽤 곱지요?"

"네, 참 곱습니다."

하고 코에 대어본다.

"향기는 없어요, 향기는 없어요!"

하고 성순의 눈을 본다.

과연 그 꽃에는 향기는 없었다. 그다음에 그 청년은 조그마한 백지 뭉
텅이를 들고 풀려 하더니,

"아니, 이것은 보실 필요가 없어요."

하고 양복 호주머니에 집어넣는다. 성순은 호기심이 나서,

"그게 무엇입니까, 보여주서요!"

"아니!"

"자, 보여주서요."

"보여드릴까. 웬걸, 일후에 드리지요."

"내게 보낸 선물을 왜 안 주서요!"

하고 어리광을 부린다. 서로 부끄러워서 피하던 눈과 눈은 가끔 서로 마
주친다.

"그러면 보여드릴까."

"자, 내십시오!"

하고 성순은 그 청년의 양복 소매를 조금 잡아당기었다. 그러고는 부끄
러워서 고개를 숙였다. 그 청년도 성순이 그처럼 대담하게 자기의 소매
를 당기는 것을 보고 놀랐다.

"그러면 보여드리지요."

하고 그것을 내어 성순에게 준다. 성순은 그것을 받아 들고 반쯤 몸을 돌
리면서 분주히 종이를 편다. 그 청년은 곁눈으로 슬슬 성순의 손을 보면
서 담배를 피운다. 꽁꽁 싼 것을 다 풀고 나니 나오는 것이 도토리 한 톨?
그 청년은,

"하하, 속으셨지요! 그것이야요, 그것!"

성순은 그것을 들고 어쩔 줄 모르는 듯이,

"이게 무엇이야요?"

"그게 보습나무라는 크고 굳은 나무 열매요, 도토리라는 것이야요, 하하하."

하고 쾌활하게 웃지마는 성순은 웬 셈평인지 모르고 그것을 손바닥에 굴려본다.

"자세히 설명을 해드려요?"

"네. 무엇이야요?"

"그것을 땅에다 심으면 명년 봄에는 노란 엄이 나오지요!"

"그러고는?"

"나와가지고는 조금씩 조금씩 자라지요."

"또, 그다음에는?

"자꾸 자라지요!"

"또, 그다음에는?"

"또, 자꾸 자라지요."

"에그, 그만두십시오. 나는 정말 무슨 뜻이 있다고."

하고 그것을 내어던지려 한다. 그 청년은 큰 변이나 나는 것처럼 두 팔을 번쩍 들면서,

"아니, 아니, 아니, 뜻이 있지요, 뜻이 있어요."

"글쎄, 자꾸 자라서는 어떻게 되어요?"

"자꾸 자라서는 커다란 나무가 되지요. 내가 이번 금강산에서 보았는데 (하고 팔을 벌리면서) 이렇게 세 아름, 네 아름 되는 나무가 있어요. 이

것이 자라면 그러한 큰 나무가 되지요."

"그다음에는?"

"그다음에는, 또 이러한 도토리를 많이 맺지요."

"또 그다음에는?"

"그다음에는, 그 도토리들이 다 땅에 들어가서 엄이 나서, 자라서, 자라서, 자꾸 자라서, 또 그와 같은 큰 나무가 되지요."

"또 그다음에는?"

"그다음에는 또 그렇지요."

"이제는 그뿐이야요?"

"네, 그뿐이지요, 그게 재미있지 않아요?"

"그것 참 재미있습니다."

"과연 재미있지요? 우리가 꼭 그 재미로 사는데. 선생이나 제나, 또 성순 씨께서도."

"어째 그 재미로 살아요?"

"그것을 모르셔요?"

하고 이윽히 성순의 눈을 보더니,

"제가 지금 그림을 그리지 않습니까."

"그렇지요!"

"왜, 제가 그림을 그리나요?"

"그리구 싶어서."

"또?"

"전람회에 출품할라고."

"또?"

"큰 미술가라고 후세에 이름을 남기시지요."

"또?"

"에구, 모르겠습니다."

"그러니깐 아즉 유치하시단 말이야요."

"무론 제야 유치합지요."

"아차, 실례했습니다. 세상에는 성순 씨보다 더 유치한 사람도 많은데."

성순은 좀 분격해서 입술을 문다.

5의 3

"그것은 다 농담이올시다마는,"

하고 점잖은 구조(口調)로,

"제가 그림을 그리는 것은 미술 없는 조선 사람에게 미술을 주려고 하는 것이야요. 즉, 제가 이 도토리가 되어서, 엄이 나서 자라서, 자꾸자꾸 자라서, 큰 나무가 되어서, 이러한 도토리를 많이 맺잔 말이야요. 알아듣기 쉽게 말하면 지금 그림 그리는 사람이 나 하나밖에 없지마는 장차는 수백 명, 수천 명 있게 하자는 말이야요. 알아들으십니까? 선생도 그렇지요. 자기 혼자서 아모리 큰 발명을 한다 하면 그것이 무엇이 귀합니까, 선생 같은 화학자가 수백 인, 수천 인 나게 해야 비로소 뜻이 있는 것이지요. 안 그렇습니까?"

듣고 보면 그럴 듯도 하다.

"그러면 이것을 제게다가 선물로 주신 뜻은?"

"그것까지야 어떻게 설명하겠습니까."

"그런데 무슨 뜻이 있기는 있어요?"

"아무렴 있지요."

"그러면 제가 알아맞혀요?"

"응, 알아맞힙시요."

하더니 벽에 걸린 팔각종을 보면서,

"벌써 다섯 점이올시다. 그런데 왜 아니 오시나. 아, 어데 가신지 모르셔요?"

잠깐 그 청년의 이야기에 취하였던 성순은 문득 자기가 슬픈 경우에 있는 것을 깨달아서 안색이 변하여지며 한숨을 쉰다. 발도 들었다 놓았다 하며 손으로 머리도 만져보고 턱도 쓸어보고 제가 제 입술도 빨아보고 하던 그 청년은 성순의 불쾌한 안색을 보고 놀라는 듯이,

"왜 어데가 편치 아니하셔요?"

"아니요."

"그러면 제게 대해서 노염을 품으셔요?"

"아니, 천만의 말씀이올시다."

"네, 그렇다면 안심이지마는……."

하고 또 발로 방바닥을 울리기 시작한다. 성순은 한참 주저하다가,

"집이 가차압을 당했습니다."

"가차압?"

"채권자가 우리 집을 가차압했어요."

"에? 집행을 했어요? 누가?"

"함 사과라는 이가."

"함 사과?"

"그런 사람이 있습니다. 이전에는 우리 집 은혜도 많이 졌다는데, 돈 한 삼천 원에 가차압을 하다니!"

그 청년은 눈이 둥그레지며,

"그래, 선생은 무어라고 하셔요?"

"아까 가차압을 당하고서는 아모 말도 없이 밖에 나가셨어요."

하고 눈에서 눈물이 떨어진다. 그 청년은 쾌활하던 빛이 없어지고 한참이나 우두커니 앉았더니 고개를 번쩍 들며,

"그래, 갚아줄 돈이 없나요?"

"한 푼이나 있습니까. 토지 문권도 말짱 은행에 들어가고……. 아버지께서는 아까 술만 잡수시고 심화를 내서서 어머니만 못 견디게 졸르시고."

"어머니는 왜? 어떡허란 말이야요?"

"심화가 나니 그러시지요. 문권을 잡힐 때에는 늘 어머니께서 권하셨다고……."

하고 치맛자락을 눈에 대고 돌아서며 운다.

이때에 안마당에서 두어 마디 큰소리가 나더니,

"아이구, 참으셔요. 그러면 어째요."

"놓아라, 이것 놓아. 집 다 망했다."

하는 소리가 나며 실험실 문이 왈칵 열리자 미친 듯한 김 참서가 옷고름을 풀어젖히고 뛰어 들어오더니 앞에 섰는 성순을 보고,

"이 계집애, 무엇 하러 여기 섰느냐!"

하고 성순의 팔을 잡아 두른다. 그 청년은 황망히 일어나 김 참서에게 인사를 한다. 김 참서는 그 청년의 팔을 잡으며,

"여보게, 내 집이 망했네그려, 육십이나 되도록 죽을 고생을 다 하고 집칸이나 잡았던 것이 오늘 와서는 그것조차 다 빼앗기고 말았네. 우리 성재라는 놈은 무엇을 하노라고 제 부모 누워 죽을 자리도 없게 하나, 응."

하고 눈물을 흘린다. 그 청년도 아니 울 수 없었다.

"너무 염려 말으십시오. 무슨 도리가 생기겠지요."

"말 말어! 이 실험실인가 무엇인가를 왼통 두들겨 붓고 말아야지."

하고 탁자를 향하여 달려들려 한다. 세 사람은 울며 만류한다.

5의 4

"놓아라, 아니 놓을 테냐."

"글쎄, 참으서요. 이러면 성재가 얼마나 슬퍼하겠습니까."

"성재가 슬퍼해? 제 부모의 누워 죽을 집 한 칸까지 팔아먹는 놈이, 그 불효한 놈이! 으흐!"

하고 몸부림을 한다.

"어서 놓아! 저게 다 무엇이냐, 저 번쩍번쩍하는 것이 다 무엇이여! 저것이 내 돈을 다 먹었고나. 내가 손발이 다 닳도록 벌어놓은 돈을 저것이 다 먹었어! 내 저 원수윗 것을 말짱 깨물어서 먹고 말란다. 먹고 죽을란다!"

"아버지, 좀 참으셔요."

"이년, 가만 있거라, 자식도 다 귀치않다."

"여보, 이러면 정말 집이 망하고 말겠소."

하고 부인은 참서를 껴안아 앉히려 한다. 참서는 원래 건장치 못한 데다가 오랫동안 심화로 늙었고, 또 소주를 과음하여서 기운이 지쳤던 터이라, 그만 기운 없이 펄썩 주저앉는다. 그 청년이,

"너무 염려 말으십시오. 저희가 다 무사하게 하겠습니다. 어서 들어가누워 계십시오."

그러나 이 말에는 대답이 없고 참서는 "응." 하면서 앞으로 푹 쓰러진다. 부인이 깜짝 놀라서 쳐들 적에는 벌써 눈을 뒵쓰고 숨이 끊겼다. 청년은 참서를 반듯이 누이면서,

"여보, 냉수, 냉수!"

하였다. 부인은

"이게 웬일이요!"

하고 푹 쓰러질 뿐이다. 성순은 울면서 대야에 냉수를 떠 들고 나온다. 청년은 입에 냉수를 물어 참서의 얼굴과 가슴에 뿜고 성순을 시켜 인중과 옆구리를 비비게 하였다. 그러나 성순은 눈물이 가리어 잘하지 못하는 것을 보고,

"여보시오, 성순 씨! 지금 여자가 그처럼 정신이 약해서 무엇 한단 말이오. 눈물을 거두고 힘껏 하시오!"

하고 호령을 한다. 성순은 입으로 뿜는 것이 부족한 듯하여 나중에는 대야에 남은 냉수를 얼굴과 가슴에 푹 쏟았다. 양장판 위에는 사방으로 길을 지어 물이 흘러간다.

그래도 듣지 아니하므로 청년은 저고리를 벗어버리고 참서의 배 위에 올라앉아서 중학교 생리학 시간에 어렴풋이 들어두었던 인공호흡법을 실행하였다. 손을 제일 늑골에 대어서 쇄골까지 올려 훑을 때에 살 없는 참서의 흉부는 마치 해골을 만지는 것 같았다. 부인은 정신없이 쓰러졌다가 벌떡 일어나서 참서의 창백한 얼굴을 보더니 그 얼굴에 자기의 얼굴을 대고 소리를 내어 울기를 시작한다. 그 울음소리를 따라 성순의 소리 없던 울음도 차차 소리를 낸다. 그 청년도 가끔 주먹으로 눈물을 씻으면서 일심으로 인공호흡법을 시행하였다. 그러나 심장이 이미 마비하여버린 참서의 몸은 점점 식어가고 점점 굳어갈 뿐이었다. 그 청년은,

"하인 불러서 곧 가서 광교(廣橋) 백 의사 오라고 이르시오!"

성순이 나간 뒤에야 그 청년도 비로소 실내가 어두움을 깨닫고 전등의 나사를 틀었다. 방 안에 전광이 가득 차자 창백한 김 참서의 얼굴이 눈을 부릅뜨고 볼 때에 그 청년은 소름이 쪽 끼쳤다. 부인은 눈물을 거두고 하염없이 앉았다. 그 청년이 참서의 곁에 가서 손으로 눈을 감기려 할 때에 부인은 청년의 팔을 물리치며,

"그냥 두시오. 성재나 들어오거든 한번 보기나 하게, 이제 보면 다시는 못 볼 터이니깐."

"성훈은 어데 갔어요?"

"어디 집에 붙어 있답디까? 어데를 다니는지 밤낮 밖에만 나가지. 그것도 아버지 애를 끝끝내 태우다가 임종도 못 하고. 맏며느리는 가난한 살림이 싫다고 친정에만 가 있고, 작은며느리는 철없는 성훈이가 친정으로 쫓아 보내고. 그러다가 이렇게까지 되니 이것이 웬일이요. 전생에 무슨 죄악이 관영(貫盈)하여서 이렇게도 팔자가 기구하겠소."

하고 다시 울기를 시작한다. 청년도 다시 위로할 말이 없었다. 일생을 고생으로만 지내다가 노경에나 좀 낙을 볼까 하였던 것이, 운명은 그것도 허하지 아니하였다. 전평생(前平生)은 돈을 모으기 위하여 살았고 후평생(後平生)은 자녀에게 안락을 주기 위하여 살았다. 그는 돈을 모으려 하여 성공하였다. 자녀를 기르려 하여 성공하였다. 그리하여 그는 자녀에게 안락을 주고 자기의 여생도 안락 속에 보내기도 성공할 줄을 확신하였으나 그것이 실패되매 그는 이 귀찮은 세상을 버리고 말았다.

6의 1

가난한 살림이 싫다 하여 친정에 가 있던 성재의 부인도 머리를 풀고 울며 돌아오고 성훈에게 쫓겨갔던 그의 부인도 그 모양으로 돌아와서, 소병풍(素屛風)을 두른 김 참서의 시체 곁에는 한바탕 새로운 곡성이 일어났다. 미망인을 중앙에 두고 두 며느리와 한 딸이 돌라앉아서 치맛자락을 얼굴에 대고 우는 양을 문밖에서 보는 성재도 새삼스럽게 슬픈 마음이 나서 한참이나 울었다. 문밖에 모여 선 얼마 아니 되는 친척들도 눈물은 흘리지 아니하나 다 얼굴을 찌푸렸다.

방이라는 방에는 모두 불이 켜지고, 거기는 이삼 인씩 혹 사오 인씩 모여 앉아서 장례 지낼 일을 의논하는 이도 있고, 김 참서의 일생을 말하는 이도 있으며, 어떤 방에서는 김 참서의 별세와는 아무 상관 없는 세상 이야기를 하고는 웃는 소리가 안방에까지 들렸다.

부엌에도 행랑 여인들이 모여서 말없이, 혹은 솥에 물을 붓기도 하고 혹은 불도 때고 혹은 분주히 여러 사람들 사이로 컴컴한 마당을 지나서 부엌과 곳간 사이로 왕래도 한다.

성재의 실험실에는 청년 세 사람이 탁자를 새에 두고 둘러앉아서 담배를 피우며 그 청년에게 김 참서 임종의 상태를 듣는다. 그 청년의 눈에는 아직도 아까 놀란 빛이 떨어지지 아니하여 김 참서가 누웠던 자리를 가리키며,

"바로 여기외다. 여기 이렇게 눕더니만 그만 숨이 끊기겠지요."

얼굴 좁고 평생 방긋방긋 웃어가지고 있는 전경(全敬)이,

"어데가 아프단 말도 없이?"

"아프단 말을 할 새가 있어야지요. 마치 드는 칼로 생명줄을 싹 베는 모양으로 똑 끊어지고 말아요. 사람의 생명이 그렇게도 쉽게 끊어진담!"

전경이 더 빙긋거리며,

"왜 쉽게 끊어졌어요? 육십여 년이나 닳아지다 닳아지다 다 닳아져서 끊어졌는데."

이 말에 세 사람은 일제히 웃었다.

"참, 사람의 생명이란 믿을 수가 없어."

하고 지금까지 잠자코 앉았던 변영일(卞英一)이 김 참서의 누웠던 자리라는 데를 슬쩍 보며 말한다.

"지금사 깨달았소? 철학자의 깨달음이 하기만야(何其晚也)요."

함은 전경의 말.

"글쎄, 그 광경을 보고 나니까 산 것 같지 않구려. 한참 인공호흡을 시키다가 그것도 효력이 없어서 일어나서는 가만히 제 가슴에 손을 대어보았지요. 아즉도 내 심장이 뛰는가 하고."

"그래서? 아즉도 뜁디까?"

함은 변(卞)의 말.

"응, 아즉도 뛰어요."

"그래서 안심이 되었소?"

"안심이 어찌 되어요? 이것이 언제까지나 뛰겠는고, 금시에 서지나 아니할까…… 마치 시계를 땅에 떨우면 그만 서는 모양으로 그렇게 서면 어찌하나, 그다음에는 어찌 되는고, 다른 세상이 또 있는지, 아주 스러지고 마는지……, 그런 생각이 나요. 그러구는 몸에 땀이 쪽 흘르겠지요."

하고 소름이 끼치는 것같이 한 번 몸을 흠칫해 보인다.

"글쎄, 사후에 또 생명이 있을까? 어디 철학자, 우리 범인(凡人)에게 그 해결을 주소서."

"전 군은 잠시도 그 버릇을 못 떼겠소, 그렇게 사람을 조롱하는 버릇을?"

"죽어야."

하고 그 청년(閔殷植)이 웃는다.

"암. 그야말로 심장이 서야, 하하하."

"그러면 금시로 전 군의 심장이 서기를 바라오, 인도(人道)를 위하야."

"그것은 심하구려."

하고 머리를 북북 긁으며,

"그런데 김 참서의 생명은 어데로 갔을까? 아즉 이 방 안에 있을까?"

"안방에 들어갔겠지."

"옳지, 시체를 따라서."

"한 번 싫어서 벗어내버린 몸뚱이를 무엇 하러 따라다녀? 벌써 저 멀리 멀리로 갔을 것이오. 천당에 갔거나, 그렇지 아니하면 지옥에 갔거나."

"그렇지 아니하면 시방 여행 중이거나."

"그렇지 아니하면 지금 행리(行李)를 수습하는 중이거나."

이때에 안방에서 또 울음소리가 나온다.

"쉬이."

하고 세 사람은 말을 끊고 가만히 귀를 기울였다.

전경이 눈이 둥그레지더니 사방을 살피며,

"지금 누가 이 방으로 들어왔소."

두 사람도 이 말을 듣고 깜짝 놀랐다.

"지금 저 문이 벌컥 열리면서 사람 같은 것이 쑥 들어왔는데……."

하고 전경은 방 안을 둘러본다.

"또 무슨 장난을 하노라고 그러오?"

하고 변이 주먹으로 전의 어깨를 때리며 웃는다.

"아니, 아니! 저것 보아. 저기 있네, 저기 있네."

하고 의자에 앉은 대로 몸을 피하며 때리려는 사람을 막는 모양으로 두 손을 펴서 앞을 막으며,

"민 군! 민 군! 민 군 뒤에, 민 군 뒤에!"

민도 깜짝 놀라서 벌떡 일어서며,

"여보 전 군! 웬일이요?"

"저것을 보시오, 김 참서가 방금 민 군 뒤에 섰는데, 민 군의 어깨를 잡으려고 하는데."

변도 일어섰다. 그러나 실내에는 오 촉 전등과 성재의 실험기구밖에 아무것도 없었고, 다만 아까 쏟아진 물만 장판 위에 여기저기 번쩍번쩍한다. 전은 미친 사람 모양으로 연해 헛소리를 하며 몸을 떤다. 변은 실내를 둘러보다가 아무것도 없는 것을 보고 전의 어깨를 흔들며,

"여보, 정신을 차리시오, 글쎄 별안간에 웬일이요?"

그러나 전경의 눈은 마치 미친 사람의 눈 모양으로 성재의 실험 탁자

근방을 노려보며 점점 몸이 더 떨린다. 다른 두 사람도 머리카락이 온통 하늘로 올려 솟는 듯하여 부지불각에 두어 걸음 뒤로 물러서면서도 눈은 전경의 파래진 얼굴을 떠나지 아니하였다. 변은 그것이 농담이 아닌 줄을 알고 다시 전의 손을 잡으며,

"여보, 전 군! 내가 누군지 알겠소?"

"흥, 흥. 네가, 응, 네가, 알지, 알지."

"아이고 저것이 웬일이야!"

하고 민이 전의 어깨를 한 번 더 때리며,

"여보, 내가 누군지 알겠소?"

"응, 다 알어."

"그러면 이름을 불러보오."

"너는 항우고, 이 애는 장비구, 허허허허. 내가 잘 알지?"

"무엇이오? 내가 누구요? 내 얼굴을 자세히 보고 말을 하시오!"

하며 민이 눈을 부릅뜬다.

"너는…… 옳지 너는…… 저것 보게. 네, 그러지요. 옳지, 알았습니다. 잘 알았습니다, 응응, 그렇구말구. 네, 네, 네."

"여보 전 군, 누구더러 하는 말이요?"

"김 참서더러! 저기 김 참서께서 서 계시지 않니?"

"어데?"

"저기, 저 탁자 우에!"

"탁자 우에 어데?"

"저기 안 있어, 저 굴뚝 우에 말이어!"

"어데 굴뚝이 있어?"

"저기, 저 유리 굴뚝 우에…… 네네, 그래요, 옳지요. 내일, 웅, 모레. 네, 네, 네."

"여보, 김 참서가 무슨 말씀을 하시오?"

하고 변이 엄격한 얼굴로 물으매,

"홍, 홍. 애들아, 저게 무슨 소리냐, 뉘가 우느냐, 소리를 하느냐!"

하고 귀를 기울인다. 두 사람도 가만히 귀를 기울였다. 마침 이웃 기생집에서 장구 소리에 맞춰 여성 육자배기가 들린다.

"저 기생집에서 기생이 소리를 하오."

"아니, 그 소리 말고."

"그것은 안에 조객(弔客)이 왔나 보오."

"누가 죽었나?"

"김 참서께서 아니 돌아가셨소."

"하하하하. 김 참서께서 여기 계신데, 하하하."

"어데?"

"여기!"

하고 탁자를 가리키더니 다시,

"여기!"

하고 자기의 가슴을 가리킨다. 민은 다리가 벌벌 떨리며, 변더러,

"여보, 어쩌면 좋소. 전 군이 미쳤구려."

"글쎄, 미친 모양이로구려. 워낙 쇠약하였으니까."

"홍홍, 전 군이 미쳤어?"

하고 전이 깔깔 웃더니 손뼉을 턱 치고,

"옳지, 내가 좀 가볼 일이 있는 것을 잊었구나."

하고 문을 치고 밖으로 나간다. 밤의 찬 공기가 실험실 안으로 들어온다. 전은 이상한 소리를 지르며 어데로 달아난다. 두 사람은 문도 닫을 생각 없이 우두커니 마주 보고 섰다.

6의 3

"민 군, 여기 계시오. 내 따라가 보고 오리다."

"그러면 나도 가보지요!"

"아니, 그러다가 김 군이 나오면 어째요? 김 군이 오늘 저녁에는 퍽 흥분한 모양인데. 그러다가 무슨 일이 있을지 알겠소? 나 혼자 얼른 가보고 올 것이니 여기 계시오!"

하고 뛰어나간다. 민은 하릴없이 혼자 떨어져 탁자에 기대어 앉았다.

담배를 내어 불을 붙여 담배 연기를 바라보고 모든 것을 잊어버리려 하였으나, 그러할수록 아까 김 참서가 거꾸러져 운명하던 자리가 보이고 아직도 번쩍번쩍하는 물이 보이며, 그러고는 그 자리에 김 참서가 눈을 부릅뜨고 누운 양이 보이고 자기가 그 시체에 올라앉아 시체의 좌우 옆구리를 비비던 양이 보인다. 민은 벌떡 일어나서 크게 기침을 한 뒤에 방향을 돌려 거기를 등지고 앉았다. 그러나 김 참서는 여전히 그 자리에 누워서 "애, 민아, 내 옆구리를 더 주물러라!" 하는 것 같고, 그가 벌떡 일어나서 아까 전 군이 말하던 모양으로 자기의 뒤통수를 꾹 내리누른 듯하여 민은 다시 벌떡 일어나 위엄을 갖추고 그 자리를 노려보았다.

생생하던 사람이 갑자기 죽는 것과 갑자기 미치는 것을 본 민은 자기도 금시에 죽는 듯하고 금시에 미치는 듯하였다. 그래서 민은 무서운 생각을 이길 양으로 일어나 실내를 왔다 갔다 하며 동경 유학 시에 배운 속가(俗歌)도 중얼거려보고 찬미가도 읊어보다가 그것도 효력이 없어서 마침내 안으로 통한 전령(電鈴)을 눌렀다.

'하하, 우습다. 내가 왜 이러나.' 하고 다시 위의를 갖추고 손으로 테이블을 두드리고 앉았을 때에 문이 열리며 쾌활한 어멈이 고개를 디밀어 보더니,

"청주 서방님 혼자 계셔요?"

"그림자까지 둘이 있네."

"두 분은 어데 가셨어요?"

"한 사람은 미쳐 나가고 한 사람은 미친 사람 잡으러 나가고……."

"미쳐? 누구?"

"전 서방님이 미쳤다네."

"에그머니!"

하고 문에서 물러선다.

"여보게, 안에 손님 많이 계신가?"

"몇 분 안 계셔요. 그런데 전 서방님이 어떻게 되었어요?"

"미쳤어……. 그렇거든 서방님 좀 나오시라게."

"상주님이 어데를 나와요? 아, 전 서방님이 미치셨어요?"

"그래, 미쳤다네……. 급한 일이 있다고 얼른 나오시라고 그러게."

"무슨 급한 일이야요?"

"그것은 알아서 무엇 하게, 얼른 좀."

어멈은 화를 내는 듯이 문을 와락 닫고 들어간다.

이윽고 성재가 기운 없는 얼굴로 들어온다. 민은 다만 성재의 얼굴만 보고 아무 말이 없었다. 성재는 들어와서 탁자 앞에 놓인 자기의 의자에 앉더니,

"다들 어데 갔소?"

"전 군이 미쳤어요."

"전 군이?"

"그저 갑자기 미쳐요. 나하구 변 군하고 셋이 이야기를 하다가 갑자기 헛소리를 하고 몸을 떨지요. 한참이나 그러더니 무슨 일이 있다고 그러면서 어데로 달아나고 말았어요."

"그래, 변 군은 전 군 따라갔구려?"

"네. 내 그런 변은 처음 보았소."

"전 군도 그만 미치고 말았구려."

하고 무슨 생각을 하는 듯하더니,

"전 군의 집에 그러한 유전이 있어요. 아마 그 조부가 미쳐서 한강에 빠져 죽었지요. 그리고 그 고모도 한 분 미쳤습니다. 지금은 벌써 죽었지마는 우리도 그가 머리를 풀고 울고 돌아다니는 것을 보았는걸요. 참 불쌍한 사람이지."

"가족이라고는 아모도 없나요?"

"옛날은 꽤 넉넉하게 지냈더라는데 그 조부가 미치기에 아주 망한 심이지요. 그리구 그 부친은 조사(早死)하고 어머니는 어데로 갔습니다. 그래서 한참은 어머니 찾으러 간다고 야단을 했지요. 하더니 그만 미쳤구려."

하고 매우 애석하는 빛을 보인다. 민도 더욱 애석하게 여겨 그가 미쳐 나

가던 문을 한 번 더 바라보았다. 그러나 더욱 이상한 것은 성재의 너무 침착한 태도였다.

6의 4

성재는 전경이 미쳤다는 말을 듣고 한참이나 우두커니 앉았더니,

"전 군도 참 불쌍한 사람입니다. 십칠팔 세 적부터 그래도 무슨 일을 한다고 돌아다니다가 하나도 성공한 것은 없이 고생만 하였지요."

"북간도(北間島)도 갔다 왔다지요?"

"북간도뿐인가요, 북간도, 서간도(西間島), 해삼위(海蔘威)…… 아마 상해(上海) 등지에도 갔었지요. 무슨 시원한 일이나 있을까 하고 돌아다니나 무슨 시원한 일이 있겠소. 공연히 고생만 했지요. 북간도에 가서는 일변 학교에 교사도 되고 일변 민단을 조직하여 굉장히 활동을 하였답디다. 무론 자기가 중심이 된 것은 아니지마는 이 모, 김 모의 휘하에서 아마 제갈량이가 되었던 모양입디다. 그러다가 서북파니 기호파니 하는 싸움에 경영하던 일은 모다 수포에 돌아가고, 전 군은 반대파에게 붙들려서 죽도록 매를 얻어맞고 거의 죽을 뻔하다가 어떤 청인(淸人)의 집에서 두 달이나 치료를 하였더랍니다. 그러구는 다른 데로 갈라니 노수(路需)가 있나요, 그래서 거기서 해삼위까지 그 추운 겨울에 걸어갔더랍니다. 그때에 전 군의 발가락 두 개가 빠졌지요……. 오른발이던가…… 옳지 왼발이지. 그러구는 해삼위에 들어가서 또 얼마 동안 되지도 않는 일에 애를 쓰다가 또 육혈포변(六穴砲變) 통에 거기도 못 있게 되고, 그

러고는 아마 일정한 처소도 없이 표류를 하였나 봅디다. 자기의 말을 들으면 장관이 많지요. 아마 직업도 아니 하여본 것이 없지요, 담배말이, 고기잡이……. 그러니까 웬걸 옷이나 변변히 입고 음식인들 잘 먹었겠소. 재작년에 온 것을 보니까 몸에는 살 한 점 없이 뼈만 남았습디다. 그러다가 얼마 아녀서 ○○음모사건의 연루자로 붙들려서 일 년 동안이나 고생을 하고 나니까 사람 같지 않습디다. 옥에서 나오니 있을 데가 있소, 그래서 아마 총감부에서 내 이름을 불렀던지, 내게 호출이 났습디다그려. 그래서 가서 다려왔지요. 그 후에 일 년이나 우리 집에 있다가 마침 ○○소학교에서 한문 교사를 구하기에 거기 주선을 하여서 지금까지 지내왔지요."

"본래 어느 학교 출신인가요?"

"이전에 일진회(一進會)에서 세운 광무학교(光武學校)라는 학교가 있었습니다. 어떻게 되어서 들어갔던지 일진회원이 되어가지고는 그 학교에 다녔지요. 전 군이야말로 참 낡은 개화꾼이지요."

"그러면 나이 꽤 많게?"

"지금 서른하나인가 그렇지요."

"그런데 아즉 혼인도 아니 하고?"

"혼인할 새가 있나요, 불사가인생산(不事家人生産)하고 지사랍시고 돌아다니면서……."

"아, 교사 된 뒤에도 혼인을 아니 해요?"

"한 달에 십오 원 받아가지고 혼인을 어떻게 하오? 그뿐더러 선생은 자기의 목적한 일을 성공하기까지는 집도 아니 이루고 혼인도 아니 한다고 그러지요."

"그 목적이란 무엇이야요?"

"무엇인지도 모르지. 그래도 무슨 목적이 있노라고 그러지요. 무엇이 목적이냐고 물으면 이렇게 대답하지요. '내 목적은 이루는 날까지 말하지 못할 것'이라고. 그러면 '언제나 성공할 듯하오?' 하고 물으면, '성공할 날은 모르지요, 아마 성공할 날이 없겠지요.' 하고 대답하지요. '성공할 날은 없겠지마는 그 목적을 버릴 수는 없다.'고 그러지요."

"압다, 그게 무슨 목적이야요."

하고 민은 이상한 듯이 웃는다.

"그 시대 사람들에게는 다 그러한 목적이 있었습니다."

하고 선배가 후배를 내려다보는 듯하는 눈으로 민을 보면서,

"아모러나 전 군은 이상한 사람입니다. 평상시에는 마치 아모 생각도 없는 사람 모양으로 쓸데없는 농담이나 하고 빙긋빙긋 웃기만 하는 것 같지마는 속에는 딴 세계를 배포(排布)한 사람이지요. 다만 십 년 전 사람이지요. 십 년 전에는 가장 새롭던 사람이지마는 시대는 추이(推移)하고 자기는 자기의 사상을 묵수(墨守)하니까 전 군과 이 시대와는 아모 상관이 없지요. 전 군은 자기의 이상대로 세상을 개조하려 하였으나 세상이 전 군을 발길로 차 던지고 저 갈 길을 간 게지요. 전 군은 자기를 차 던지고 혼자 달아나는 세상을 따라가랴고도 아니 하고 자기의 속에만 자기의 특별한 세상을 배포하고 있지요. 이것을 실현하는 것이 자기의 목적이겠지요. 그러니까 그 목적은 달할 날이 없단 말이지요."

이러한 말을 들으니 민(閔)에게는 전(全)을 동정하는 마음이 더 간절하여진다. 일변 전에게 관한 말도 더 듣고, 일변 이러한 말로 성재의 슬픔을 잊어버리게 하려고 새로 궐련을 피워 물며,

"그러나 마침내 미쳤구려. 미친 것이 도리어 행복일는지도 모르지요. 상시에 자유롭지 못한 세상이 광중(狂中)에야 자유로 아니 되겠어요?"

하고 웃었다. 성재도 빙그레 웃는다. 민은 성재가 웃는 것을 보고 매우 기뻐하였다. 민은 성재의 이 기쁨을 모쪼록 오래 유지하고 싶었다. 그래서,

"그러면 오랜 동안 고생과 실망이 모이고 모여서 미치는 원인이 되었나 보지요."

그러나 성재는 무슨 생각을 하는지 민의 말은 들은 체 만 체하고 우두커니 팔각목종을 쳐다보고 있더니, 또 빙긋이 웃으면서,

"나도 전 군과 같이 미치지나 아니할는지요. 어째 미칠 것만 같소. 칠 년 동안이나 실패만 하고, 가산은 왼통 집행을 당하고, 종일 돈 변통하러 다니다가 간 데마다 거절을 당하고, 집에 돌아오니 늙으신 부친께서는 불시에 돌아가시고……. 아니, 부친께서 돌아가신 것이 아니라 내 손으로 부친을 죽인 심이지요. 노친을 편안하시게 봉양도 못 하고 도리어 밤낮 걱정만 하시게 하다가 마침내 내 손으로 죽이기까지 하였으니……."

하고 푹 고개를 숙인다. 안에서는 또 울음소리가 나온다.

육십이나 넘도록 해로하다가 그 지아비가 죽었다고 무엇이 그리 슬프리오마는, 성재의 모친의 생각에는 김 참서가 죽는 날이면 온통 살림을 할 수 없이 될 것 같다. 아무리 재산이 패하여도 참서만 생존하면 마음이

든든하였지마는 참서까지 죽으면 다시 아무 희망도 없는 듯하였다. 그래서 소병풍을 볼수록에 슬픔이 북받쳐 오른다. 그러나 며느리들과 딸을 보아서 마음대로 울지도 못하고 흑흑 느끼는 그네를 도리어 위로하였다. 이웃에서 조상(弔喪) 왔던 손들도 다 돌아가고 이제는 친척 이삼 인이 대청에 앉아서 담배를 피울 뿐, 널따란 집안은 극히 고요하였다. 전 같으면 주식(酒食)을 많이 만들어 조객들을 공궤(供饋)할지요, 그리하면 조객들도 오래 유(留)하련마는 그것조차 못 하는 것이 어떻게 설운지 몰랐다. 삼 년 전 성훈의 혼인 적에 성대하던 연락(宴樂)이 있던 것을 생각하고 금일의 적막을 생각할 때에 마치 천지가 바뀌는 듯하였다.

그래도 김 참서는 자기가 일생에 애써서 얻어놓은 큰 집 아랫목에 누울 수가 있었다. 만일 사오 일만 지체하여 죽었던들 이 집 아랫목에도 누울 수가 없었을 것이다. 그만해도 행복일는지 모른다.

성재는 극히 친근한 사람 이외에는 부고(訃告)도 하지 아니하고, 극히 간단하게 질소(質素)하게 그 부친의 장례를 지냈다. 장례를 지낸 지 삼 일 만에 성재는 퇴거 명령을 기다리지 아니하고 그 집을 떠나서 변 군의 주선으로 얻은 계동(桂洞) 막바지 조그마한 초가집으로 이사하였고, 자기가 처분할 수 있는 세간 중에도 여간한 것은 다 팔아서 양식을 장만하고, 실험기구만 전부를 옮겨갔다. 그때에 성재는 함 사과에게 이러한 편지를 하였다.

"여(余)는 귀하에게 대한 채무를 변상할 능력이 없으므로 귀하가 퇴거를 명하기 전에 미리 퇴거하나이다. 황금밖에 의리를 모르는 귀하의 복력(福力)이 만년천년 하기를 바라나이다."

실로 계동으로 반이(搬移)한 날의 광경은 참 비참하였다. 늙은 성재의 모친은 눈물을 머금고 그래도 성재를 보아서 웃는 낯을 지었으나, 철없는 성재의 아내는 마치 어린아이 모양으로 소리를 내어 울며,

"나는 아모 데도 안 갈 테야요. 계동은 안 갈 테야요."

하고 떼를 쓰다가 초상 상주인 몸으로 마침내 어린것들을 데리고 친정으로 달아나고 말았으며, 성재는 본체만체하고 하염없이 빙그레 웃었다. 성순과 성훈의 부인만 아무 말도 없이 그 모친을 따라 계동으로 갔다. 성훈은 부친이 돌아간 익일에야 어치렁어치렁 집에 돌아왔으나, 가족 중에는 누구 하나 그를 주의하는 자도 없었다. 그러나 성훈은 저 혼자 눈이 붉게 되도록 울었으며, 장례 날에도 상복을 입고 성재의 뒤를 따라갔고, 하관할 때에는 바로 소리를 내어 울었다. 그러나 계동으로 반이하는 날에는 성훈은 조반도 아니 먹고 어데로 나가고 말았다.

함 사과의 집에는 내외에 등촉이 휘황하였고, 사랑에서는 어두운 후에 새로운 연락(宴樂)이 시작되었다. 주식(酒食)도 이제는 취차포(醉且飽)하고, 명창 이동백이 장구 소리 맞춰 부채를 폈다 접었다, 한 걸음 들어섰다 나섰다 하면서 춘향이 타령이 한참이다. 함 사과는 여전히 아까 그 안석에 기대어 한 팔로 점홍(點紅)이라는 기생의 허리를 안고 앉았고, 낮에는 소송 건으로 미참(未參)하였던 이 변호사도 술로 붉은 얼굴에 금안경을 번쩍거리며 무릎에 기댄 기생의 등을 어루만지고 앉았다. "아이구, 이게 웬일이냐." 하는 춘향 모(母)의 엄살을 고개를 흔들어가며 할 때에 일동은 "좋다!", "응, 그렇지."를 연발하며 무릎을 툭툭 친다. 그러면 광대는 더욱 익살을 부려가며 춘향과 이 도령 이별하는 데를 가장 구슬프게 내리엮는다. 슬픔이 그 극에 달하여 치맛자락으로 눈물을 씻을 때에 일동은 "좋다!", "얼씨고!" 하고 소리를 내어 웃는다. 기생들은 어데서 배운 것인지 조그마한 손뼉을 딱딱 치며, 기쁨을 못 이기어하는 듯이 앉은 춤을 춘다.

이때에 어떤 노인이,

"얘, 그만하고 이제는 어사출도나 하여라!"

"응, 그게 좋다. 어사출도 해라."

기생들 중에 몇 사람의 반대가 있었으나 마침내 중간을 약(略)하고 어사출도 막이 나온다.

"금준미주(金樽美酒)는 천인혈(千人血)이요, 옥반가효(玉盤佳肴)는 만성고(萬姓膏)라."가 지나고 광대는 고개를 번쩍 들며 일단(一段) 소리

를 높여,

"쿵쿵쿵쿵. 삼문(三門)을 열어라, 암행어사 출도야!"

하고 길게 소리를 뽑을 때에 대문에서 어떤 사람이 뛰어 들어오면서 "암행어사 출도야!"를 연호하고 연석(宴席)에 올라선다. 어느 개천에 빠졌는지 옷에서는 흙물이 흐르고, 얼굴은 피투성이가 되었으며, 갈랐던 머리카락이 되는 대로 이마를 가렸고, 손에는 다 떨어진 흙 묻은 미투리 짝을 들었다. 일동은 놀라서 벌떡 일어나 이 괴물을 주시하였다.

"오냐 이놈, 네가 운봉(雲峯)이냐?"

하고 곁에 섰는 노인의 코를 잡아 흔들며,

"네가 운봉이지, 나는 이 도령이다, 암행어사다."

하더니 하하하하 하고 웃는다. 함 사과는 위의를 갖추어,

"이놈 어떤 미친놈이냐. 이리 오너라, 이놈 끌어내려라."

하고 분김에 벌벌 떤다. 괴물은 히히 하고 웃으면서,

"오냐, 네가 남원부사로고나, 나는 누군고 하니 사또 자제 이 도령이야…… 하하하."

하고 흙 묻은 미투리로 함 사과의 뺨을 때린다.

"아이쿠, 이놈 잡아내어라."

하는 소리에 일동이 달려들어 그 괴물을 붙들고 망건 쓴 하인들이 뛰어올라온다. 그러나 그 괴물은 어떻게나 힘이 센지 손과 발과 흙 묻은 미투리로 되는 대로 둘러치더니 마침내 여러 하인들에게 붙들려 꽁꽁 결박을 지었다. 일동의 옷과 뺨에는 온통 흙이 묻고 기생들은 벽에 착 달라붙어서 발발발 떨기만 하다가 그 괴물이 결박된 뒤에야, "아이고마." 하고 한숨을 내어쉰다. 일동은 흙 묻은 것을 툭툭 털면서, 결박 진 괴물을 노려

본다. 괴물은 결박이 되어 마당으로 끌려 내려가면서,

"하하. 이놈들, 내가 누군 줄 알고. 괘씸한 놈들. 내가 암행어사인데, 이놈들. 모조리 모가지를 잘를 놈들."

하고 한참 호령을 하다가, 깔깔 웃고 나서는 갑자기 태도가 변하여,

"여보게 함 사과, 내가 자네한테 좀 할 말이 있어서 왔네."

"이놈, 가만 있거라."

하고 하인이 손뼉으로 괴물의 뺨을 때린다.

"이놈, 내가 누군데, 나는 김 참서야. 내가 아까 죽었는데 함 사과 너를 잡으러 왔다. 나하고 같이 가자. 내가 김 참서인데 자네를 두고 혼자 갈 수가 있나. 자, 염라대왕한테로 같이 가세."

함 사과는 이 말에 가슴이 뜨끔하였다. 그리고 머리칼이 쭈뼛쭈뼛 하늘로 솟는 듯하였다.

"어찌해? 무엇이 어째?"

"하하. 자, 어서 갓 쓰고 나오게. 지금 대문 밖에 사자(使者)가 와서 기다려."

하고 고개를 돌려 대문을 향하며,

"여보 사자들, 함 사과 여기 있소. 옳지, 저기 저 뚱뚱한 것이 함 사과요. 내 좋은 친구지."

하인들은 괴물을 대문 밖으로 끌고 나갔다. 함 사과의 얼굴은 사색이 되어 벌벌 떨었다. 그 괴물은 성재의 집에서 뛰어나온 전경이었다.

그날 밤에 함 사과는 극히 무서운 꿈을 꾸었다. 꿈에 김 참서가 꼭 아까 보던 괴물 모양으로 차리고 와서 지팡이로 자기의 머리를 무수히 때리며 "이 배은망덕하고 의리를 모르는 놈아!" 하고는 눈물을 줄줄 흘리고, 자기는 그 앞에 꿇어 엎디어 무수히 사죄하였다. 그래도 김 참서는 듣지 아니하고 더욱 성을 내어 지팡이로 자기의 머리를 때렸다. 견디다 못하여,

"사람 살리오."

하고 소리를 쳤다. 그때에 한자리에서 자던 기생이,

"영감, 영감!"

하고 함 사과를 흔들어 깨우며,

"웬 잠꼬대를 그리하셔요?"

하였다.

"응."

하고 입을 쩝쩝하다가,

"내가 무슨 소리를 치더냐?"

"그게 무엇이야요, '아이구구, 사람 살리오.' 하시면서 내 가슴을 이렇게 따리지 않았어요."

하고 함 사과의 가슴을 때리고 깔깔 웃더니,

"아이구, 나는 영감 모시고 자기 싫소!"

하고 이불 속에서 뛰어나온다.

"왜? 응, 왜?"

하고 잡아당기려는 것을 피하여서 원숭이 모양으로 방 한편 구석에 쪼그

리고 앉으면서,

"무서워서 어떻게 모시고 자요, 자다가 그렇게 소리를 지르고 사람의 복장을 따리니!"

"다시는 안 그러지, 이리 오너라."

이 모양으로 다시 잠이 들었다가 또 한 번 아까와 같은 꿈을 꾸었다. 이번에는 김 참서가 소복을 입고 가만히 자기의 침실 문을 열고 들어와서 자기의 가슴을 발로 통통 차며, 아무 말도 없이 빙긋빙긋 웃기만 하였다. 함 사과에게는 그것이 더 무서웠다. 그러할 때마다 소리를 지르고, 소리를 지를 때마다 기생은 "나는 영감 모시고 자기 싫소!" 하고 이불 밖으로 뛰어나왔고, 그러할 때마다 "다시는 아니 그러마." 하고 빌었다.

그 이튿날 김 참서가 별세하였다는 말을 듣고는 더욱 무서운 생각이 났다. 전(全)은 날마다 밤마다 함 사과의 집 근방으로 돌면서 흉한 말을 하고, 함 사과는 밤마다 그러한 무서운 꿈을 꾸었다.

김 참서의 장례를 지낸 이튿날 저녁, 자정이나 지나서 함 사과가 근래에 새로 정한 기생첩과 더불어 자리에 들어가려 할 때에, 담 밖에서 그 괴물의 소리가 들렸다.

"애, 함 사과야, 내가 오는 동짓날 저녁에 와서 너를 잡아갈 테다. 처음에는 머리가 아프고 다음에는 가슴이 아프고 다음에는 죽는단 말이야, 히히히히."

이 말을 듣고 첩은 두 손으로 낯을 가리고 "으아!" 소리를 치면서 벌떡 일어났다. 함 사과는 어찌할 줄을 모르고 눈만 끔벅끔벅하였다.

"정말 영감 모시고 못 자겠소."

하고 첩이 낯을 찌푸린다.

"어째서?"

"무서워서!"

"그러면 어쩔 테냐?"

"나는 갈래요."

"어데로?"

"집으로."

함 사과는 성을 내어 벌떡 일어나면서,

"이년, 그게 무슨 소리냐?"

"아모래도 싫여요. 밤마다, 하룻밤에도 몇 번씩 무서운 소리를 지르니 누가 영감을 모시고 자요!"

함 사과는 더욱 성을 내어 눈을 부릅뜨면서,

"이년, 어데 딴 서방이 생긴 게로구나!"

"서방 없을까."

"어째? 또 말해보아라."

"다 죽어가는 영감장이 아닌들 서방 없을까요."

하고 깔깔 웃는다. 함 사과는 어찌할 줄을 모르고 벌떡 일어서서 때릴 듯이 주먹을 둘러메며,

"이년, 냉큼 기어 나가거라. 내가 해준 옷 다 두고, 비녀, 반지 다 두고!"

"네, 그러지요! 에구 좋아!"

하며 문을 열려 하는 것을 함 사과가 문을 막아서며,

"어데를 가니?"

"가라면서요!"

"이놈, 함 사과야, 오는 동짓날 잡아갈 테어! 하하하하."

"에그머니나, 아이구 무서워라."

하며 문에 가까이 가면서,

"비키시오! 갈랍니다. 옜소, 가락지 받으우."

7의 3

"글쎄, 집안 다 망하겠구려. 늙은것이 웬 젊은 계집년들을 끼고 밤낮 야단이요?"

하고 안방에서 함 부인의 호령이 나온다.

"이놈의 집이 망할라나, 웬 미친놈이 여우 모양으로 밤낮 흉조만 부려!"

하고 소리를 빽 지른다. 함 부인은 돈 모으기에 매우 유력하던 원훈(元勳)이므로 함 사과도 좀처럼 박대를 하지 못하고 가끔 겁겁하니 부인의 책망을 받는다. 부인도 벌써 육십이 가까웠으니까 질투의 정도 없어질 만한 때이언마는, 그래도 여자란 생명이 있는 날까지는 질투를 떼어버리지 못하는 양하여, 지금도 함 사과가 기생이나 첩을 끼고 자는 줄만 알면 그날 밤에는 잠을 이루지 못하고 가끔 이러한 호령을 한다.

그러나 함 사과는 이 호령도 무섭건마는 잠시도 미색을 떠날 수는 없었다. 젊어서 모든 쾌락을 다 억제하고 돈 모으기만 목적을 삼다가 돈 만 원이나 자기의 소유가 되고, 또 자기의 여년이 얼마 아니 되는 것을 생각하매, 주(酒)와 색(色)은 자기가 당연히 취할 권리가 있는 것같이 생각이 되었다. 그의 일생의 이상은 돈이었었다. 그러하다가 이상(理想)하였던 돈을 모으고 나니 이제 남은 이상은 쾌락일 것이다. 그는 생래(生來)에 돈과 주색 외에 사회에 무슨 고상한 추구물(追求物)이 있는 줄을 모른다. 그는 금전거래부 외에 서적이라고 들어본 것이 없었고, 금전 거래 이외에 사람과 교제하여본 적이 없었다. 그러니까 그가 사업이라면 돈 모으는 것 이외에 없는 줄 알고, 쾌락이라면 동물의 본능적 욕망 이외에 없는 줄 안다고 반드시 책망도 못 할 것이다. 실로 종교라든지, 문학이라든지, 사교라든지, 미술이라든지, 이러한 것을 쾌락으로 알게 되려면 십수 년간 문명적 교양이 필요한 것이다.

만일 김 참서와 함 사과 사이에 무슨 차별이 있다 하면, 그것은 전자는 사서삼경(四書三經)과 『고문진보(古文眞寶)』 전·후집 권이나 읽었고 후자는 그만한 교양이 없는 까닭이다. 김 참서의 아들 되는 성재와 함 사과의 아들과의 차이는 실로 유전과 가정의 감화 및 교양의 삼자에 돌릴 것이다.

이러한 설교를 오래 하면 독자가 염증을 낼 것이니까 그만하고.

그로부터 함 사과는 밤마다 그러한 무서운 꿈을 꾸어서 낮에도 평생 신색(神色)이 좋지 못하고, 그뿐더러 신경이 과민하여져서 공연한 일에 성을 잘 내어 부인과의 논쟁도 전보다 빈번하여지고, 그 아들과의 논쟁도 전보다 격렬하게 되었으며, 하인들이며 문객들도 항상 그의 비식(鼻息)을 엿보게 되었다. 더구나 전(全)이 와서 흉한 소리를 부르짖고 간 날에는 더욱 마음이 불편하여 외딴 방에 기생을 불러가지고 술만 마셨다. 광인의 섬어(譫語)인 줄을 알건마는 "동짓날에는 잡아갈 테야." 하는 말이 염두를 떠나지 아니하여, 그러한 생각을 할 때마다 몸에 오싹 소름이 끼쳤다. 그래서 잘 때에는 반드시 기생을 곁에 누이고나 잠이 들지마는, 함 사과가 자다가 발광한다는 소문이 기생 간에 퍼져서 좀 깨끗하고 인망 있는 아이들은 오기를 즐겨하지 아니하므로, 돈을 탐내거나 그렇지 아니하면 객을 볼 수 없는 기생들을 택하게 되었다. 그러한 기생들도 오래야 삼일, 그렇지 아니하면 일 일 만에 "나는 싫여요!" 하고 달아나고 말았다. 그래서 함 사과가 부리는 서기 중에 한 사람은 함 사과의 기생 선택 사무를 전문으로 보게 되었다. 이 사무는 실로 용이치 아니하니, 우선 함 사과를 모시기를 싫어하지 않는 자, 다음에는 화채(花債) 그리 비싸지 아니한 자, 다음에는 함 사과의 마음에 드는 자, 화류병이 없는 자, 그다음에 또 한 조건은 함 사과의 아들이 관계하지 아니한 자, 이 최후의 조건이 제일 어려운 것이었다. 깨끗한 젊은 기생은 태반이나 아들이 손을 대었으므로 함 사과는 그 아들이 택하고 남은 찌꺼기 중에서 다시 택하여야 하였었다.

어떤 때에는 한 기생을 가지고 부자가 동시에 경쟁하는 때도 있나니, 이러한 때에는 아들도 한사코 그것을 부친께 빼앗기지 아니할 양으로 전력을 다하여 운동하므로 대개는 그 부친의 패배에 돌아가고 만다.

나는 결코 함 사과 부자를 훼방하려고 이러한 말을 쓰는 것이 아니니, 만일 그러하는 것이 목적일진대 더 유력한 재료가 산같이 많다. 그러나 나는 고결하신 여러 독자에게 그런 불쾌한 말을 차마 쓰지 못하여 이만하고 말련다.

이 세상을 괴로운 세상이라고 일컫는 것같이 이 세상에 괴로운 슬픈 일이 꽤 많다. 청년에 과부가 되는 것도 슬픈 일이요, 노년에 독자(獨子)를 죽이는 것도 슬픈 일이지마는, 지금토록 부자로 있다가 갑자기 가난하게 되는 것도 꽤 슬픈 일이다. 많던 비복(婢僕)에게 의식(衣食)을 주지 못하여 모두 내어보내는 것도 슬픈 일이요, 빈객을 환영하던 사랑문을 닫히게 되는 것도 슬픈 일이요, 월전까지 제사 때나 연락(宴樂) 때에 많이 모여들어 가장 친절한 체하던 친척과 고구(故舊)가 차차 발을 끊는 것은 더욱 슬픈 일이요, 그러다가 명주 의복 입던 몸에 굵은 무명옷을 입게 되고, 반찬이 많아서 상이 좁은 것을 한탄하던 것이 한 가지 두 가지 차차 줄어들어가는 것도 슬픈 일이요, 귀한 것도 모르고 자라던 자녀들에게 결핍함을 깨닫게 하는 부모의 마음도 슬픈 일이며, 더구나 '내 집 보아라.' 하고 자랑하고 살던 큰 집을 남의 손에 내어주고 조그마한 집으로 옮아가지 아니치 못하는 것은 참말 슬픈 일이다.

이러한 경우에 가장 슬퍼하는 것은 가족 중에도 여자요, 여자 중에도 모친이요, 모친 중에도 자수로 성가한 모친일 것이다.

성재의 모친은 과연 여장부였었다. 그 성격이 굳건하기로는 도리어 김 참서 이상이었었다. 김 참서가 무슨 일에 화를 내거나 실망할 때에는 부인이 도리어 참서를 위안하였고, 여간한 일에 눈물을 내지 아니하였다. 아마 성재의 강한 의지는 그의 모친에게서 받았을 것이다. 그러나 그러한 여장부도 이번 사건 후에는 실망하지 아니할 수가 없었다. 그렇게 쾌활하던 용모에는 침울한 빛이 보이고, 얼굴에는 전보다 주름살이 더 잡힌 듯하였다. 별로 즐기지 아니하던 담배도 시작하고, 가끔 정신없이 멀거니 앉았기도 하였다.

게다가 맏며느리는 가난한 살림이 싫다고 친정으로 달아나고, 둘째 며느리는 성훈에게 소박을 받으며, 성순은 아무 데나 좋은 서방을 얻어서 시집을 가면 그만이지마는, 성재는 이제는 실험도 할 수 없게 되고……. 이러한 모든 것을 볼 때에 그의 심장이 아니 스러질 수가 있으랴.

둘째 며느리도 이제는 나이 벌써 이십이니 남편 그리운 생각도 있을 것이요, 어린아이를 안아보고 싶을 생각도 있을 것이다. 그러한데 약 이 개년간 성훈은 거의 한 번도 그 아내와 동침하지 아니하였고, 혹 그 모친의 책망에 못 이기어 그 아내의 방에 들어간다 하더라도 어느새에 뛰어나가고 말았다. 성훈이 뛰어나가는 기색을 보고는 반드시 모친은 둘째 며느리 방 앞에 가보고, 가보면 반드시 며느리의 울음소리가 들렸다.

이 집으로 반이한 뒤에는 집이 작아서 서로 있게 되었으므로 더욱 자주 며느리의 울음소리를 듣게 되었다. 그래서 이삼 일 전부터 성순을 보내어 한자리에서 자며 서로 위로하여주게 하였다.

일주일 전에 성재의 재산은 온통 경매에 부(付)함이 되어 조(租) 사십 석과 한성은행의 저금 일백육십 원이 성재의 재산으로 남았다.

성재는 이전 행랑방이던 단칸방을 치우고 거기다 책자와 실험기구를 벌여놓고 그 팔각목종도 달아놓았으나, 독서할 생각도 없고 실험할 생각도 없어서 어데로 가는지 조반을 먹고 나가서는 석반 때에 집에 돌아왔다. 성훈도 이 집에 온 후로 이삼 차 들어왔으나 그 아내가 있는 것을 보고는 신도 벗지 아니하고 어데로 나가고 만다. 어데로 다니는지 무엇을 하는지, 어데서 밥을 얻어먹는지, 그것은 묻는 이도 없으매 아는 이도 없다. 그러나 의복을 갈아입을 때가 되면 하릴없이 들어와서 그 아내가 지어서 다려서 개켜서 넣었다가 내어주는 것을 입고 나간다.

이리하여 성재의 집에는 낮에는 모친과 며느리와 성순과 그 쾌활한 어멈이 있을 뿐이다. 그 어멈은 이 집에 있은 지가 벌써 십여 년인데, 한 육칠 년 전에 중병이 난 것을 김 참서가 약을 써가며 치료하여주었다 하여 눈물을 흘리면서 여기까지 따라왔다. 그때에 어멈은,

"저는 마님 모시고 있을 테야요. 마님께서 돌아가시면 마님 메 곁에 묻힐랍니다."

하였다. 이 밖에 작년 봄에 성순이 어느 동무의 집에서 얻어온 퍼피라는 얼룩 고양이가 있다. 그때에 성순이 영어를 배우다가 퍼피(강아지)라는 말을 고양이 새끼라고 잘못 기억하여서 이렇게 이름을 지었던 것을 지금까지 그냥 부르는 것이다.

8의 2

반이한 후 얼마 동안의 성재의 집은 아래와 같았다.

모친은 종일 자기의 방에 홀로 있어서 담배만 피우고 가끔 기침을 하였으며, 그때에 가보면 대개 눈물을 흘리고 앉았었다. 그러나 딸이나 며느리가 들어오면 얼른 눈물을 감추고 "빨래 다 하였느냐?" 이러한 말을 물었다. 그런 줄을 아는 성순과 성훈의 아내는 반드시 얼른 뛰어나와서 눈물을 씻었다.

성순은 그 모친의 실심(失心)하여함을 걱정하여 몇 번 위로하려 하였

으나, 정작 위로의 말을 하려 하면 성순의 눈에 먼저 눈물이 고여 도리어 그 모친의 위로를 받았다.

"사람이란 굶어 죽는 법은 없느니라, 염려 말아라!"

모친은 창가(唱歌)의 후렴 모양으로 이런 말을 하였다. 자기가 무일물 (無一物)한 적빈에서 일어나 그만한 부명(富名)을 듣게 되었던 것을 생각하매 미상불 자기의 능력에 무슨 자신이 있는 모양이나, 그러나 자기의 남편이 이미 없는 것을 생각하고 자기의 연령이 이미 쇠한 것을 생각할 때에 실망함도 없지 아니하였다. 다만 육십 평생에 분투하여오던 그 기개가 아직도 남아서 지금이라도 자기의 손으로 능히 가도(家道)를 부흥할 수가 있다고 자신하려 할 뿐이다.

성재가 날마다 아침에 나가서 저녁에야 들어오는 것과 그의 얼굴에 항상 우수가 있는 것을 볼 때에, 또는 성훈이 일주일이나 돌아오지 아니하여 그의 아내가 공규(空閨)에서 혼자 우는 소리를 들을 때에, 아무리 장부다운 모친도 단장(斷腸)의 정을 억제하지 못하였다. 그러한 때에는 간다 온단 말 없이 참서의 무덤을 찾아가서는 한바탕 실컷 울었다.

모친 자기도 아무것도 할 일이 없고 성훈의 아내도 할 일이 없었다. 큰 집을 쓰고 부요(富饒)한 살림을 할 때에는 무슨 일이 그리 많은지 바쁘기도 바이없더니, 집이 작아지고 생활이 구차하게 되매 손에 잡을 일도 없고 머리에 생각할 일도 없는 것 같았다. 가족들은 다만 과거 일을 회상하고 슬퍼하기만 위하여 사는 것 같았다. 그네는 현재에 시량(柴糧)이 없음을 알되, 또 그것을 걱정은 하되, 어떻게 하여야 자기네를 현재의 간핍 (艱乏)에서 구제할는지는 생각도 하지 아니하였다.

성순은 슬퍼하는 어머니와 낙심하여하는 형을 보고 더할 수 없는 간절한 동정을 일으키지마는 다만 그뿐이었고, 성훈의 아내는 다만 청춘의 공방(空房)이 슬펐을 뿐이요 일가의 곤궁에는 별로 감각함이 없었다. 모친은 일가의 곤궁도 알고 그 곤궁을 벗어나야 할 줄도 알고 벗어나려면 벗어날 듯한 자신도 있는 듯하지마는, 어떻게 하여야 한다는 방책도 없고 정견(定見)도 없었다. 딸과 며느리가 자기의 운명을 분명히 보지 못하는 대신에 모친은 그것을 분명히 보기는 보았다. 그러나 현재의 운명을 벗어나려는 지혜도 없고 용기도 없어서, 다만 운명의 손에 자기를 내어맡기고 한숨 쉬고 눈물을 흘리는 데 이르러서는 세 사람이 다름이 없었다. 그러므로 그네는 다만 과거를 회억할 뿐이다. '과거에는 이렇게 행복하게 살았는데.' 할 줄은 아나, '어찌하면 한 번 다시 그러한 미래를 현출(現出)하여볼까.' 하는 생각은 하여보지 못한다. 그뿐더러 그네에게는 그러한 생각을 할 자격이 없다. 대개 그네에게는 아무 능력도 없으니까.

오직 늙고 충실한 어멈이 아침에 일찍이 일어나서 저녁에 늦게 자기까지 잠시도 쉴 틈 없이 은혜 받은 주인의 집을 위하여 힘을 썼다. 그러나 그의 힘은 유력하기에는 너무 약하였다. 찬물에 걸레를 빨고, 물독에 언제든지 물을 채워두고, 마루를 닦고, 때를 찾아 장독 뚜껑을 열었다 닫았다 하고, 나무 값이 비싼 것을 생각하여 나무를 절용하고, 양식이 떨어져가는 것을 근심하여 자기가 먹는 밥의 분량을 줄였다. 그러나 그것이 무슨 도움이 되랴.

김 참서는 자기가 무덤에 들어갈 때에 자기가 자기의 가정에 주었던 기쁨과 희망과 활기와 활동을 온통 걷어가지고 갔다. 다행히 집의 위치가 높고 남향이므로, 성재의 서재로 된 전(前) 행랑방을 제한 외에는 연일 호천기(好天氣)의 따뜻한 일광이 종일 비추었다. 그러나 그 일광을 향락

할 만한 정신의 여유를 가진 자는 오직 퍼피라는 고양이뿐이었다. 퍼피
는 날마다 마루에 누워 편안히 자다가 길게 기지개를 켰다.

8의 3

날마다 그 형의 동무가 되던 성순은 근일에 그 형이 집에 붙어 있지 아
니하므로 큰 적막을 깨달았다. 그뿐더러 저녁에 형이 들어온 뒤에도 자
기에게 전과 같이 정다운 말을 하지 아니하고 자기가 무슨 말을 물어도
대답도 잘 하지 아니하였다. 성재는 마치 성난 사람 모양으로 항상 얼굴
을 찌푸리고 있었다. 한번은 늦게 돌아온 성재에게 저녁상을 내다 주며
(성재는 별로 안방에를 들어가지 아니하고 집에 오면 행랑방에 있었다),

"오늘은 어데 갔다 오셨어요?"
할 때,

"아모 데도 간 데 없다!"
하며 밥을 두어 숟가락 뜨고는 왈칵 밥상을 떼밀었다. 그때에 성순은 밥
상을 들고 나오면서 울었다. 그 후에도 한번 성재의 방문을 두드렸으나,
확실히 방 안에서 왔다 갔다 하면서도 대답이 없었고, 또 한번은 "시끄럽
다, 들어가거라!" 하고 문고리를 건 적도 있었다. 그러할 때마다 성순은
혼자 울 뿐이었다.

성재의 기분이 이러하게 되었으므로 모친도 다만 슬쩍 볼 뿐이요 성재
에게 아무 말도 아니 하였다. 그러나 성순은 성재의 이러한 태도에 대하
여 그 형을 불쌍히 여김보다도 자기를 불쌍히 여겨야 하겠었다.

이리하여 형이 있을 때에는 형의 방에 들어가지 못하다가 형이 나간 뒤에는 얼른 형의 방에 뛰어 들어가서 형의 의자에 앉아 형의 책상에 얼굴을 대고 엉엉 울었다. 성순의 생각에 형에게 버림이 되면 살아갈 수 없을 것 같았다. 그러할 때에는 흔히 민(閔)이 찾아왔다. 그러나 성순은 과도한 자기의 설움에 민이 오는 것도 그리 큰 사건이 아니었었다. 그러나 친절히 하여주는 민의 위로를 받을 때에는 얼마큼 기쁜지 아니치도 않아서 가끔 자기의 슬픔을 잊고 두세 시간이나 담화에 취한 적이 있었다. 그래서 여덟 시경에 형이 나가고 자기가 형의 방을 치우고 한참 앉았다가 팔각목종의 시침이 9를 가리킬 때가 되면 민이 기다려지게 되고, 오후 한 시나 두 시쯤 하여 대문에서 민을 전송하고 나면 서운한 듯한, 적막한 듯한 생각도 나게 된다.

그래서 방에 들어와 앉았다가 다시 들창 밖으로 민이 돌아간 방향을 바라보기도 하고, 혹은 민이 하던 이야기를 가만히 생각도 하여보고, 또는 그 이야기 중에 재미있던 구절을 혼자서 반복도 하여보게 되었다.

그래서 민이 왔다가 가면 아직도 따뜻한 기운이 남아 있는 민의 자리에 가만히 손도 대어보고 살짝 올라앉아보기도 하였다. 일찍이 아니 그러하던 것이 근래에는 혹 꿈에 민이 보이는 수도 있고, 그러할 때마다 반갑게 민과 악수를 하면서 상시보다 자유롭게 민과 여러 가지 회화도 하였다.

이러하게 되니 성순은 형의 냉담함이 그다지 슬프지도 아니하고, 자기의 가정의 현재의 비운은 결코 자기의 비운이 아니요, 자기에게는 특별히 광명 있는 희망의 전도(前途)가 있는 듯하였다. 그는 일기에 이러한 말을 쓰게 되었다.

"……오늘도 M이 오셨다. 전보다 이십 분이나 늦게 오셨다. 나를 보고 빙그레 웃었다. 그 웃는 낯이 어떻게나 좋은지. 나는 얼굴을 붉혔다. 그는 전 씨가 함 사과의 고소로 옥에 들어갔다가 정신병자인 것이 판명되어 일주일 만에 방면되었다는 말을 하시고 진정으로 동정하는 빛을 보이셨다. 과연 M은 동정이 많으신 어른이다. 나도 전 씨의 불행을 생각하고 눈물이 흘렀다…….

　……오늘은 아니 오셨다. 왜 아니 오시나. 나는 기다리다 못하야 화를 내어서 퍼피를 따렸다. 왜 아니 오시나……. 아차 웬일일까, 내가 왜 이렇게 M을 보고 싶어하나. 어제저녁에는 M과 키스하는 꿈을 꾸었다. 웬일인가. 왜 오늘은 아니 오셨나. 내가 왜 이렇게 M을 보고 싶어하나.

　……언제 만나도 반가운 M이 오늘은 더욱 반가웠다. 오늘은 그 '도토리'의 이유를 가르쳐주시마 하더니 '후일에 후일에.' 하고 그냥 두고 말았다. 대체 그 '도토리'에 무슨 뜻이 있는고.

　……M이 왜 날마다 올까. 오빠를 보러 오는 것일까. 내가 보고 싶어서 오는 것일까. M이 날마다 오는 줄을 알면 오빠께서 무에라고 아니 하실까. 무얼! M이 아니 오면 나는 어쩌게. 오오, M! 내 M! 'M'! 좋은 글자다.

　……아이구머니, 내 가슴이 왜 이다지 울렁울렁할까. 머리가 왜 이렇게 아플까, 일기 쓰기도 싫다! M, M."

　　십이월을 잡은 어떤 눈 몹시 오는 날 성재는 인력거를 타고 집에 돌아
왔다. 사람 많이 왕래하지 않는 계동 골목에는 오직 성재가 타고 온 인력
거 자리뿐이었다. 광명등(光明燈)에 여기저기 불이 반짝반짝 켜질 때에
성재는 기운 없이 인력거에서 내려서 좁고 낮은 대문을 들어서며,

　　"성순아!"

하고 불렀다. 이 소리에 성순과 어멈은 깜짝 놀라 뛰어나왔다. 대개 성재
의 목소리가 마치 중병인(重病人)의 목소리와 같으므로. 성재는 성순에
게 돈지갑을 내어주며

　　"자, 여기서 인력거 세(貰) 일 원 주고, 그리고 내 방에 자리 좀 펴다
오. 아이구."

하며 행랑방 문고리에 매어달린다.

　　"에그, 동경 서방님 이게 웬일이셔요?"

하고 어멈은 성재의 두 어깨를 붙들었다.

　　"어서어서, 성순아, 자리 자리!"

하고 퍽 괴로운 듯이 고개를 바로 세우지 못하며 몸을 벌벌 떤다. 모친은
안대청에 서서 말없이 본다.

　　성재는 그날 밤부터 병상(病狀)의 인(人)이 되었다.

　　누가 물어도 성재는 자기의 병인(病因)을 말하지 아니하였고, 또 그동
안 매일 어데를 가는지도 말하지 아니하였다.

　　성재의 눈은 붉게 되고 머리는 불덩어리와 같이 달았다. 모친과 성순
은 번갈아 병인(病人)을 간호하였다. 그러나 모친은 차마 그 참상을 못

보겠다 하여 혼히 안으로 뛰어 들어가서 혼자 울었고, 어멈은 가끔 문밖에 와서,

"아씨! 좀 어떠셔요?"

하고 성순에게 성재의 경과를 물었다. 성순은 자기가 아는 단순한 지식을 응용하여 여러 가지로 치료법을 시행하였다. 서양 수건에 물을 적셔 병인의 머리를 식히기도 하고, 체온기로 체온도 검사하여보았다. 그리고 성재의 팔을 잡아 맥박을 보려 할 때에 팔각목종이 선 것을 발견하고, 자기의 맥박과 비교해보아 자기보다 십여 차나 더 속(速)한 것을 발견하였다. 무엇인지 모르거니와 성재의 병은 성순이 보기에 심히 위중한 듯하였다.

익일에 백 의사를 청하여 왔다. 성순과 모친이 안고 성재가 누우니 좁은 방에는 입추의 지(地)도 없었으므로, 백 의사가 병인을 진찰할 때에는 성순이 벽에 착 기대어 아무쪼록 자리를 많이 아니 잡도록 하였다. 아직 날이 흐리고 눈이 날리지마는 여러 지붕의 설광(雪光)에 실내는 밝아서, 병인의 가슴이 자주 들먹거리는 것이며 양 변두(邊頭)의 동맥이 자주 뛰는 것까지 보였다.

백 의사는 양복바지에 주름 가는 것을 아끼는 듯이 두 손으로 바지를 조금 치걷고 꿇어앉아서 병인의 이불을 젖히고 옷고름을 끄르고 청진기를 병인의 가슴에 대었다. 모친은 그 가슴을 보고,

"빼빼 말랐고나!"

하며 고개를 돌렸다.

성순은 풀풀 떨리는 청진기의 고무줄과 좌에서 우로, 상에서 하로 왔다 갔다 하는 백(白)의 손과 때때로 움직이는 백의 눈썹과 눈자위를 보았

다. 그러나 성재는 정신을 차리는지 마는지 눈을 감은 대로 가만히 있다. 방 안이 고요한데 병인의 숨소리가 아까 성순이 틀어놓은 팔각종 소리와 들릴 뿐이었다.

　백은 병인의 혀를 보려 하였으나 병인이 고개를 흔들어서 보지 못하고 붉게 된 눈만 겨우 벌려보았다. 그리고 청진기를 빼어 가방에 넣고 검온기를 병인의 액하(腋下)에 끼운 뒤에 한 걸음 물러나 앉으면서 눈을 감고 무슨 생각을 한다. 모친은 백의 얼굴만 보다가 병명도 묻기 전에,

　"언제나 낫겠소? 내 아들 어서 고쳐주시오."

하고 말끝이 눈물에 묻혔다. 백은 웃으면서,

　"염려 말으십시오! 감기니까 며칠 지내면 낫지요."

　"감기가, 무슨 감기가 갑자기 그렇게……."

　"아모 염려 없습니다."

하면서 검온기를 빼어 볼 때에 성순은,

　"열이 높으지요?"

하고 물었다.

　"염려 없습니다!"

하고 약을 보낸다고 어멈을 데리고 백은 갔다.

9의 2

　어멈이 백에게서 가져온 두 가지 물약 중에 하나를, 싫다고 하는 병인의 입에 떠 넣을 때에, 성순은 문밖에 어떤 구두 소리를 듣고 아마 민(閔)

이거니 하였다. 그러고 민이 곁에 있으면 병인의 간호가 얼마나 힘이 있으랴 하였다. 그러나, "이리 오너라!" 할 때에 그것은 민이 아니요 철학자라고 별명 듣는 변(卞)인 줄을 알고 성순은 얼굴을 찌푸렸다. 대개 변도 민과 같이 성재의 실험실에 자주 오던 사람 중의 하나요 또 성재에게 이 집을 빌려주었으며, 이 집에 온 뒤에도 여러 번 성재를 찾아온 일이 있었고, 성재를 만나지 못하면 성재의 모친과 이야기를 하였다. 성재의 모친은 큰 집에 있을 때에는 사랑에 오는 청년들과 만날 기회가 없었지마는, 이 집에 와서부터는 성재의 동무 되는 청년들과는 내외 없이 말을 하였고, 또 성재가 평생 집에 있지 아니하매 그의 친구들을 보는 것이 마치 성재를 보는 듯하여 도리어 그네를 보기를 반가워하였다. 그중에도 그는 변을 좋아하였다. 변은 점잖은 양반의 풍이 있어서 쾌활하고 천진한 민보다 수 등(等) 높게 보였다. 더구나 이 집은 변의 주선으로 변의 부친에게 얻은 것인 줄을 알므로 더욱 변을 대접하였다. 한 집을 위하는 모친으로는, '점잔'을 양반의 특색으로 보는 모친으로는 민보다 변을 사랑하는 것이 당연한 일이었었다. 그러나 성순은 자가(自家)의 은인인 고로 그를 좋아할 의무를 찾지 못하였고, 더욱이 그의 몹시 꾸미는 듯한 언사와 점잔을 부리는 것이 싫었다. 변은 무론 성순에게 친절히도 하였고 가끔 성순을 칭찬도 하였다. 그러나 그의 말법은 마치 어른이 어린애에게 하는 듯하였고, 겸하여 그의 말은 단어와 단어를 문법적으로 조직한 것이지, 더운 피 있고 생명 있는 가슴속에서 나오는 말 같지를 아니하였다. 민의 말은 일언일구에 피가 있고 열이 있고 생명이 있으되, 변의 말에는 그것이 없었다. 자존심이 있고 열정을 좋아하는 처녀 성순은 이 이유로 하여 변에게 혐오하는 마음이 있었고, 그러할수록에 민에게 애착하는 마음이 더하였다. 이러하던 변이 온 것이다.

성순은 방싯 문을 열고 변을 맞아들였다. 변은 성순에게 묵례한 뒤에 말없이 성재의 얼굴을 보고 섰더니,

"약을 좀 잡수셨어요?"

"네, 싫다는 것을 억지로 먹였습니다."

변은 먹였다는 약병을 쳐들어보더니,

"어제저녁부터 그래요?"

"네."

"어제도 또 어데 갔던가요?"

"네."

"어데를 갔었어요?"

"몰르겠어요. 다섯 점이나 지나서 인력거를 타고 들어와서는 인해 누웠습니다."

"백 의사 왔다 갔지요?"

"네."

"글쎄, 지금 백 의사가 내 집에 들렀어요. 그래서 김 형께서 잃으시는 줄을 알았지요."

"네."

하고 이불을 당기어 병인의 어깨를 잘 가리어준다. 그제야 변도 앉으면서,

"지금 정신을 못 차려요?"

"네."

"의사가 무엇이라고 해요?"

"감기니 염려 말라고 그래요."

"네."

하면서 고개를 끄덕끄덕한다.

"백 의사가 무엇이라고 해요?"

"네······ 아니, 나도 자세히는 못 들었어요. 무론 염려야 없겠지요."

하고 한참 잠잠하더니,

"어머님 계서요?"

"네."

"안에 계서요?"

"네."

또 한참 잠잠하다가,

"민 군 왔어요?"

이 말에는 성순의 가슴이 자연 설렘을 깨달았다. 그래서 안색을 아니

보일 양으로 병인에게로 낯을 돌리며,

"아니요!"

"가서 보내드리리까요?"

하고 픽 웃는다.

성순은 대답이 없었다.

"갑니다. 이따가 또 오지요."

"왜, 좀 더 앉았다 가시지요."

"갑니다."

하고 변은 나가버렸다.

변이 왔다 간 뒤에 누가 보냈는지 모르게 쌀 한 섬과 나무 한 바리가 왔다. 그것을 가지고 온 사람들은,

"이 댁으로 가져가라고 그래요."

할 뿐이요, 누가 보내더라는 말은 하지 아니하였다. 그러나 모친과 성순은 그것이 변의 소위(所爲)인 줄을 알았다. 그러고 얼마 있다가 또 우육(牛肉)과 무가 왔다. 이것도 어데서 온 것인지 알 수가 없었다. 가족들은 다만 눈이 둥글했을 뿐이었다. 전 같으면 그만 것을 받고 고맙게 여길 리도 없건마는, 현재의 처지에 있어서는 이 가족에게는 하늘에서 내려온 것같이 고마웠다.

오후에 민이 와서 저녁때가 되도록 성순과 이야기를 하다가 가고, 석반 후에는 여전히 성순이 혼자서 성재의 머리맡에 앉았었다. 모친은 안에 앉은 대로,

"정신을 좀 차리니? 무엇을 좀 먹었니?"

하고 물을 따름이요, 병실에 들어오지는 아니하였다.

이리하여 성재의 중병의 제일일의 낮이 지나고 밤이 다다랐다. 성순은 의사가 명하는 대로 때를 따라 큰 병의 약과 작은 병의 약을 번갈아 먹였다. 숟가락에 약을 떠서 손에 들고 "오빠, 약 잡수셔요." 하고 병인의 입을 벌릴 때에는 병인은 말없이 고개를 흔들었다. 그러나 심히 반항은 아니 하므로 분량대로 약은 먹었다. 성순은 새로 빨래한 손수건으로 병인의 약물 묻은 입을 씻고는 혼자 한숨을 쉬었다. 혹 가만히 병인의 머리도 짚어주고 가끔 흘러내리는 이불도 추커 덮어주며, 혹 창 뚫어진 구멍으

로 눈에 덮인 길거리를 내다보기도 하였다. 길 건너 반찬 가가(假家)는 여덟 시가 되자마자 문을 잠그고 안에서는 웃고 떠드는 소리가 들린다.

성순은 혼자 우두커니 앉아서 실험상과 그 위에 놓인 빈 실험관과 팔각 목종과 앓던 형의 얼굴을 번갈아 보다가, 무슨 생각이 나는지 얼른 안에 뛰어 들어가 자기의 일기책을 들고 나온다. 학교에서 일기를 장려하므로 부득이 형식적으로 일기를 써왔었거니와, 근래 약 일 개월간의 일기에는 생명 있는 기사가 꽤 많았다. 그 부친의 사(死)와 형의 고민과 일가의 쇠 퇴와 모친의 애통과 올케의 암루(暗淚)와, 이것이 다 그의 일기의 재료가 되었거니와, 그중에 제일 많이 지면을 차지한 것은 민의 일과 거기 관하 여 일어나는 자기의 정신적 변동과 고민이었다. 성순은 붓을 들어,

"십이월 오일, 설(雪). 한(寒).

종일 오빠의 병을 간호하였다. 그러나 차도는 없다.

오빠는 불쌍한 사람이다. 칠 년 동안이나 목적을 위하여 애쓰다가 모 다 실패하고 마침내 중병에 걸렸다. 병명을 말하지 않는 것을 보니까 꽤 중병인 것 같다. 만일 오빠가 돌아가시면…… 아니, 아니, 내가 왜 이러 한 무서운 생각을 하나. 아모리 하여서라도 내가 오빠의 병을 고쳐드리 고야 말지. 그리하고 오빠의 목적을 성취케 하고야 말지. 그러나 내게 그 러한 힘이 있을까.

그런데 근래에 나는 왜 이렇게 괴로울까. 마치 가슴에 뭉텅이가 하나 걸려서 나려갈 줄을 모르는 것 같다. 이런 말을 하였더니 M이 웃으시며 '그것이 장성(長成)하는 아픔입니다, 영(靈)이 자라노라면 그렇게 아픈 법입니다. 즉 어른이 되노라고 그럽니다.' 하였다. 영이 자란다는 것이 무슨 말인지 모르지마는, 듣고 보면 그런 것도 같다. M의 말은 무슨 말

이든지 다 옳은 것 같다.

참말 M 같은 사람이 세상에 또 있을까. 나는 지금토록 오빠를 세상에 제일가는 사람으로 알았더니, M은 암만해도 오빠보다 나은 것 같다. 이전에는 오빠만 있으면 일생을 행복되게 지낼 것 같고 오빠가 없으면 잠시도 살 것 같지 아니하더니, 지금은 웬일인지 M이 없이는 살 것 같지 아니하다. 만일 오빠와 M과 어느 것을 가지랴 하면…… 아아, 내가 왜 이러한 생각을 하나. 나는 오빠의 누이다, 오빠는 나의 오빠다.

나는 오빠의 병을 낫게 해드리고 오빠의 목적을 성취하게 해드려야 하겠다…….”

여기까지 써올 때에 병인이 팔을 두르며 무슨 헛소리를 한다. 성순은 얼른 일기책을 감추고 병인의 머리에 손을 짚으며,

“오빠, 오빠.”

하고 불렀다.

9의 4

병인은 성순의 손을 잡으며,

“애, 성순아, 실험관, 실험관!”

한다.

“실험관은 해서 무엇 해요?”

“실험관, 실험관! 이것을 봐라, 여기 백색 침전이 생겼고나, 되었다, 되었다!”

하고 빙그레 웃는다. 그 웃는 것을 보고 성순은 눈물이 흐르고 머리끝이
쭈뼛쭈뼛 하늘로 오르는 듯하였다.

"오빠, 어서 나아서 성공하십시오!"

하고 병인을 꼭 쥐었다.

"실험관, 실험관! 주정등에 불을 켜라!"

"병이 나으신 담에!"

"실험관, 실험관!"

성순은 가만가만히 병인의 가슴을 흔들면서,

"오빠! 정신을 차리십시오!"

하는 그 목소리는 떨렸다. 성재는 한 번 더 소리 높이,

"실험관, 실험관!"

하고 좀 경련을 일으키면서 다시 잠이 든다. 이 소리에 놀라서 모친이 뛰
어나오면서,

"그 애가 무슨 말을 하니?"

"네, 실험관을 찾아요!"

"아이구, 앓으면서도 마음이 거기만 있구나."

하고 흑흑 느낀다. 안방에서 울다 나온 모양이다. 병인은 또 한 번 팔을
내어두르며,

"시험관, 시험관!"

한다. 모친은 벌떡 일어나서 탁자 위에 세워놓은 시험관을 집어다가,

"성재야, 실험관 여기 있다!"

하고 병인의 손에 쥐어주었다. 병인은 빙그레 웃으면서 그것을 받아 들
고, 상시에 하던 모양으로 서너 번 돌리더니 힘없이 이불 위에 떨어뜨린

다. 그러고는 다시 가만히 잔다.

　모친은 물끄러미 성재의 낯을 보면서,

　"글쎄 이게 웬일이냐, 왜 너까지 병이 드느냐."

하고 두 손으로 방바닥을 한 번 때리고 벌떡 일어나 안방으로 들어간다. 성순은 혼자서 병인의 손을 주무르다가 이상한 것을 발견하였다. 그것은 성재의 손바닥에 굳은 못이 박임이었다. 성순은 깜짝 놀라 병인의 손을 쳐들어 불빛에 자세히 검사하였다. 두 손바닥에는 온통 굳은 못이 박이고 껍질이 여기저기 벗겨졌으며, 오래 씻지 아니한 모양으로 꺼멓게 때가 묻었다. 성순은 무서운 듯이 그 손을 놓고 성재의 얼굴을 보았다. 성재가 일 개월 이상이나 매일 외출한 것이 알아진 것 같았다. 그러나 어데 가서 무슨 일을 하여서 그렇게 되었는지는 알 수가 없었다.

　진실로 성재는 오만하다 하리만큼 자존심이 많았다. 그래서 그는 일찍이 남에게 무슨 은혜를 청구하여본 적이 없었다. 월전 함 사과와 이 변호사에게 갔던 것은, 부모를 생각하고 가족을 생각하매 죽기보다 싫은 굴욕과 고통을 무릅쓰고 한 것이라. 그의 재산이 전부 없어지매, 그는 자기의 손으로 일가를 부지하며 겸하여 실험 비용을 얻으려 한 것이라. 그래서 그는 아침 일찍이 나가서 노동자로 변장하고 각 방면에 노동할 것을 구하였다. 그는 인력거도 끌어보고 짐구루마도 끌어보고 정거장에서 하물 올리고 내리는 노동자도 되어보다가, 이 주일 전부터 동대문 외(外) 도로 개축 공부(工夫)가 되어 괭이로 언 땅을 파기에 몸을 피곤케 하였다. 그리하여 원래 육체적 노동에 경험이 없던 몸이 연일 과로에 심신이 피비(疲憊)하고 겸하여 과도한 심로(心勞)에 신경이 과민하게 되어 불면증이 침노한 바가 되었다.

그러다가 일전 돌을 나르기에 전신에 땀이 흘렀던 것을 저녁에 돌아오는 길에 몸이 식어 감기가 되고, 그 후에는 더 무리한 노동에 감기가 더욱 격렬하게 되어 마침 급성의 폐렴을 일으킨 것이다. 일터에서 가까스로 왕십리 주막까지 기어 들어와 거기서 옷을 갈아입고 인력거를 불러 타고 집으로 돌아온 것이다. 그러나 그의 이 비밀은 아는 이가 없다. 손에 박인 굳은 못이 영원히 그 기념이 될 것이다.

　　성순은 형의 손을 보고 그의 지나간 일 개월간의 한 일을 여러 가지로 상상해보매 눈물이 아니 흐를 수가 없었다. 지금토록 성재의 자기에게 대한 태도도 그 이유가 알아진 것 같고, 성재의 지금의 병인(病因)도 알아진 것 같았다. 성순은 다시 일기를 당기어 이렇게 썼다.

　　"아아, 불쌍한 오빠. 만일 내게 힘만 있으면, 내 몸을 가루를 맨들어서라도 오빠의 목적을 성취하도록 하여드리런마는……."

성재의 병은 조금 덜렸다. 밤에는 여전히 정신을 못 차리지마는 아침에는 눈을 뜨기도 하며 분명치 못한 말로 이야기도 하였다. 가족들은 얼마큼 수미(愁眉)를 열었고, 날마다 오던 백 의사도 마음을 놓았다.

눈이 개고 볕이 잘 드는 날, 하루는 변이 성재의 문병을 왔다가 성순이 나간 틈을 타서 모친더러,

"벌써 말씀을 드리자 드리자 하면서 못 드렸습니다. 아즉 영감 상사(喪事) 나신 지도 얼마 되지 않았는데 이러한 말씀을 여쭙기도 어떠합니다마는, 따님과 저와 혼인을 하였으면 어떻겠습니까? 성례(成禮)는 해상(解喪) 후에 하더라도."

"아즉 장가를 아니 들으셨던가요?"

"작년 가을에 상처(喪妻)를 하였습니다. 그래서 벌써부터 성재 형께도 말씀을 드리자고 하면서도……."

"내야 알겠어요? 이제야 영감도 아니 계시니까 저 애가 알지요."
하고 눈 감고 누운 성재를 본다.

"네, 성재 형께도 말씀은 하겠습니다마는 어머님 생각에는 어떠십니까? 이러한 말씀 여쭈면 어떻게 생각하실지 모르겠습니다마는, 그리되면 저도 아버지께 아모렇게 떼를 써서라도 성재 형이 실험을 계속하도록 할 수도 있을 것 같고……."
하다가 아니 할 말을 한 것을 후회하는 듯이 말을 끊었다. 모친도 돈으로 도와주겠다는 말이 마치 자기를 낮추보는 듯하여 불쾌한 마음도 있지마는, 변은 본래부터 좋아하는 청년이요 또 자기의 아들이 일생에 잊지 못

하는 실험을 계속케 하여준다는 말도 노상 싫지는 아니하였다. 그래서,

"성재가 일어나거든 말씀을 해보구려."

"그러면 어머님 생각에는?"

"성재만 좋다구 하면 내야……."

"그러면 어머님께서는 이의는 없으십니다그려."

모친은 '이의'라는 말의 뜻을 모르므로 가만히 있었다. 그러나 그 얼굴을 보건대 거절하려는 생각도 없는 듯하였다. 전같이 부자로 지낼 때에는 내 딸이 어데야 시집을 못 가랴 하였거니와, 가세가 이렇게 되고 보니 딸을 시집보낼 걱정도 꽤 많았다. 가난한 집에는 주기 싫고, 그렇다고 부자는 자기와 같이 빈한한 자의 딸을 데려갈 것 같지도 아니하였다. 모친은 그 부모의 위광(威光)과 재산으로만 자녀의 행복된 혼인이 가능한 줄로 믿는다.

변은 상처한 후부터(정직하게 말하면 상처하기 전부터 후처의 후보를 골랐다) 여러 처녀를 많이 후보로 세웠던 중에 성순이 가장 그의 마음에 들었었다. 그러므로 성재의 사업이나 인격에는 그다지 감심하지 아니하면서도 자주 성재의 집에 놀러 갔다. 성재를 찾아간 것이 아니라 성순의 얼굴을 보러 감이었었다.

그러나 변은 자기의 심중을 말이나 안색에 발표하기를 부끄러워하였다. 그래서 있는 대로 말하고 자유로 자기의 감정을 발표하는 민을 한껏 부러워하면서도, 그를 점잖지 못하다 하여 천하게 여겼다. 그러나 민이 자기의 강적인 줄을 알며 또 성순의 마음을 끄는 힘으로는 도저히 민의 적수가 아닌 줄을 알므로, 그는 모친이나 성재에게 육박하여 간접으로 성순을 점령하려 하였다. 이것은 관습상 도리어 정면 공격이요, 겸하여

정정당당한 일일 것이다.

성재 집의 파산은 그의 성공의 제일의 기회였었고, 성재의 중병은 제이의 기회였었다. 그는 이것이 천재불우(千載不遇)의 호기회(好機會)인 줄을 알뿐더러, 근일 민과 성순과의 친근이 막대한 위험을 예고하는 듯하여 성재의 전쾌(全快)를 기다릴 새도 없이 그의 모친의 의향을 알아보려 한 것이라. 그러다가 모친에게 반대의 의향이 없음을 알매 그는 팔분(八分)의 의향을 확신하여 희열을 금하지 못하였다.

변은 결코 악의 있는 청년이 아니었었고, 차라리 선량한 청년이었었다. 동경 유학 시에 현금 조선의 사상과 풍습과 반대되는 여러 가지 사상을 많이 배웠지마는, 그는 이 양자 간에 무슨 모순이나 부조화가 있는 줄로 생각지도 아니하고, 따라서 구습을 깨뜨리고 신사상을 수입한다든지, 신사상을 배척하고 구사상을 묵수한다든지, 또는 신구를 조화한다든지 하려는 생각도 없고, 또 자기가 특별히 한 가지 이상을 세우고 전력을 다하여 여러 가지 곤란과 싸우며 그것을 실행하여야 할 필요도 인(認)치 아니한다. 그는 진실로 매약(賣藥)과 같이 무해무독한 사람이요 세상이 칭찬할 만한 건전한 청년이었다.

10의 2

그가 철학을 배웠지마는, 그는 그것을 기억하는 것 같지도 아니하고 그것을 기억하여야 할 필요가 있는 것 같지도 아니하다. 그는 학교에서 꽤 우량한 성적을 얻었다. 그러나 그가 위하여 우량한 성적을 얻은 철학,

그 물건은 직하하는 이질 환자 모양으로 전부 배설하여지고, 그의 혈액에는 조금도 그 기운이 남아 있는 것 같지도 아니하다.

그의 이상은 극히 단순하다.

성순과 혼인을 하고 자기가 호주가 되거든, 양제(洋製)로 깨끗한 집을 짓고, 방을 곱게 꾸미고, 거기다 피아노를 놓고 성순더러 타라고 하고 자기는 안락의자에 편안히 누워서 그것을 듣고, 가끔 둘이서 승경을 찾아 여행이나 하고……. 이뿐이었다. 아마 자기더러 분명히 자기의 이상을 말하라 하더라도 상술한 것 이상에 말할 것이 없을 것이다.

그러나 그는 결코 자기를 남만 못한 사람이라고 생각하지 아니하고 도리어 자기는 무엇으로 보든지 상등 인물로 자처한다. 그는 재산이 있고 얼굴이 잘나고, 동경서 대학을 졸업하였고 일찍이 주색장리(酒色場裏)에 출입한 적도 없고, 또 일찍이 남에게 대하여 자기의 약점을 말한 적도 없으니까. 그가 보기에 성재는 기인(奇人)이었고, 민은 경박하고 쓸데없는 일에 울었다 웃었다 하며 말을 높였다 낮췄다 하고 갑자기 열중하였다 갑자기 냉각하였다 하는, 철없고 정신이 불완전한 무용물(無用物)이었었다.

그가 성순을 취하는 이유도 따라서 극히 단순하다. 성순은 혈통이 좋고, 얼굴이 어여쁘고, 고등여학교의 우등 졸업생이요, 말이 적고, 온순하고…… 이뿐이었다. 이것 이상 또는 이것보다 더 깊은 무슨 이유가 있다고는 생각지 아니한다.

그에게는 세상만사는 선이 아니면 악이요, 사람은 선인이 아니면 악인이요, 일에는 될 일이 아니면 안 될 일이 있었을 뿐이었다. 과연 그는 행복된 사람이다. 그는 땅속과 하늘 위는 생각하려고도 아니 하고 다만 자기의 눈에 보이는 세계로만 만족한다. 과연 그는 모범적 청년이었다.

그 후 몇 날 동안에 변과 모친과의 의사는 점점 더욱 소통되어 모친은 벌써 사위에게 대하는 듯한 일종 장모의 애정까지 느끼게 되었다.

그러나 성순은 아직도 이러한 일이 있는 줄도 몰랐고, 더구나 민은 알 길이 없었다. 성순은 지금도 형을 간호하다가 형이 잠든 틈에 이러한 일기를 한다.

"요새에는 변이 날마다 온다. 와서는 어머니와 무슨 이야기를 길게 한다. 변이 오면 나는 그 방에서 나오고 다시 들어가지 아니한다. 나는 왜 이다지 변을 싫어하는지. 그는 아모리 재미있는 말을 하여도 도모지 재미있게 들리지를 아니한다. 그가 웃으면 나는 얼굴을 찡그리고 싶다. 왜 그런지.

M의 말은 무엇이나 다 재미가 있는데, 다 옳은 말 같은데, 변의 말은 다 거짓말 같다.

내 M! M이 이다지 보고 싶은가. 아까 왔다 갔건마는, 간 지가 불과 세 시간이언마는 마치 한 십 년 된 것 같다. 내일 올 줄은 확실히 알건마는 영원히 보지 못할 것 같다.

내가 왜 이렇게 괴로운가. 마치 괴로워서 죽을 것 같다. 아니! 나는 오빠의 병을 고쳐드려야지, 그리고 성공하도록 하여드려야지. 내일은 M을 보거든 좀 더 정답게 말을 하자. 서양식으로 악수를 하였으면 얼마나 좋을까, 키스를……. 에그, 내가 왜 이러한 생각을 할까. 나는 오빠의 병을 고쳐드려야지.

오빠의 병은 어제보다도 좀 나았다. 오늘은 흰죽도 조금 잡수셨다. M과 말도 몇 마디 하였다. M의 말은 어떻게도 재미가 있는지. 내가 오빠의 손바닥에 못이 박혔다는 말을 할 때에 M은 울었다. M은 다정한 사람이다. 변에게는 그러한 말도 아니 하였다.

M에게는 아모러한 말이나 하고 싶다. 그러면서 종일 말해야 하고 싶은 말은 한마디도 못 하는 것 같다.

M! 내 M! 내 M, 내 M!!!"

하고 몸을 떨면서 M 자 밑에다 감탄부호를 셋이나 찍고 자기가 쓴 일기를 한 번 내리읽었다. 그러고는 병인의 머리도 짚어주고 손도 만져주었다. 성순의 얼굴은 상기한 듯하였다.

11의 1

성재가 병으로 누운 지 오 일 만에야 성재의 부인이 네 살 먹은 딸과 금년생 아들을 데리고 친정에서 왔다. 그 오라비와 함께 인력거를 타고 하인에게 우육과 과실을 들리고 들어오는 길로 성순에게 푸념을 한다.

"그렇게 앓는데 통기(通奇)도 아니 하오?"

이것은 그 모친에게 할 불평이언마는 차마 직접 모친에게는 말하지 못하고 성순에게 한 것이라. 그러고는 입을 실룩거리며 눈에 눈물이 그렁그렁하였다. 모친은 외숙의 품에서 뛰어나오는 손녀를 안아 쳐들면서 말없이 며느리를 슬쩍 보았다. 그는 머리에 기름을 바르고 명주저고리를 입었으며 분까지도 바른 모양이다. '끔찍이도 몸치레를 하고 싶어한다.' 하고 성순은 속으로 악감을 가졌다.

"아씨 오십니까?"

하고 어멈은 앞치마를 씻으면서 부엌에서 뛰어나와서 어린애를 받으려고 팔을 벌렸으나, 부인은 본 체도 아니 하고 성훈의 부인이 인사하는 것도 본체만체하면서, 한 번 더 성순을 흘겨보며,

"글쎄, 어쩌면 알리지도 아니 하오?"

하고 분하여서 못 견디어하는 양을 보인다.

"보낼 사람이 있어야지."

하고 모친이 다정스럽게 변명하였다. 성순은 '그런 소리를 말고 친정에를 가지 말지.' 하려다가 꿀떡 참았다. 연일 앓는 형을 간호하기에 안색이 초췌한 것도 동정할 줄 모르는 그 올케가 미웠다.

부인이 아기를 안고 들어올 때에 성재는 잠깐 눈을 떠서 슬쩍 보고는 다

시 눈을 감고 고개를 돌렸다. 부인의 오라비는 병실에 들어와서 앉을 자리를 찾지 못하는 듯이 사방을 살펴보다가 도로 문밖에 나섰다. 모친이,

"치운데 들어가시지요."

할 때에,

"여기도 좋습니다."

하고 대문에 섰다.

부인은 성재의 초췌한 안색을 대할 때에 아까 분하여서 고였던 눈물이 슬퍼서 쏟아졌다. 모친은 병인의 이불을 덮어주면서 며느리에게 병의 경과를 대강 말한 끝에,

"이제는 다 나았다. 아모 걱정도 말아라."

하였으나 부인은 더욱 눈물이 흘렸다. 자기가 일생의 영광을 탁(托)하던 남편이 저렇게 빈궁하게 되고 병약하게 된 것이 슬펐다. 실로 그의 명주 옷은 몇 날 가지 못할 것이다. 아직 친정에 가서 석일(昔日)의 부자의 영화를 유지하지마는 친정은 결코 오래 있을 곳이 아니다. 벌써부터 동생 네와 올케들이 듣지 못하는 데서 수군수군하는 소리도 몇 번 들렸다. 그러나 그는 그 명주옷을 차마 벗을 수가 없어서 아직도 친정에 유(留)한다. 부인은 소매로 눈물을 씻고 어린애에게 젖꼭지를 물리면서 또 한 번,

"그런들, 그렇게 알려주지도 않아요?"

하였다.

성재가 이 말을 듣고 번쩍 고개를 돌리며,

"왜 왔어? 무엇 하러 왔어?"

부인은 깜짝 놀라서 성재의 옴쑥 들어간 눈을 보고 말이 나오지 아니하였다. 성재는 주먹으로 방바닥을 때리며,

"왜 왔어? 병이 좀 나을 만하니까 그것을 더치러 왔소?"

"내가 그렇게 보기가 싫소?"

"보기 싫여, 보기 싫여! 어서 가오!"

"좋지요, 누이만 있으면 그만이지요?"

"웬 잔소리여! 가라면 가지 않고."

"네, 가지요. 가라면 가지요."

하고 소리를 내어 울면서,

"그렇게 보기 싫거든 가지요. 내가 이 집 아니면 밥 굶어 죽겠소, 아이참!"

"무엇이 어째?"

하고 성재가 벌떡 일어난다.

"애들아, 이게 무슨 일이냐."

하고 부인의 새에 들어서는 모친의 눈에도 눈물이 고인다.

"부모도 모르고 지아비도 모르는 계집이 무엇 하러 내 집에 들어와!"

"성재야, 그게 무슨 소리냐. 그런 말법도 있느냐. 자, 드러누워라, 바람 쏘일라."

"가지요! 가지요!"

하면서도 부인은 차마 일어나지는 아니하고 몸을 벌벌 떨며 울기만 한다.

사랑에서 떠드는 소리에 성순도 나왔다. 부인의 오라비는 언제 갔는지 없다.

"성순 씨! 동경 오빠께서 나는 보기 싫다고 가랍니다. 가요, 가요!"

성재는 길게 한숨을 쉬면서 도로 자리에 눕는다. 세 사람은 우두커니 서로 바라보고 말이 없었다.

116

11의 2

모친은 부인을 데리고 안방으로 들어와 손자를 자기가 받아 안고 무수히 불그레한 손자의 뺨에 입을 맞췄다. 그러나 손자는 울면서 조모를 떠밀고 어미를 향하여 팔을 벌렸다. 조모는,

"너무 본 지가 오래서."

하고 부인에게 도로 주면서 속으로 울었다. 네 살 먹은 손녀가,

"한머니!"

하며 자기의 목에 매어달리는 것으로 겨우 위로를 삼았다. 성훈의 부인도 형님의 곁에 와 앉아서 여러 가지 말을 물었다. 그러나 부인은 아직도 아까 분함과 슬픔이 스러지지 아니하였다.

그는 실내를 한번 돌아보았다. 더러운 장판, 도배가 여기저기 떨어진 벽, 찌그러진 문, 게다가 자기의 방에 놓였던 세간이 여기저기 유리(流離)하여 놓인 것을 볼 때에 가슴이 터지는 듯하였다. 자기는 암만해도 이러한 집에 있을 사람이 아닌 것같이 생각되었다. 그러나 그 속에 앉은 모친과 성훈의 부인을 볼 때에 어떤 알 수 없는 힘이 자기를 억지로 이 집에 몰아넣고 다시 나오지 못하도록 사방에 철벽을 두르는 듯하였다. 지금 성재에게 그러한 책망을 들을 때에 일시의 분을 참지 못하여 반항도 하고, "가지요, 가지요!" 하기도 하였지마는, 기실 자기는 여기밖에 갈 곳이 없다. 아무리 더러워도 이것이 내 집이다 할 때에 한껏 정다운 생각도 나거니와 또 한껏 억제할 수 없는 울분도 났다. 딸이,

"엄마, 이제는 외가에 안 가지?"

할 때에 그는,

"응."

아니 할 수가 없었다. 또 딸이,

"한머니, 이제는 외가에 안 가구, 한머니하고 여기 있어요."

할 때에 그는,

"네 말이 옳다."

하고 시인 아니 할 수가 없었다. 그러나 그는 빈궁을 싫어하는 외에 성순을 미워한다. 성재가 자기에게 냉담한 듯할 때에는 그 책임은 성순에게 있는 것같이 생각하였고, 자기는 집에 있어서 집일을 볼 때에 성순은 하여주는 밥 먹고 곱게 차리고 책보 끼고 나서는 것이 밉기도 하였다. 왜 나이 이십이나 되도록 시집도 아니 가는고 하기도 하였다. 원래 부인에게는 자기의 자녀밖에 별로 고운 사람이 없었다. 어머니도 그렇고 아버지도 그렇고, 다만 성재는 자기의 남편이니까 겉으로는 시치미를 떼면서도 속으로 끔찍이 그를 생각하였다. 그의 생각에 성재는 일찍이 자기에게 애정을 준 적이 없는 듯하였다. 한자리에 자면서도 별로 정다운 말도 아니하고, 힘껏 껴안아주는 일도 별로 없었으며, 될 수 있는 대로 자기와 동침하기를 피하여 사랑에서 혼자 자기를 좋아하였다. 어떤 때에는 이삼 개월이나 연하여 방에 들지를 아니하였다. 그에게는 그것이 제일 큰 고통이요 함원(含寃)이었다.

부인은 이 집의 방 수효를 계산하여보고, 또 성재가 행랑에 있는 것을 보고 낙심하였다. 안방에는 한 방에는 모친과 성순이 있고, 한 방에는 성훈이 있고, 그러고 보니 자기와 성재의 거처할 처소가 없다. 자기가 밤에 남편을 찾아 행랑방으로 들어가고 아침에 거기서 나올 것을 생각할 때에 말할 수 없이 분하고 슬펐다.

부인이 돌아온 후로부터 살풍경이던 가정은 더욱 살풍경하게 되었다. 부인은 매사에 불평이요, 불평이 좀 심하여지면 몸부림을 하고 울었다. 다른 가족들은 아무쪼록 그의 불평을 아니 일으킬 양으로 될 수 있는 대로 침묵을 지켰고, 그중에도 어멈과 고양이는 잠시 몸을 펼 새가 없었다. 걸핏하면 어멈을 책망하고 고양이를 때리므로. 남향으로 된 이 집의 잘 드는 볕을 홀로 향락하는 고양이의 낮잠도 여러 번 부인의 발길에 차여서 깨움이 되었다.

부인은 성순을 대신하여 성재에게 약을 먹이고 밤에도 병실에서 잤다. 성순은 그가 없는 틈을 타서 얼른 형을 간호하였다. 성재는 처음에는 그 아내를 배척하였으나 차차 환영도 아니 하는 대신에 배척도 아니 하게 되어 약을 먹이면 약을 받아먹고 머리를 짚으면 그냥 내버려두었다.

그러나 날로 덜려가던 성재의 병이 하루아침에는 갑자기 더쳐서 열이 높아지고 헛소리를 하게 되었다. 급히 불러온 백 의사는 진찰을 하고 나더니 성순을 돌아보면서,

"부인께서 오셨나요?"

하였다. 성순도 얼른 알아차렸으나 모친에게도 아무 말도 아니 하고 부인더러 가만히,

"오늘부터는 형님께서는 좀 쉬십시오."

할 때에 부인은 말없이 얼굴을 붉혔다.

12의 1

그러나 이삼 일을 지나서 성재의 병은 훨씬 덜렸다. 오늘 아침에는 이불을 두르고 일어나 앉아서 자기의 손으로 고깃국에 만 밥을 두어 보시기 먹고 부인이 깎아주는 임금(林檎)도 한 개 먹었다. 살풍경이던 가정에도 일조(一條)의 기쁨이 흐르고 평생 말이 없던 가족들 간에도 여러 가지 유쾌한 회화가 교환되었다. 하루 한두 번씩 온 가족이 성재의 주위를 둘러싸고 성재가 앓는 동안에 일어난 일을 옛말 삼아 웃음 섞어 하게 되었다. 성재도 여윈 얼굴에 웃음을 띠어가면서 고개를 끄덕끄덕하기도 하고 간단하게 묻기도 하며 대답도 하였다. 성재의 집에는 마치 오랜 겨울이 지나가고 양춘(陽春)이 온 듯하였다. 그러나 그 양춘 속에는 아직도 한 줄기 얼음이 있어서 까딱하면 양춘 전체를 굳은 얼음으로 화할 듯하다. 성재의 병이 전쾌하는 날에는 생활 문제도 일어날 것이요, 실험관 문제도 일어날 것이요, 성재의 부인의 불평도 일어날 것이다. 그러나 앞에 오는 불행이야 있든지 없든지, 죽어가던 사람이 소생하여온 기쁨이야 부정할 수가 있으랴.

이러한 기쁨 속에 더 한 기쁨을 첨(添)할 양으로 변과 성순과의 약혼이 맺혔다. 모친과 성재와 변과 삼 인이 성재의 방에 모여 앉아서 약 한 시간 만에 결말이 났다. 성재는 성순의 의향을 물어볼 필요가 있다고 주장하였으나, 모친의 성순이 결코 반대할 이유가 없다는 추정적 보증에 병여(病餘)의 성재는 심하게 반대도 아니 하였다. 그리고 만일 성순이 반대하거든 형인 자기의 권위로 족히 완무(緩撫)하리라고 생각하였다.

그날 저녁에 성재는 모친의 면전에서 성순을 불러 약혼이 되었다는 뜻을 말하였다. 그러나 성순의 태도는 예기하였던 것보다는 강경하였다.

"성순아!"

"네."

할 때에는 성재는 무론이어니와 모친도 성순의 대답을 많이 염려하였고, 지금까지 성순을 자기의 소유물, 적더라도 자기네의 마음대로 순종하는 자로만 알았던 것이, "네." 하는 성순의 대답이 분명하게 실내에 울릴 적에 성순도 역시 독립한 일개인인 듯한 위엄을 느꼈다. 그래서 성재도 잠깐 양미간을 찌푸리고 말을 머뭇머뭇하다가, 마침내 다시,

"성순아!"

하고 불렀다.

"네."

하는 성순도 성재의 안색을 주의하여 보게 되었다.

"오늘 약혼을 하였다. 먼저 네게 물어보아야 옳을 것이지마는, 아아, 네 뜻도 어머니나 내 뜻과 다름이 없을 줄 알고, 네 말은 들어보지도 아니하고 작정하였다! 무론 네게도 반대는 없을 터이지?"(이 말은 용하게 성재의 사상을 발표한 것이었다. 그는 성순에게도 독립한 인격을 인정하여야 옳은 줄을 안다. 알뿐더러 남을 향하여 말까지 한다. 그러나 서양서 들어온 지 얼마 아니 되는 이 인권이라는 새 사상은 가장 진보하였다는 성재에게까지도 아직 실행할 힘을 주리만큼 깊이 삼투하지를 못하였다.)

성순은 이 말을 듣고 깜짝 놀랐다. 그래서 성재의 얼굴만 물끄러미 보았다. 성순의 대답 없음을 보고 모친은,

"반대가 무슨 반대냐. 하나나 부족한 것이 있어야지. 변 서방으로 말하면 양반이것다, 부자것다, 사람이 잘났것다, 그뿐 아니라 여태껏 그의

신세를 우리가 얼마나 졌니? 아모리 생각하더라도 조금이나 부족한 데가 있어야지."

그러나 모친이 완전한 요소로 꼽는 '양반', '부자', '여태껏 진 신세'는 성순에게는 아무 감동도 주지 못하였다. 그뿐더러 자기를 보은의 한 선물로 비기는 것이 도리어 불쾌하였다. 또 모친과 성재의 마음에 적당하니까 필연적으로 자기의 마음에도 적당하리라는 논리도 승인할 수가 없었다. 종로의 인경(人磬) 소리를 듣고 난 성재보다도 시계가 치는 소리를 듣고 난 성순의 편이 얼마큼 더욱 신사상을 동화할 능력이 있었다. 그러나 인경 소리의 여향(餘響)이 스러지지 아니한 사회와 가정에서 자라나서 자기의 사상을 억제하고 어른들의 명령을 복종하기에 관숙(慣熟)한 성순은 분명히 성재와 모친의 면전에서 자기의 사상을 발표할 용기도 없어서 다만,

"저는 아즉 시집가고 싶지 않아요."

하였다.

"아즉이라니, 계집애가 이십 살이 가까워가는데 아즉이 다 무엇이냐, 남 같으면 벌써 자식을 둘이나 낳았겠다……."

하는 모친의 말에,

12의 2

"글쎄, 어린애가 시집이 무슨 시집이야요, 좀 더 공부할랍니다."

"공부는 무슨 공부를 더 한단 말이냐, 고등보통학교나 졸업하였으

면 그만이지, 이제 공부를 더 하면 무엇을 하니? 사내들 같으면 몰라도……. 나, 저, 커다란 계집애들이 공부합네 하고 돌아다니는 꼴을 정 보기 싫더라. 우리는 보통학교 구경도 못 했지만…….”

“그때와 지금과 같읍니까?”

하고 성순은 좀 흥분하였다.

“같지 않구! 지금이라고 계집애가 사내는 못 되지!”

“미련하던 것이 지혜롭게는 됩지요.”

“응, 그래서 나는 미련하고 너는 지혜롭구나.”

“옛날은, 어머니의 시대에는 어머니도 지혜로웠지요.”

“지금은 너만 지혜롭고?”

“어머니보다는 지혜롭지마는 남들보다는 미련하지요. 그러니까 더 공부를 해야 된단 말이올시다.”

“그게 어미에게 하는 말버릇이냐, 그게 학교에서 배운 말버릇이냐?”

하면서도 모친은 성은 내지 아니한다. 모친은 성순의 이론의 정부(正否)를 판단하려고 하기 전에 먼저 성순이 자기를 항거하려 하는 것을 불쾌히 여기고, 이론으로 성순을 당하지 못할 줄을 알 때에 친권이라는 성루(城壘)에 거(據)하여 위협을 함이다. 성순은 최후의 피난처에 도입(逃入)한 모친을 더 추구(追究)함이 무용한 줄을 알므로 잠잠하였다. 그러나 모친은 성순의 침묵을 승(乘)하여 다시 기운을 얻어 공세를 취한다.

“그런 철없는 고집을 부리지 말고 어서 나나 네 오라비 하라는 대로 해라. 설마 네게 해롭게 하랴.”

이때까지 모녀의 문답을 우두커니 듣고 앉았던 성재는 성순이 결코 경적(輕敵)이 아닌 줄을 깨달았다. 성순은 벌써 어린애가 아니다. 간단한 명령이나 감언이나 위협이 그 효(效)를 주(奏)치 못할 줄을 알았다. 이지(理知)가 눈을 뜨려는 사람에게는 이지 이외에 그를 열복(悅服)시킬 것이 없음을 안다. 그래서,

"공부하는 것이 좋지마는 우리 가세가 허하느냐. 변 군도 해상(解喪)하기까지 동경에 유학을 시켜도 좋다 하니, 그렇게 되면 작히나 좋으냐."

그러나 이것은 궤변이다. 성순이 "공부하겠어요." 하고 핑계로 한 말을 그가 약혼을 거절하는 유일한 이유로 여기고 반박하려는 논리적 유희에 불과하다. 성순은 이 말에는 대답지 아니하고 잠자코 치마고름만 씹었다. 약 오 분간 삼 인은 무슨 말을 할지 모르고 가만히 앉았었다.

성재는 불가불 본 문제를 끌어내게 되었다.

"성순아!"

"네!"

"나는 네가 왜 이 약혼을 싫여하는지를 안다. 너는 내가 모르거니 하지마는 나는 벌써 다 알았다. 그러나 그것은 네가 아즉도 경험이 없어서 잘못 생각한 것이니까, 어서 단념하고 내 말대로 하여라."

하고 빙그레 웃는 성재의 얼굴을 슬쩍 보고 성순은 얼굴을 붉혔다. 모친은 웬 까닭인지를 모르고 눈이 둥그레졌다. 성순은 형의 말이 무슨 뜻인지를 대강 알아차렸다. 그러나 이러한 경우에 잠잠할 수는 없었다.

"무엇을 알으셔요?"

"내가 모르는 줄 아니?"

"무엇 말씀이야요?"

"내가 네 일기를 다 보았다……. 그만하면 알지."

"……."

"그러나 그것은 되지 못할 일이다. 오늘 급히 약혼을 한 것도 그것이 한 원인이다. 하니까 이제부터는 너는 변 군의 아내인 줄로 알고 민 군과 가까이 교제도 말아라."

모친은 펄쩍 뛸 듯이 놀라며,

"무어 어째! 날마다 민이 놀러 오는 것 같더니 어찌 되었어? 응, 이 철 없는 계집애야, 글쎄, 그런 한 푼 없는 사람한테 시집을 가면 무엇을 먹고 살 양으로, 아이, 철없는 계집애!"

성순은 부끄럽기도 하고 분하기도 하고 슬프기도 하고, 또 반감도 생겨서 몸을 떨었다. 그러고,

"누가 그이게로 시집을 간답니까?"

하였다.

성재는, '저 계집애가 얼마나 한 결심이 있는가?' 하였다. 그러나 성순은 확실히 자기가 지금토록 상상하던 바와 같은 '어린애'는 아니었다.

12의 3

성재는 더욱 위엄 있는 목소리로,

"민 군과는 혼인할 수 없다. 너는 아는지 모르는지 모르겠다마는, 첫째, 민 군은 아내가 있는 사람이다."

"응, 아내까지 있는 것이 남의 딸을……."

"벌써 이혼한다고 아니 돌아본 지가 한 오륙 년 되지마는 아즉도 그 아

내 되는 사람은 아니 간다고 그런다더라……. 그런데 너는 그러한 사람의 첩으로 갈래?"

성순은 이 말을 들을 때에 놀랐다. 민이 아내 있는 사람인 줄은 전혀 몰랐었다. 자기는 아직도 민과 혼인하리라 하여본 적은 없지마는, 그래도 아내 있는 사람이란 말에는 얼마큼 경악하고 실망하지 아니할 수가 없었다. 성재의 '못 한다.' 하는 말이 유리(有理)하게도 들린다. 그러나 그렇다고 금시에 민을 밉게 볼 수도 없고, 또 형의 말대로 변에게 시집가기를 허락할 수도 없었다. 그래서 잠잠하였다. 성재는 이 눈치를 채고 얼른,

"그러니까 민과 가까이할 생각은 애여 생념도 말고, 어서 변 군과 약혼을 해서 동경 유학이나 가게 하여라. 어서 그렇게 작정해라."

"글쎄, 이 철없는 계집애야, 어떡허자고 그러한 사내와 친한단 말이냐. 이제는 민인지 무엇인지 하는 사람은 당초에 집에 들어오지를 못하게 할 테다. 그런 괘씸한 자식이 어데 있단 말이냐."

성순은 차마 그 자리에 있지 못하여 성훈의 방으로 뛰어 들어왔다.

웬일인지 모르게 성순은 그날 밤 한잠도 자지 못하고 자리 속에서 울었다.

이로부터 성순은 꿈같이 지내었다. 민은 한 번도 오지 아니하였고, 변만 격일(隔日)하여 놀러 왔으나 성순은 될 수 있는 대로 그와 상대하기를 피하였다. 그러나 적극적으로 약혼에 대한 반대도 하지 아니하므로, 다른 사람들은 이미 결정된 줄로만 믿고 혼인할 절차를 의론하였다. 성재는 해상하기를 기다릴 필요가 없으니 정월이 되거든 곧 혼례를 행하여도 좋다고 주장하였다. 이 말에 무론 변은 대찬성이다. 변은 결코 진정으로 성순의 유학을 바라지 아니한다. 변은 여자가 고등한 교육을 받을 필요

가 없다고 생각한다. 변의 부부관은 이러하다.

처(妻)란 용모가 미려하고 행지(行止)가 단아하며 성질이 온순하여, 부(夫)의 기쁨이 되고 위로가 되며 부를 위하여 가정을 잘 정리하면 그만이라. 처는 오직 부를 위하여서만 의의가 있는 것이니, 부에게서 떼어놓으면 존재의 의의를 잃어버리는 줄 안다. 변은 아마 한 번도 여성을 독립한 존재로 생각하여본 적이 없을 것이다. 기실 변은 이렇게 명확한 부부관을 가진 것도 아니라, 그의 의식 중에 희미하게 있는 생각을 글로 써놓으면 이러하단 말이다.

그러므로 변과 민의 부부관에는 현수(懸殊)한 차이가 있다. 민은 어데까지든지 여성의 인격의 권위와 자유를 인정하여 부부를 완전한 양 개체의 완전한 결합으로 생각하므로, 부부 관계는 완전한 대등의 관계요 독립국과 독립국 간의 관계로되, 변은 처를 부의 여러 가지 소유물(재산, 명예, 지식, 양복, 시계 등) 중에 중요한 하나로 생각하므로 부부의 관계는 주종의 관계요 종주국과 속국과의 관계라. 그러므로 변은 모친과 성재의 허락을 존중하되, 민은 도리어 그것은 안중에 두지 아니하고 오직 성순의 허락을 중히 여긴다. 이제 만일 모친과 성재는 성순을 변에게 허락하고 성순은 자기를 민에게 허락하였다 하면, 이에 성순의 소유권 문제에 관하여 대소송이 일어날 것이다. 성순은 모친과 형의 것이냐, 또는 성순 자신의 것이냐 하는 것이 그 쟁점이 될지니, 법정의 좌우에 늘어앉은 변호사 제씨와 방청인 제씨는 응당 각각 자기의 의견을 따라서 혹좌혹우(惑左惑右)할 것이다. 그러나 재판장이 만일 인습의 법전을 준거한다 하면, 성순 측에서는 기필코 기피를 신청하거나 상고할 것이라. 다만 흥미를 감쇄하는 것은 이 사건의 원피(原被) 양방이 각각 자기편에 대한 확고 한 신념이 없음이니, 성재도 성순은 확실히 장형 되고 호주 되는 자기의 소유물이라 하는 판단이 있는 것이 아니요, 성순도 나는 오직 내 소유물이다 하는 판단이 분명치 못한 것이라. 그러므로 이 사건은 분명치 못한 쟁점을 가지고 감정과 인습과 방편과 고집과 임시임시의 단편적 생각을 가지고 진행할 것이다.

13의 1

서울의 겨울 달은 남산의 동단에서 올라 남산 마루를 지나 남산의 서쪽으로 떨어진다. 백설과 청송으로 묵화(墨畵)와 같은 반문(斑紋)을 성(成)한 남산을 떼어놓고는 서울의 동월(冬月)을 말할 수가 없다. 이 의미로 보아 남산수(南山壽)를 빌기에는 응용할 수 없이 되었다 하더라도 남산은 역시 서울의 자랑이다. 남산과 북악 두 틈에 장구 모양으로 벌려 있는 서울은 북악에서 위압을 받고 남산에서 자애를 받는다. 이 특징은 지금과 같은 동절(冬節)에, 그중에 월명야(月明夜)에 더욱 분명하다. 옥으로 깎아 세운 듯한, 구배(句配)가 급하고 끝이 뾰죽한 북악이 심청(深靑)한 겨울 하늘의 북두성 자루를 찌르려 하는 모양과, 그 끝이 하늘을 푹 찔러서 하늘에 새었던 찬 바람을 쏟다가 서울에 내리쏘는 것을 볼 때에, 우리는 암만하여도 북악에 대하여서 일종의 외경과 공포와 위압을 받는다. 그러나 수구문(水口門) 근방에서부터 완완(緩緩)히 복잡한 파상(波狀)을 정(呈)하며 올라가다가 국사당(國祠堂)의 뭉투룩한 꼭대기를 이루고 다시 완완히 내려간 남산의 우미한 곡선은 우리에게 정다움을 준다. 그런지 아닌지, 서울은 북악을 등에 지고 남산과 낯을 대하여 울고 웃고 한다. 아마도 웃을 때에 남산을 대하면 같은 미소를 얻고 울 때에 남산을 대하면 부드러운 위안을 얻는 모양이다. 과거 몇천 년간에, 가깝게 잡고 오백여 년간에 몇천만의 생령(生靈)이 남산을 보고 웃고 울고 하였는고. 그러나 한(恨)하건대, 과거의 남산은 아직도 큰 웃음과 큰 울음을 당하여보지 못하였다. 웃을 일도 한두 번은 없지도 아니하였고 울 일도 한두 번은 없지도 아니하였다. 서울은 그것을 감각할 줄을 몰랐었다. 음력 십일월 중순 달이 남산 마루에 걸려서 서울을 내려다본다. 삼십만의 인구를 가진 큰 서울에는 등불이 반짝거리고 전차 소리와 인마(人馬)의 왕래하는 소리가 들린다. 한편에는 비록 늙고 쓰러져가는, 다 썩어진, 더럽고 초라한 왜옥(矮屋)이 있다 하더라도, 다른 한편에는 확실히 새로운 반공(半空)에 우뚝 솟은 번쩍하고 깨끗한 고루(高樓)가 있다. 수로 보아 그 더럽고 늙어 쓰러져가는 집이 많다 하더라도, 이 많음은 차차 적어갈, 마침내 쓰러져버릴 운명을 가진 많음이며, 새롭고 번쩍한 집은 수로 보아 적다 하더라도 그 적음은 차차 많아갈, 마침내 온 서울을 덮고야 말 운명을 가진 적음이다.

서울에는 확실히 생명이 있다. 북악의 바람이 아무리 차게 내리쏜다 하더라도, 길과 지붕과 마당이 아무리 얼음 같은 눈으로 내리눌렸다 하더라도, 그 밑에는 봄철에 움 돋고 잎새 필 생명이 있는 것과 같이, 서울에는 확실히 생명이 있다. 아직 의식이 발동하지 아니하고 감각과 이성의 맹아가 모양을 이루지는 못하였다 하더라도, 확실히 서울에는 생명이 있다. 비록 그것이 아직 원시동물 모양으로 머리도 없고 사지도 없고, 무론 신경계도 없는 단세포에 불과하다 하더라도, 아직 호흡도, 영양도, 운동도 없는, 얼른 보기에 무생물 같은 것이라 하더라도, 그래도 생명이 있기는 확실히 있다. 오늘 밤 달빛에 비추인 서울은 비록 사해(死骸)의 서울이라 하더라도, 장래 어느 날 밤에 이 같은 달이 반드시 생명의 서울을 비출 날이 있다. 누가 이것을 의심하랴. 하물며 부정하랴. 아무도 이 생명을 부정하지는 못한다!

아아, 누누(累累)한 사해(死骸)! 사대문, 종로, 북악 밑, 남산 밑, 어느 것이 사해가 아니랴. 백 년 묵은 사해, 이백 년 묵은 사해, 간혹 천 년 묵은 사해, 또 간혹 일전에 죽은 사해, 온통 사해다. 지금 이 달빛에 가로 (街路)로 다니는 것도 사해, 혹 실내에 앉았는 것, 누웠는 것, 떠드는 것, 어느 것이 사해가 아니랴. 소리면 귀추(鬼啾), 빛이면 귀화(鬼火), 무엇이 도약한다 하면 망량(魍魎)의 도약. 그러나 서울에는 생명이 있다.

이 생명은 묵은 사해와 새로운 공기와 광선으로 생장할 것이다. 묵은 사해는 사해 그 물건으로는 무용하다 하더라도, 그것을 생명력으로 분해한 화학적 원소는 넉넉히 신생명의 영양이 될 수가 있다. 될 수가 있을 뿐더러 그것을 영양으로 하지 아니하면 아니 된다. 그리고 공기와 광선은 무한하다. 암만이라도 자유로 취할 수가 있다. 지구에 생물이 생식(生息)할 수 있는 한에서는 공기의 부족을 탄(嘆)할 수가 없을 것이요, 태양이 그 열과 광의 생명을 보존하는 한에서는 광선의 부족을 탄할 리가 없다. 서울의 생명은 생장하지 아니치 못할 운명을 가졌다. 그런데 서울에는 생명이 있다.

서울을 보고 우는 자는 자기의 잘못임을 깨달아야 한다. 서울? 낡은 죽음 위에 새로 설 새 서울? 제군(諸君)은 북악의 열풍(烈風) 속에, 남산의 월광(月光) 속에 탄생 축하의 기쁜 곡조를 알아들어야 한다.

13의 2

그것은 모르지. 그 생명이라는 것이 하동(何洞), 하통(何統), 하호(何戶)에 있는지, 또는 하가(何街), 하천(何川)에 있는지. 그러나 다만 제군은 가만히 귀를 기울여보라. 반드시 무슨 소리가 들릴 것이니. 제군이여,

그 소리가 즉 새 생명의 심장의 고동이다. 그 소리가 비록 극히 미미하다 하더라도, 그 속에는 무한히 커지려는 '힘'이 사무친 것을 아는 자는 알 것이다. 그 소리가 지금 비록 음부(音符)의 일 개에 불과하다 하더라도, 그것이 차차 일절이 되고 이절이 되고 삼절이 되어 마침내 일대 음보(音譜)를 성(成)하고야 말 것이라. 피아노의 제일 좌편의 첫 건(鍵)을 울릴 때에 그것은 극히 단조한 저음에 불과하지마는 다음 건, 다음 건, 연해서 울려가는 동안에는 점점 고음이 되어, 마침내 우편 최종 건의 백(帛)을 열(裂)하는 듯한 최고음에 달하고야 만다. 그러나 일 건씩, 일 건씩 누를 때에는 아직도 단조(單調)에 불과하지마는, 양수(兩手)의 십지(十指)가 눈에 보일 새 없이 이리 치고 저리 치고 할 때에 오인(吾人)은 황홀한 대 음악을 얻는 것이다. 그러므로 제군은 새 생명의 소리가 너무 미미하고 단조한 것을 한하여서는 아니 된다. 이미 소리가 들렸으면 그것은 피아노의 제일건인 줄을 알아야 한다.

성재가 실험관을 들고 앉았다. 주정등에 불을 켜놓고 거기다가 실험관을 쪼인다. 제군은 이것을 다만 성재의 화학 실험으로만 알아서는 못쓴다. 만일 제군이 총명할진대, 성재의 실험관이 끌어내는 소리 중에서 새 생명의 심장의 고동을 들어야 하고, 주정등의 화염 중에서 새 생명의 섬광을 보아야 한다. 그와 같이 민의 유치한 화필, 그것으로 그려진 금강산의 스케치 중에서 총명하신 제군은 새 생명의 부동(浮動)을 보아야 한다. 제군은 어린애들이 강보에 누워서 함부로 사지를 내어두르고 함부로 소리를 지르는 것을 무의미한 것으로 아느뇨. 또 어린애들이 모친의 머리카락을 쥐어뜯고 창과 벽을 뚫는 것을 무의미한 장난으로 아느뇨. 또 그들이 조그마한 손가락 끝으로 마당의 부드러운 흙에 가로세로 여러 가지 그림을 그리는 것을 무의미한 장난으로 아느뇨. 그런 것이 아니라. 그네는 그러한 무의미한 듯한 장난 중에서 장차 어른이 되어 활동할 능력을 기르는 것이다. 함부로 내어두르면 그 팔은, 혹은 의정 단상에서 천하를 호령하는 팔도 되고, 혹은 만세(萬世) 대경전(大經典), 대예품(大藝品)을 작(作)하는 팔도 되고, 경천동지하는 신발명(新發明)을 작성하는 팔도 되는 것이다. 그네가 함부로 지르는 듯한 소리를 무의미하게 들을 줄이 있으랴. 그렇게 연습하는 그 소리가 장차 세계의 만민을 각성케 하는 예언자의 큰 소리도 되고, 천군만마를 호령하는 대장군의 큰 소리도 될 것이다.

제군은 무엇을 볼 때이든지, 그것이 영(盈)하는 것인지 휴(虧)하는 것인지(Waxing or Waning)를 먼저 살펴야 한다. 그리하여서 그것이 영하는 것일진대 현재의 소(小)와 약(弱)은 장래의 대(大)와 강(强)을 약속함인 줄을 알아야 하고, 그것이 휴하는 것일진대 현재의 대와 강이 장래의 소와 약을 약속함인 줄을 알아야 한다. 명철치 못한 사람은 휴하는 대와 강을 보고 기뻐하고, 영하는 소와 약을 보고 도리어 슬퍼하나니, 명철한 제군은 이러한 미련을 배워서는 되지 아니한다. 낡은 것, 썩은 것, 죽은 것이 비록 현재에는 강하고 대하다 하더라도 그것은 휴하는 강과 대요, 새 생명의 소리와 빛이 비록 현재에는 소하고 약하다 하더라도 그것은 영하는 것인 줄을 알아야 한다.

지금 바로 이 순간에도 서울의 여러 가지 소리 중에, 여러 가지 빛 중에, 여러 가지 움직임 중에는 반드시 영하려는 새 생명의 부동이 있을 것이다. 우리는 현재를 볼 때에 슬퍼하고 실망하기 쉽지마는, 희망의 눈으로 미래를 볼 때에야 비로소 더할 수 없는 기쁨을 깨닫는 것이다.

북악과 남산 새에 생장하려는 새 서울의 모양을 제군은 마음대로 그려 보는 것이 좋다. 혹은 황금이 넘치는 부(富)한 서울이든지, 학술이 은성하고 문학예술이 꽃을 피우는 문화의 서울일는지, 또 혹은 이 두 가지를 한데 합한 서울이든, 제군의 마음대로 그려보는 것이 좋다. 대개 제군은 제군의 마음대로, 그린 대로 새 서울을 이룩할 수가 있으니까.

종소리가 들린다. 각 회당에서 야소(耶蘇) 기독(基督)의 탄생을 축하하는 것이다. 사방으로 모여드는 남녀 신도들의 경건한 머리 위에는 명월광(明月光)이 비추었고, 발밑에서는 새로운 눈이 빠각빠각 소리를 낸다. 적적한 계동 골목에서도 새 옷을 입고 성경 찬미를 든 남녀가 칠팔 인 말없이 내려온다. 검은 두루막에 흰 동정 달고 모자를 꾹 눌러쓴 학생 수인(數人)이 떼를 지어 쾌활하게 웃고 떠들며 이전 사관학교 앞으로 내려오고, 그 뒤에는 서양 머리에 흰 두루막 입은 여학생 하나가 사뿐사뿐 걸어온다.

13의 3

"성순 씨!"
하고 뒤에서 부르는 남자의 소리는 떨렸다. 성순은 깜짝 놀라는 듯이 우뚝 서며 고개를 들었다. 그는 민(閔)이었다. 그러나 성순은 인사도 하려고 아니 하고 고개를 푹 수그렸다.

"성순 씨! 저는 아까부터 댁 문밖에 서서 나오시기를 기다렸습니다. 혹 크리스마스에나 아니 가시는가 하고. 그러나 성순 씨께서 나오시는 것을 뵈올 때에는 말을 할까 말까 하고 오래 주저하였습니다. 그래서 여기까지 따라왔습니다."

하고 한 걸음 가까이 온다. 성순은 고개를 들어 달빛에 비친 민의 해쓱한 얼굴을 보았다. 그리하는 성순의 얼굴도 역시 해쓱하였다. 성순은,

"왜 그동안 한 번도 아니 오셨어요?"

"제가 오기를 바라셨습니까, 올까 봐서 무섭지 아니하셨습니까, 여기서 뵈옵는 것도 무서워하지 아니하십니까?"

민의 어조는 자못 격하였다. 분노한 듯까지 하였다. 성순은 그 말을 들을 때에 몸이 오싹하였다. 그러나 도리어 대담하게 말할 용기를 얻었다.

"그렇게 생각하셔요? 제가 그러리라고 생각하셔요?"

"그렇지 않다고 생각하는 것이 옳겠습니까? 성재 형께서 편지가 왔습디다. 성순 씨와 변 군과의 약혼은 확정되었다고, 그러니까 너는 내 집에 오지도 말고 성순 씨와 교제도 말아달라고. 그런데도 댁에 찾아갈 수가 있겠습니까? 좋습니다, 축하합니다, 변 부인이시지요, 근일에 결혼식을 하시고 동경으로 신혼여행을 가신다지요, 그것을 축하할 양으로 이 치운 데 여기서 기다렸습니다. 댁에는 갈 수가 없으니까요."

"왜 그렇게 말씀을 하십니까?"

"그러면 어떻게 말씀을 드리리까요?"

"제 뜻으로 그렇게 한 것도 아닌데."

"흥. 누구나 그런 말을 하는 법입니다. 성순 씨가 만일 남의 위력에 못 이기어서 그러한 작정을 한 것이라 하면 성순 씨는 못난이거나 어린애지요……."

"네, 못난이야요!"

"과연 그렇습니까, 과연 못난입니까? 진정으로 그렇게 생각하십니까?"

"그러면 제가 이 경우에 어떻게 해야 좋습니까?"

"꼭 한 가지밖에 없지요, 즉 자기가 가장 옳다고 생각하는 바를 따라서 행한다, 그것뿐이지요. 성순 씨는 성순 씨의 성순이지요? 어머님의 성순입니까, 오라버니의 성순입니까?"

"저는 저라고 생각은 하지마는 그렇게 행할 힘이 없어요."

민은 물끄러미 성순을 모로 보았다. 과연 성순의 말은 진리라 하였다.

"그렇게 행할 힘은 없다 하더라도 행하였으면 좋겠다 하는 요구는 있습니까?"

"네."

"진정 그렇습니까, 될 수만 있으면 나는 나대로 내 이성을 따라서 행하겠다 하는 요구가 있습니까, 될 수만 있으면 아모의 속박도, 견제도 받지 아니하고 내 인격의 권위와 자유를 어데까지든지 발휘하였으면 하는 요구는 있습니까, 과연 그렇습니까?"

"그러나 그것이 가능하겠습니까?"

"가능하지요, 그러나 평화의 수단으로는 아니 되지요, 오즉 전쟁이라는 방법으로야만 되지요."

"전쟁!"

"암, 전쟁이지요. 첫째, 부모의 권위에 대하여, 둘째, 사회 인습의 권력에 대하여 선전(宣戰)을 해야지요."

"그것이 옳겠습니까?"

"전쟁이니까 이기면 옳고, 지면 죄지요."

"이길 수가 있겠습니까?"

"전쟁이니까 내가 강하면 이기고 약하면 지지요."

"제가 강하겠습니까?"

"그게야 남이 압니까?"

"만일 지면 어찌 될까요?"

"항복하야 노예가 되든지, 쾌하게 전사를 하든지."

"일천만의 여성을 위하야 희생이 되든지."

"선봉장이 되든지."

양인은 자연히 마음이 솔깃하여짐과 알 수 없는 용기와 프라이드를 깨달았다. 한참 침묵하다가 성순이,

"싸워보지요, 싸워보지요!"

"싸워보셔요?"

"네, 싸워보지요, 저를 도와주십시오."

양인은 굳게 악수하였다. 그리고 삼사 보의 거리를 두고 쓸쓸한 겨울밤의 서울 거리를 걸어 승동(勝洞) 예배당으로 향한다.

14의 1

　회당(會堂)에서 돌아와서 성순은 아무쪼록 가족의 얼굴 보기를 피하고 자리에 들어갔다. 결코 잠이 들 리가 없었다.

　이제는 자기의 전도(前途)는 작정이 되었다. 자기는 민과 일생을 같이 할 것이다. 평생에 사모하던 사람과 일생을 같이하게 된 것을 생각하면 다른 걱정은 다 잊어버려지고 오직 가슴속에 기쁨만 꽉 차는 듯하였다. 성순은 민이 지나간 약 일 개월 동안에 자기를 위하여 얼마나 걱정하였을 것, 괴로워하였을 것, 슬퍼하였을 것을 상상하여 안다. 왜 내가 벌써 그에게 내 뜻을 고하여 기쁘게 하여드리지를 아니하였는가 하고 후회도 하여본다. 그러나 왕사(往事)는 왕사요, 이제부터는 민에게 위안을 주고 힘을 주어 민이 늘 몽상하던 대로 명년 동경미술전람회에는 큰 출품을 하게 하리라. 그것이 입선이 되고 특선이 되고, 익년 것이 또 입선이 되고 특선이 되고……. 이리하여 불쌍한 민으로 하여금 조선미술사 제일엽(第一頁)을 차지할 대미술가가 되게 하리라.

　성순은 민이 하던 말을 잘 기억한다. 자기가 미술을 배움은 조선인에게 복된 눈 하나를 더 주려 함이다. 사시(四時)의 산색(山色)을 보고 기뻐할 줄 아는 눈, 석양에 물든 서천(西天)의 구름을 보고, 모옥(茅屋) 가에 홀로 핀 매화를 보고, 오색으로 수를 놓은 홍엽의 산야를 보고 기뻐하는 눈, 또는 반공(半空)에 직선, 곡선, 여러 가지 선으로 그려진 산의 형용과 삼림의 윤곽을 보고 기뻐하는 눈, 우리 조선(祖先)이 남겨준 위대하고 미려한 미술품을 보고 기뻐하는 눈, 그러한 눈을 주려 함이다. 자연은 인생에게 세 가지 세계를 주었다. 진(眞)의 세계, 선(善)의 세계, 미(美)

의 세계. 진의 세계의 재산은 과학으로 찾을 것, 선의 세계의 재산은 아름다운 사회와 가정과 개인의 품성에서 찾을 것, 그리하고 미의 세계는 예술로 찾을 것이다. 낡은 조선이 빈약하고 누추한 것은 이 마땅히 찾을 재산을 찾지 아니하였음이니, 우리가 건설할 새 조선은 찾을 수 있는 대로 이것을 찾아서 부강하고 아름답고 즐거운 조선이 되어야만 한다.

성재의 실험관도 이 의미로 뜻이 깊고, 자기의 화필도 이 의미로 뜻이 깊다……. 성순은 이러한 민의 말을 잘 기억하여두었다.

그러고 성순이 음악을 좋아한다는 말을 들을 때에 민이 이렇게 말한 것도 기억한다. 음악을 배우는 데도 세 가지 종류가 있다. 첫째는 자기가 혼자서 즐기려고 배우는 것, 둘째는 대음악가가 되어서 세계적 명성을 박(博)하려 하는 것이니, 이 두 가지가 다 좋다. 그러나 셋째가 가장 좋으니, 그것은 즉 조선인에게 미묘한 음향의 세계에 들어가는 귀를 줄 양으로 배움이라 하고 그 말끝에,

"성순 씨는 이 셋 중에 어느 것을 취하서요?"

할 때에 성순은,

"셋째!"

하고 웃은 것도 기억한다.

그러고 또 민이 자기에게 이러한 말을 하였던 것도 기억한다.

금일의 사회는 남자와 여자의 공통한 소유물이다. 남자와 여자가 각각 그 천품(天稟)의 특장을 따라서 최선의 노력을 다하여 우리가 이상(理想)하는 바 사회를 실현하여야 된다. 여자에게 남자 동양(同樣)의 교육을 해방하고 직업을 해방하고, 무론 인격의 자유와 권위를 인정하는 것이 세계의 대세다. 더구나 남이 수백 년간에 이뤄놓은 문명을 수십 년간

에 이루려 하는 금일의 조선인은 더욱 남녀의 협동한 육력이 필요하다. 그러니까 조선 여자도 주먹을 불끈 쥐고 일대 분발을 할 필요가 있고 의무가 있다고 한 것과, 그때에 성순은 감격에 못 이기어서,

"저도 새 조선을 위하여서 무엇을 하고 싶습니다. 그러나 제게 그러한 능력이 있을까요?"

할 때에 민은 소리를 높여서,

"하여본 뒤에야 능력의 유무를 알지요, 하여본 뒤에야 성공을 하였으면 능력이 있었던 것이요, 실패를 하였으면 능력이 없었던 것임을 알지요. 이러한 진리를 알았더면 조선에도 퍽 많이 사업을 이룬 사람이 났을 것이외다. 제 능력을 보아야지 하는 말은 얼른 듣기에 매우 영리한 듯하지마는, 기실은 자기를 망케 하고 사회를 망케 하는 말이지요. 우리는 소아(小兒)외다. 소아는 제 능력을 모르고서 무엇이든지 닥치는 대로 쳐들어보려 하고 깨두드려보려 하지요. 그러니까 무론 실패도 많지요. 그렇지마는 그 실패에서 능력을 얻는 것이외다. 그러니까 우리는 무엇이나 해보아야지요, 무슨 소리나 소리를 쳐보아야지요, 성공도 해야겠지마는 실패도 많이 해야지요, 많은 실패 중에, 여러 실패하는 사람 중에, 그중에야 설마 성공도 있고 성공하는 사람도 있겠지요."

하고 빙그레 웃던 것이 생각이 난다.

14의 2

'그렇지!' 하고 성순은 한 번 돌아누웠다. '무엇이나 해보아야지!' 하

고 성순은 입을 힘껏 다물었다. '내가 지금 하려는 일도 일종 모험이다, 대모험이다!' 하고 성순은 월광에 희미하게 보이는 천정을 노려보았다. '성재의 실험관의 실패가 죄가 아니라 하면, 내가 설혹 실패를 한다 한들 무슨 죄가 되랴.' 하고 성순은 고개를 조금 베개에서 들었다.

그러나 이미 변과 약혼이 성립된 것과, 모친과 성재가 어데까지든지 자기를 정복하려 할 것과, 자기가 민을 사랑한다는 말을 들을 때에 세상이 조롱하고 욕설할 것을 생각하매 미상불 한숨이 아니 나올 수가 없었다. 생후에 아직 한 번도 거역하여본 적 없는 모친과 성재의 말을 거역할 것도 고통이었고, 자기가 그 말을 거역하기 때문에 모녀의 정의(情誼), 형매(兄妹)의 정의, 그렇게 따뜻하고 굳건하던 정의를 상하게 될 것도 슬펐다. 생래 근 이십 년간 자기의 따뜻한 보금자리이던 가정에서 자기는 떠나야 된다. 평화 속에서 떠나는 것이 아니라 자기의 모반으로, 적대 행위로 떠나야 된다. 자기는 지금 모친에게 대하여, 형에게 대하여, 가정에 대하여, 및 수천 년 전해오던 인습에 대하여 반기를 드는 것이다. 내가 이러한 반심(反心)을 품은 줄을 모르는 모친과 형은 안심하고 편안히 잔다. 내가 이러한 반심을 품은 줄을 모르는 서울은 안심하고 편안히 잔다. 가정도 이럭저럭 평화 속에 있고 사회도(비록 조그마한 파란은 있다 하더라도) 이럭저럭 평화 속에 있다. 그러나 내 반심이 드러나는 날에는 모친과 형과 가정과 사회는 내게 향하여 선전을 포고하고 포격을 가할 터이요, 나도 그네들에게 대하여 선전을 포고하고 포격을 가할 것이다. "내가 그네의 앞에 항복을 하든지, 그네가 나의 앞에 항복을 하는 날까지 결코 빼어 들었던 칼은 다시 칼집에 들어가지 아니할 것이다"[카이사르의 언(言)]. 그네는 중(衆)하다, 대(大)하다. 그러나 나는 과(寡)하다, 소

(小)하다. 그러니까 그네는 비록 내게 대하여 조롱과 해학으로써 임한다 하더라도 나는 피와 생명으로써 임하여야 할 것이다. 그러다가 다행히 이기면 사회와 도덕의 주권을 그네의 손에서 빼앗아서 내 손에 잡을 터이요, 불행히 시궁도최(矢窮刀摧)하여지면 내 오체(五體)는 모반자의 비명하(鄙名下)에 오작(烏鵲)의 밥이 될 것이다. 상술한 사상과 그중에 인용한 비유와 문자는 지금까지 민의 말에서 얻은 것이다. 민이 자기의 낡은 사회에 대하는 태도를 말할 때에 쓰던 것을 성순이 지금 응용하는 것이다.

성순의 결심은 굳게 되었다. 원래 의지력 강한 계통인 데다가 꽤 자각 있는 여자의 결심이라 좀처럼 변하지 아니할 것이다. 성순은 끝까지 이 결심으로 나아가리라 하였다.

그리고 성순은 자기가 민에게 대한 사랑을 검사해보려 하였다. 지금토록 성순은 그것이 사랑이 아니라고 부정하려 하였다. 그러므로 될 수 있는 대로는 그것을 분석하려고도 아니 하였고, 더구나 이름을 짓는다든가 그 정도를 알아보려고도 아니 하였다. 그는 그러하기를 두려워하였고 될 수만 있으면 잊어버려지기를 바랐다. 그리하여 아무 풍파도 일으키지 말고 남들이 하는 것과 같이 평온무사한 중에서 만사를 처리하여가려 하였으며, 그것이 교육 있고 얌전한 여자가 마땅히 취할 길이라고 하였다. 그러나 행인지 불행인지 그러한 시대는 다 지나갔다. 아까 회당에 가던 길에 전(前) 사관학교 앞에서 민을 만나는 순간에 다 지나가고 말았다. 그때까지 성순은 어떤 전제 왕국의 일 신민에 불과하였으나 그때부터 성순은 이미 지존의 여왕이다. 만사를 자기의 지혜대로, 정의(情意)대로 처결하여야 할 군주다. 그러니까 그는, 분명히 그는 자기의 사상과 목적을 검사하여볼 필요가 있다.

성순의 상상의 눈앞에 민을 세워야 한다. 그러고 극히 냉정한 눈으로 민의 안면의 각 선과 각 점과 어깨와 가슴과 다리와 팔과 손과 모든 것을 일일이 해부하여보고, 다시 그 각 부분을 맞추어 일체를 성(成)한 뒤에, 전체의 조화며 시머트리며 색채며 조자(調子)를 자세히 검사하여보았다. 키는 중키, 얼굴이 좀 좁고, 콧마루가 날카롭고, 눈이 크고, 입술이 엷고, 이마가 넓고 희고, 귓바퀴가 투명하고, 말소리가 좀 여성답게 고음이지마는 괜찮고, 성질은 온화하여 나약한 듯하면서도 속 깊이 굳센 무슨 힘이 흐르고 열정적이요, 천재적이요……. 이렇게 분석하였다가 종합하였다가 한 끝에 '내가 그의 무엇을 사랑하나? 그의 얼굴? 재조(才操)? 온화한 성질? 목소리? 입? 눈?' 이렇게 자문하여보았다. 그러나 그것도 아니다. '그의 유망한 장래?' 아니, 그것도 아니다. '그의 조선을 사랑하는 마음?' 아니, 그것도 아니다. 모두 아니다!

14의 3

그러면 무엇? 그 모든 것을 다 모아놓은 '민'이라는 사람을 사랑한다. 그 얼굴, 그 성질, 그 재조가 오직 민의 것인지라 사랑한다. 그것을 하나씩 하나씩 떼어놓으면 성순의 사랑을 끌 만하지 못하되 그것을 모아놓은 민은 성순의 사랑을 끈다. 민은 결코 성순이 분석하여놓은 각 부분의 총화가 아니요, 그 밖에 또는 그 위에 무엇이 있다. 그 각 부분을 총괄하는, 총괄한다는 것보다도 그 각 부분이 의존하는, 즉 그 각 부분의 모체가 되고 원천이 되는 무엇, 그것을 영(靈)이라고만 하여도 불흡족(不洽足)하다. 영과 육(肉)이 합하여 되는 무엇, 민이라는 글자로 편의상 대표하는 그 사람, 옳다, 그 '사람'을 사랑하는 것이다. 성순은 여기서 민의 말을 생각하였다. 사랑에 세 가지 종류가 있다. 첫째는 그의 일부분에 대한 사랑이니, 가령 그의 품행이 방정한 것을 사랑한다든지, 용모의 미려, 재조, 구변, 또 세상에 흔히 있는 바와 같이 지위와 재산과 명예를 사랑한다든지 하는 것이 사랑의 제일종(第一種)이다. 그런데 이것은 모든 사랑의 초계(初階)는 될 수가 있지마는 극히 근거가 박약한 사랑인 고로 그 사랑의 근거 되는 그의 특장이 소멸하는 날이면 곧 소멸하는 것이니, 이것이 세상에서 항용 말하는 우정이요. 둘째는 마치 죽마붕우라든지, 그렇지 아니하더라도 우연히 그의 전체를 사랑하게 되는 것이니, 이러한 사랑은 여간해서 변하지를 아니한다. 그가 부(富)할 때나 빈(貧)할 때나, 귀할 때나 천할 때나, 설혹 법률과 도덕이 온통 죄인이라고 내어버리는 때까지라도 사랑하는 마음이 변하지 아니하나니 이것이 고급의 우정(Friendship)이라, 이것은 세상 사람이 저마다 맛보지 못하는 것이요. 셋째는 고급의 우정에 존경과 열정을 가한 것이니, 차종(此種)의 사랑은 항상 소유의 관념을 짝하는 것이라 이것은 이성 간에 성립되는 것이니 곧 연애라, 그러므로 진정한 연애는 피차의 개성의 이해와, 따라서 나오는 존경과 애착의 열정과, 영육(靈肉)이 일체가 되겠다 하는 소유의 요구로 성립되는 것이라……. 이렇게 말한 민의 말을 생각하고 성순은 과연 그렇다 하였다. 자기는, 민은 안다, 존경한다, 애착한다, 일생을 같이하고 싶다, 확실히 그렇다…… 하고 성순은 이에 처음 자기의 민에게 대한 사랑은 연애라 하는 단안을 하(下)하였다. 그러고는 자연히 가슴이 두근두근하고 숨결이 빨라짐을 깨달으며 혼자 빙그레 웃었다.

그러나 박두한 문제를 어찌할까. 정월이 되면 변과 혼인식을 거행한다고 작정한 것을 어찌할까. 양방의 친척과 지구(知舊) 간에도 벌써 이럭저럭 약혼되었다는 소문이 난 모양인데 그것을 어찌할까. 이에 성순은 한 번 더 한숨을 쉬지 아니할 수가 없었다.

무론 그것은 자기가 작정한 것은 아니요 모친과 성재가 작정한 것이다. 자기는 그때에 약혼에 반대까지 하였다. 자기는 확실히 "나는 싫여요!" 하였다. 그러나 그것으로 모든 책임이 다 면하여졌을까. "나는 변과는 혼인할 수가 없습니다, 내 지아비는 오직 민뿐이외다. 어머니께서나 오빠께서 아모리 말씀을 하시더라도 저는 절대적으로 좇을 수가 없습니다." 하고 이렇게 명확하게 말한 것도 아니요, 또 그 후 삼 주간이나 넘도록 사건이 더욱 진행하여가는 것을 보고도 자기는 찬성도 아니 하였거니와 분명한 반대도 표시하지 아니하였다. 비록 마음으로는 항상 불복한 생각을 품고 왔다 하더라도 표시하기 전에는 그것이 아무 효력을 생(生)하지 못할 것이다.

그러니까 명조(明朝)에는 모친과 형에게 자기의 의견을 분명히 발표하여야 할 것이다. 분명히 발표하여서 그 의견이 서면 좋고 아니 서면 단연(斷然)히 선전을 포고하여야 할 것이다. 모친과 형이 자기의 의견을 들으면 곧 성을 낼 것이요, 책망을 할 것이요, 그담에는 그 잘못됨을 타이를 것이요, 그리고는 달랠 것이요, 그래도 아니 들으면 최후 수단으로 위협할 것이다. 성순은 그러할 줄을 잘 안다. 그러나 자기가 이렇게 할 줄은 더욱 잘 안다. 아무러한 위협을 당하더라도 자기는 초지를 굽히지 아니할 줄을!

성순은 이 이상 더 생각하려고 하지 아니하였다. 그렇게 난처하던 일도 큰 결심을 하고 나니 다 용이히 해석됨을 보고 일종의 쾌감을 맛보았다.

그러나 자기의 모반이 원인이 되어 가정에 대풍파가 일어나고, 모친과 형이 사회에 얼굴을 들지 못할 치욕을 느낄 것을 생각할 때에 슬펐다. 모친의 슬픈 눈물과 형의 비분하는 용모가 목전에 보일 때에 성순은 몸에 소름이 끼쳤다. 그러나 한 사람은 결코 다른 사람(비록 그가 부모나 형제라도) 체면이나 명예의 희생이 될 것이 아니다. 나는 나다, 내 사람이다, 모친의 성순도 아니요 성재의 성순도 아니요 오직 성순의 성순이다.

14의 4

'내가 사랑하는 모친이나 형에게 슬픔과 수치를 주는 것은 정에 차마 하지 못할 일이다. 그러나 민의 말과 같이 우리 조상이 부모나 가정을 위하여 자기를 희생하던 것과 꼭 같은, 또는 그보다 열렬한 의무의 염(念)으로 자기를 위하여서는 부모나 가정도 희생을 하여야 한다. 자기를 위한다 함은 자기로써 대표하는 신시대를 위함이니, 장래에 무한히 길 신시대와 무한히 번창할 자손은 부모보다도 중하다. 아니, 모든 과거를 온통 모아놓은 것보다도 중하다. 자녀를 부모의 소유로 아는 도덕은 결코 신시대에 끼칠 것이 못 된다. 민의 말과 같이 우리는 부모 중심, 과거 중심이던 구시대의 대신에 자녀 중심, 장래 중심의 신시대를 세워야 한다. 그리하려면 우리는 위선 구시대를 깨뜨려야 하고, 깨뜨리려면 깨뜨리는 사람들이 있어야 하고, 깨뜨리는 사람들이 있으려면 맨 처음 깨뜨리는 사람이 있어야 한다. 민의 말과 같이 우리가 그 첫 사람이 되어야 할 것이다. 대전쟁의 첫 탄환이 되고 첫 희생이 되어야 할 것이다.

'옳다, 내가 구시대를 이기는 날까지 모친과 형에게 죄를 짓자.'

여기까지 생각을 하고 성순은 기쁜지 슬픈지 모르는 중에 어느덧 잠이 들었다. 깨어보니 벌써 아침 볕이 창에 비치고, 같이 자던 성훈의 부인은 일어나 나갔으며, 부엌에서 솥 부시는 소리와 물 쏟는 소리가 들린다. 성순은 자리에 누운 대로 작야(昨夜)에 한 것과 생각한 것을 한번 되풀이하여보았다. 마치 여러 해 전에 일어난 일 같고, 꿈속에 일어난 일 같다. 그러나 그것이 꿈이 아닌 줄을 안 때에 성순은 빙긋 웃으며 자리에서 일어났다. 과려(過慮)와 수면 부족으로 성순은 어질어질하고 머리가 띵하였다. 기운 없이 잠시 벽에 기대었다가 자리를 개키고, 라이온 치마분과 잇솔 담은 고뿌와 수건을 들고 방문 밖에 나섰다. 모친이 마루를 쓸다가 성순을 보며,

"무슨 잠을 그리 늦도록 자니?"

"어째, 곤해서……."

"눈이 벌겋구나, 어디 아프지나 않으냐?"

하고 성순의 얼굴을 본다. 성순은 모친의 시선을 피하는 듯이 앞으로 늘어진 머리터럭을 두 귀 밑으로 젖쓸며 마당으로 내려서면서,

"아니요, 아모 데도 아픈 데는 없어요."

하고 이를 닦으면서 정신없이 먼 산을 바라본다. 모친은 한참이나 귀여운 듯이 딸의 모양을 보고 섰다가 혼잣말 모양으로,

"참말 잠깐이다, 발버둥 치면서 밥투정하던 것이 바로 어저께 같은

데 벌써 저렇게 커다랗게 자라서 며칠 아니 하면 시집을 가게 되었으니……."

하고 남의 딸이나 대한 모양으로 혀를 툭툭 찬다. 성순은 모친에게 등을 향하고 서서 모친의 말을 들을 때에 말할 수 없는 슬픔이 북받쳐 올라서 이 닦던 손을 잠깐 쉬고 멍하니 섰다가 대야를 들고 부엌에 가서 어멈한테 김이 무럭무럭 나는 더운 물을 한 대야 얻어다가 마당에 놓고 세수를 하였다. 그러고는 세숫물을 마당귀에 싸인 눈 더미에 쏟고 숭숭하게 구멍이 뚫리는 것을 우두커니 보고 있다가,

"추운데 왜 그리고 섰니? 어서 들어가서 머리나 빗고, 사랑에 나가봐라. 오늘부터는 실험을 시작한다는데 네가 다 알아서 해야지! 이제는 네 오라범 힘부름도 몇 날 못 하게 되었다……. 어서 들어와 머리나 빗어라!"

하는 모친의 말소리에 깜짝 놀라서 돌아서며 모친을 향하였다.

"오늘부터 실험을 시작해요?"

하고 성순은 놀라는 눈으로 물었다.

"너는 아즉 모르니?"

"전 몰라요."

"어저께 일본서 약이 건너와서 오늘부터는 실험을 시작한다고, 어제 저녁에 네 오라범이 너무도 기뻐서 어쩔 줄을 몰랐단다."

성순은 신을 벗고 모친을 따라 방으로 들어오면서,

"돈이 어데서 나서?"

"다 변 서방 덕이지, 이제는 네 덕이다, 하하하하."

"변 서방 덕?"

"그럼. 그이가 돈을 내어서 일본에서 약을 부친 것이 어제저녁에야 왔단다. 석유 상자만 한 큰 궤에 넣어서 넓적한 쇠로 꽁꽁 동여서······."

이 말을 듣고 성순은 부지불각에 고개를 숙이며 한숨을 쉰다. 모친은 성순이 기뻐 뛸 줄 알았다가 도리어 한숨을 쉬는 것을 보고 이상히 여겨서 크게 뜬 눈으로 성순을 보았다. 사랑에서 "성순아, 성순아!" 하고 부르는 성재의 소리가 들린다. 성순의 눈에서는 두어 방울 눈물이 무릎에 떨어졌다. 모친은 그 눈물의 뜻을 알지 못하고 다만 놀람으로 입을 크게 벌렸다.

15의 1

성순은 성재의 부름을 받아 사랑에 나갔다. 사랑문을 열려고 할 적에 성순은 웬 까닭인지 모르는 눈물을 씻었다.

성재는 약궤에서 약병을 내어 병에 붙인 약명을 쓴 레터르도 보며 탁자 위에 벌여놓기도 하다가 성순이 들어오는 것을 보고,

"오늘부터는 실험을 시작하게 되었다. 너도 기뻐해다오."

하고 어린애들이 가지고 싶던 물건을 얻은 때에 하는 모양으로 기쁨을 감추지 못한다. 아직도 병후(病後)의 수척한 얼굴에 기쁜 웃음이 뜬 것을 볼 때에 성순은 웃지 아니할 수가 없었다.

"이제부터"

하고 성재는 커다란 약병의 싸개종이를 벗기면서,

"시작하면 설마 오는 삼월까지에야 바라던 것이 성공이 될 테지. 어째 꼭 될 것만 같다. 너도 오랫동안 나를 위해서 고생도 꽤 많이 했다. 지금까지는 감사하다는 말 한마디도 아니 하였지마는 여태껏 밀려온 것을 오늘 다 말한다."

성순은 성재에게 이렇게 정중한 언사를 들어본 적이 없었다. 가끔 책망은 받았어도 별로 칭찬을 받아본 적은 없었다. 지금토록 어린애로만 대접하여오다가 오늘에야 갑자기 어른 대접을 하는 것같이 성순은 생각하였다. 그러매 자기와 형과의 사이가 갑자기 멀어진 듯하여 일종의 비감을 느꼈다. 그러나 무엇이라고 대답할 바를 모르고 어린애에게 젖을 먹이느라고 묵묵히 앉았는 성재의 부인만 보았다. 그러나 성순의 눈꺼풀이 자주 떨리는 것을 보면 그 흉중에 만감이 교집(交集)하는 줄을 알 것

이다. 성재는 필요하다고 생각하는 약병을 죽 내어서 탁자 위에 벌여놓더니 우두커니 그 앞에 서서 자기가 벌여놓은 것을 물끄러미 본다. 한참 그러고 섰다가 돌아서는 성재의 얼굴에는 큰 만족의 빛이 보였다. 그에게는 오늘부터 자기의 오매(寤寐)에 못 잊던 실험을 시작한다 하는 생각 밖에 아무 생각도 없었다. 더구나 귀신 아닌 성재라, 자기의 곁에 섰는, 자기의 동생 되는 성순이 작야에 어떠한 고통을 하였고 지금 어떠한 번민을 품었는지를 알 리가 없다. 성재는 성재 자신의 일로 기뻐하고 성순은 성순 자신의 일로 슬퍼한다. 비록 동기라 하더라도 역시 딴 개인이다. 성순에게 아직 자기가 없을 때에는, 성순은 성재의 기쁨을 기뻐하였고 성재의 슬픔을 슬퍼하였다. 그러나 성순은 벌써 분명히 자기를 찾았다. 사랑하는 형의 기쁨을 기뻐하기 전에 위선 자신의 슬픔을 슬퍼해야 한다. 일점(一點)에서 상교(相交)하였던 양 직선은 영원히 다시 상교하여보지 못하고 무한으로 달아나고 말 것이다. 성순과 성재는 이미 교점(交點)을 지난 양 직선이다. 형매라는 각도는 변하지 아니하면서도 차차 양 직선의 거리가 멀어져서 마침내 상망(想望)치도 못할 무한대의 거리에 달하고야 말 것이다.

"어떠냐, 이만하면 다 되었지?"

하고 성재가 성순을 볼 때에 성순은 빙그레 웃을 뿐이었다. 작야의 결심을 말하려던 용기는 다 스러지고 말았다. 그 오랜 실망과 슬픔과 노역(勞役)과 병고(病苦) 후에 처음 얻는 형의 기쁨을 차마 깨뜨릴 수가 없었다. 만일 자기가 지금 변과의 약혼을 부인한다 하면, 동시에 일어날 형의 심리 상태를 성순은 잘 짐작한다. 성순은 아무리 하여서라도, 비록 자기를 전부 희생하여서라도 형의 기쁨이 오래 가게 하고 형에게 용기와 격려를 주는 것이 자기의 의무와 같이 생각하였다. 그래서 흉중에 솟아오르는 천사만려를 다 억제하고 한 번 더 성재를 향하여 웃었다. 그러고는 활발하게 탁자 곁으로 나아가,

"주정등에 주정 넣어와요?"

하고 밑에 조금 주정이 남은 주정등을 흔들어본다.

"웅, 좀 넣어다 다오."

"그러구 시험관도 부시어와야지요."

하고 실험관 틀에 세워놓은 실험관을 차례차례로 하나씩 쳐들어본다.

"글쎄."

"이렇게 몬지가 앉었는데…… 제가 가서 말갛게 씻어와요!"

하고 성순은 전에 하던 모양으로 주정등과 실험관을 들고 나간다. 부인은 불쾌한 듯이 아니 떨어지려는 어린애를 억지로 방바닥에 내려놓고 벌떡 일어서더니,

"그런 것도 꼭 누이가 해야 해요?"

하고 성재를 노려본다. 성재는 어이없는 듯이 픽 웃더니,

"글쎄, 왜 걱정이요?"

"누이가 시집가면 책상을 지고 따라가서야겠지."

성재는 안방에 들릴까 두려워 말소리를 낮추며,

"여보, 평생 그 모양일 테요, 사람 좀 되어보기 싫우? 글쎄 어쩌잔 말이요, 응?"

"제가 언제 사람 되어 보겠어요, 남의 행랑으로나 돌아댕기지."

하고 훌쩍훌쩍 울기를 시작한다.

15의 2

오랫동안 자던 팔각목종이 다시 돌아가기를 시작하고 오랫동안 개켜 넣었던 꼬깃꼬깃한 실험복을 입은 성재가 아침부터 저녁까지 주정등 불에 실험관을 쪼이기 시작하였다. 실험관에서 나오는 악취 있는 기체를 내어보내기 위하여 한길로 향한 들창이 자주 열리고, 마침 그 앞으로 지나가던 사람들이 의외의 악취에 코를 쥐고 달아나기 시작하였다.

성순은 이전이나 다름없이 아침마다 성재의 실험기구를 정돈하여주고 할 수 있는 대로 여러 가지로 조력도 하여주었다. 그러나 오후 네 시 반의 담화 시간은 없었다. 부인은 실험 시간 동안 실험실에 아니 들어오지마는 시간이 끝날 만하면 결코 성재의 방을 떠나지 아니하려 하였다. 이러한 일도 있었다.

"책을 좀 보겠으니 어린애를 더리고 안에 들어가시오."

"왜, 내가 있으면 책이 안 보아져요?"

"좁은 방에 사람이 많이 앉았으면 정신이 모여야지……. 왜 그렇게 무슨 말을 곡해를 하오?"

할 때에는 성재는 좀 성이 났다.

"그러면 가지요! 집에 있는 것이 그렇게 보기 싫으면 아주 가고 말지요."

하고 부인은 울기를 시작한다. 이러면 성재는 보던 책을 덮어놓고 자기가 안으로 들어간다. 부인은 진정으로 성재를 그리워한다. 진정으로 성재의 곁을 떠나기를 싫어한다. 전에도 이러한 정은 있었지마는 빈한한 생활이 싫은 것과, 천성으로 타고난 자만과 고집을 이기지 못하여서 친정에 가 있었으나, 친정의 가족들이 자기를 좀 냉대하는 것을 보고, 또 이번에 성재의 중병으로 앓는 것을 볼 때에 역시 자기는 성재밖에 사랑할 사람이 없고 의지할 사람이 없는 줄을 절실하게 깨달았다. 그래서 입으로 행랑 행랑 하고 성재와 자기와의 침실을 천히 여기고 수치로 여기면서도 다시 친정에 갈 생각도 아니 하고 아무쪼록 성재의 곁을 아니 떠나려 함이다. 그러나 부인은 자기가 사랑하는 사람에게 대하여서까지도 정다운 양을 보일 줄을 모르고, 말이나 행동이나 다정하게, 온아하게 할 줄을 모른다. 자기의 성미에 맞는 일이면 빙그레 웃기만 하고 말지마는, 자기의 의사에 틀리는 일이면 곧 안색을 변하고 어기(語氣)를 높이며 조금 심하게 되면 눈물을 흘린다. 그는 그처럼 속으로는 성재를 위하면서도 성재에게는 한 번도 쾌감을 주어보지 못하고 항상 반감을 산다. 자기는 모처럼 성재를 위하여 정성껏 무슨 일을 하였을 때에 성재가 불쾌한 빛을 보이면, 심히 불쾌하여지고 반항심이 나고 심지어 성재를 증오하는 마음까지 난다. 이러하여서 부인은 혼인 생활 십여 년에 아직 한 번도 즐거움이라든지 가정의 재미라는 맛을 보아보지 못하고 항상 불쾌와 반항과 증오의 생활을 보내었다. 더구나 성순이 용하게 성재의 비위를 맞추어가고 하인들의 비위까지 맞추어가는 것을 볼 때에 부인은 화증이 아니 일어날 수가 없었다.

모친도 부인에 지지 아니하는 고집꾼이라 가끔 고집과 고집이 충돌하여서 불꽃을 날리는 수도 있었으나, 모친은 어버이의 관도(寬度)를 차리고 부인은 며느리의 체면을 보아서 대사(大事)는 아니 나고 말았다. 그러나 모친은 며느리를 버릇없고 철없고 배운 것 없는 계집이라 하여 속으로 천히 여겼고, 며느리는 모친을 무식하고 시골뜨기요 고집스러운 할멈

쟁이라고 속으로 밉게 여겼다. 만일 성순이라는 탄력 많고 명민하고 부드러운 중개자, 조화자가 없었던들 고부간에는 지금토록 어떠한 상서롭지 못한 사건이 일어났을는지도 모른다. 그러나 이렇게 성순이 중개자, 조화자가 되는 것이, 마치 자기보다는 품격과 지위가 훨씬 높음을 표하는 것 같아서 부인에게는 몹시 불쾌하고 미웠다. 그중에 있어서 가련한 성훈의 부인은 마치 백이의(白耳義)나 서서(瑞西) 모양으로 세계의 변국(變局)에는 아무 상관 없는 중립국으로 있었다. 이렇게 성격 합하지 아니하는 개인의 일단(一團)이 무슨 인연으로, 무슨 목적으로 한 가정이라는 범위 안에 모여 있어서 주야로 대소의 비희극(悲喜劇)을 연출한다. 그네는 무슨 인연으로 모였는지 또는 자기네의 공동한 목적이 무엇인지도 모르면서, 즉 자기네는 어찌하여 한데 모여 살게 되었는지, 또는 무엇을 달할 양으로 한데 모여 사는지는 모르면서, 그래도 서로 떨어지지는 못한다 하는 무의식적 단결하에 살아가는 것이다.

그것을 생각하려면 생각할 만한 성재도 아직 그것을 생각하리라는 생각도 없었고, 또 실험관에 몰두하여 그러할 여유도 없었다. 그러나 그 단체의 일원 되는 성순은 이미 혁명 사상을 품게 되어 언제 그것이 폭발할는지 모른다. 굉연(轟然)한 폭성(爆聲)을 들을 때에 그네는 응당 끽경(喫驚)함을 금치 못할 것이다.

16의 1

성순은 이렇게 결심하였다. 성재의 기쁨을 깨뜨리지 말고 성재의 용기를 꺾지 말자고. 그것이 위선인지 모르지마는, 그러나 만사에 다 정책이 있고 편의가 있다. 앓는 소아에게 약을 먹이려고 잠시 거짓말을 한다고 그것이 죄가 되랴. 성재가 성공하기까지 성순은 자기의 결심을 발표하지 아니하고 다만 여러 가지 핑계로 혼인 일자를 천연(遷延)하리라 하였다. 그것은 변에게 대하여서는 큰 죄지마는, 변이 성순에게 대한 행동 즉 성순을 자기의 소유로 하려 하는 경로는 성순의 생각에 결코 정정당당한 것은 아니었고 일종의 정책이요 궤계(詭計)였었다. 그러면 그러한 변에게 대하여 일종의 정책을 사용하는 것은 부득이한 경우에는 허할 만한 일이다. 변은 자기 일신의 욕망을 만족하기 위하여 한 일이나 성순이 이렇게 함은 적어도 자기 이외 사람을 위하여 자기의 일생의 일부분을 희생함이니, 같은 정책이라도 성순의 것은 변의 것에 비하여 수 등(等) 인도적 색채가 농후하다고 생각하였다.

이렇게 작정하고 성순은 신년부터 음악을 더 배운다 하여 연동(蓮洞) 어느 서양 목사의 집에 기류(寄留)하는 청년 여자 음악가에게 피아노의 개인교수를 받기로 생각하고 모친과 형의 승낙을 얻었다. 모친과 형은 성순이 자기의 마음에 아니 드는데 시집가게 된 것을 동정하여 성순의 이 최후의 청구를 청허(聽許)함이었다.

양력 명절은 언제 지나가는지 모르게 지나고 말았다. 성재의 집에서도 떡국을 쑤고 몇 가지 음식도 만들었으나, 모친의 생각에는 양력 명절이라는 것이 아직 명절 같지도 아니하였고, 성재는 워낙 명절이라는 것을 중히 여기지 아니하고, 성순과 성훈의 부인은 각각 제 설움에 명절의 기쁨을 맛볼 여유가 없고, 오직 성재의 부인이 무슨 생각이 났던지 불치 듯 명절 준비를 하였었다. 성재도 이날만은 실험을 쉬고 찾아오는 수삼의 친지와 명절과는 아무 상관 없는 잡담을 하고는 웃기도 하고 얼굴을 찌푸리기도 하였다. 무론 변도 오고 민도 왔다. 저녁때나 되어서는 성재와 변과 민과 삼 인만 상대하게 되었다. 전 같으면 삼 인이 대좌하면 끝없이 이야기도 나오련마는 이제는 자연히 관계가 변하여졌다. 성재와 변은 친척의 관계가 되었고 민은 친구의 처녀를 유혹하려다가 실패한 악우(惡友)와 같이 되고 말았다. 그러므로 삼 인은 한참 동안 서로 다른 것을 보고 다른 것을 생각하고 있었다. 변은 민에게 대하여 자기의 승리를 자랑하는 생각이 있었고, 민은 변에게 대하여 승리 아닌 승리를 믿고 기뻐하는 가엾음을 비웃는 생각이 있었다. 그러나 아직 민은 성순의 결심이 얼마나 굳은지를 확신치 못하므로 말할 수 없는 불안이 있다. 비록 성순이 성탄 날 저녁에 그러한 약속을 하였다 하더라도, 아직 아무 경험도 없는 처녀가 과연 능히 모친과 형의 압박을 저항하고 정신(挺身)하여 그 결심을 관철할 수가 있을까 할 때에 민은 아무리 하여도 그것을 믿을 수가 없었다. 무론 그 일이 있은 지 담담 날 성순에게서 자기의 사랑은 결코 변하지 아니하겠으며 어떠한 압박이 있더라도 자기는 결코 굴치 아니할 터이니 안심하라는 편지가 오기는 왔으나, 그 역시 무경험한 처녀의 감정에서 나온 것이라 하면 믿을 수가 없었다. 설혹 성순이 그 결심대로 단행한다 하더라도 연약한 성순의 정신이 족히 사방으로 밀려들어오는 압박과 조소를 감내할 수가 있을까. 비록 의지가 견강(堅強)한 대장부로도 가정과 세상의 압박을 견디기가 죽기보다 더한 큰 고통이어든, 하물며 어제

핀 꽃송아리와 같은 처녀가 어떻게 그 골수에까지 들어오는 고통을 감내하랴……. 이렇게 생각할 때에 민은 항상 고통이 되었고 성순에게 그만한 고통을 주는 자기가 죄스럽기도 하였다.

민은 그 후 성순에게서 이삼 차나 편지를 받았으나 아직 한 번도 대면하여본 적은 없었다. 그래서 아니 오려던 성재의 집에를 세배라는 핑계로 온 것이다. 그러나 온 지 대여섯 시간이 되어도 그의 얼굴을 보지 못하였다. 민과 변은 둘이 다 한가지로 성순을 보고 싶어한다. 변도 다른 데 세배 갈 데가 있건마는 다른 객들이 다 가면 아마 성순을 만날 수가 있을까 하고 기다리고 앉았다가 다른 객이 다 가도록 민이 아니 가는 것을 보고 속으로 퍽 불쾌하기도 하였고, 또 성순이 진심으로 민을 사랑하는 줄을 알매 일종 질투하는 생각도 난다. 비록 변은 이미 성순은 자기의 소유가 되었다는 확신이 있으나 그래도 성순이 진심으로 자기를 사랑하면 얼마나 행복될까 하였다. 가끔 안방에서 성순의 말소리가 날 때에 변과 민은 제가끔 그리운 생각을 하였고, 꽤 예민한 성재는 그 눈치를 보고 혼자속으로 웃었다. 가끔 성재가 무슨 일로 안에 들어갈 때마다 변과 민은 다같이 자기네도 성재와 같은 권리를 가졌으면 작히나 좋으랴 하였다.

16의 2

이때에 발자취가 나더니 문밖에서,

"오빠, 잠깐 들어오서요."

하는 성순의 말소리가 들린다. 변과 민의 마음은 일시에 그 소리 오는 편으로 쏠렸다. 그리고 성재가 자기를 대신하여 성순을 불러들였으면 오죽 좋으랴 하였다. 그러나 그네는 일부러 침착함을 표하느라고 새로 궐련에 불을 붙였다. 성재는 양인의 심사를 잘 안다. 그래서 두 사람을 보고 한 번 조롱하는 듯이 웃으면서,

"성순아, 이리 들어오너라. 변 군도 오시고 민 군도 오셨다."

변, 민 양인은 자연히 낯이 후끈거림을 깨달았다. 더구나 소심한 민은 가슴이 두근거려서 고개를 다른 데로 돌리고, 이러한 때에도 체면을 아니 잊어버리는 변은 얼른 두루막 자락으로 무릎을 싸고 꿇어앉았다. 성순이가 완전히 자기의 아내가 된 뒤에는 존경할 필요도 없겠지마는 아직까지는 그렇게 하는 것이 유리할 줄로 앎이다.

이러한 무대 위에 성순이 들어왔다. 뉘게 향해야 하는지 분명치 아니한 경례를 하고 그냥 선 성순의 얼굴도 얼마큼 붉게 되었다. 아무 데도 아니 보는 체하는 성순의 눈은 어느덧 성재도 보고 민도 보고 변도 보았다. 그리고 민을 한 번 더 볼 만한 여유도 있었다. 장래의 애처를 앞에 세운 변의 마음은 미상불 만족하였다. 그러나 만일 성순의 '가장 사모하는 ○ ○여' 하는 편지가 (한 장도 아니요 두세 장이) 현재 자기의 곁에 앉은 민의 품에 있는 줄을 안다 하면 얼마나 경악하고 비분하여할까. 그러나 변은 이러한 생각을 할 리가 없다. 이미 약혼 (어떠한 경로로든지) 한 사람은 결코 다른 남자를 사랑할 리가 없음을 아니까.

그러나 민은 슬펐다. 자기의 앞에 선 성순이 장차 자기를 위하여 감내키 어려운 악전고투를 할 것을 생각할 때에 오싹 소름이 끼쳤다. 차라리 자기가 아주 물러나고 성순으로 하여금 순순히 변의 아내가 되게 하는 것이 성순의 행복이요 자기의 의무가 아닐까. 즉시로 집에 돌아가서 성순

에게서 온 편지들을 다 찢어버리고 성순에게 "다시 나를 생각하지 말고 변의 아내가 되라."는 편지를 할까 하기까지 하였다.

비록 일순간이나 성순을 앞에 세워놓은 변, 민 양인의 흉중에는 여러 가지 생각이 났다. 무론 변의 생각은 극히 단순하였지마는. 그리고 성재는 무책임한 제삼자로 앞에 있는 세 사람의 심리를 여러 가지로 추측하여 보고 '참, 인생이란 재미있는 것이다.' 하고 생각하였다.

"왜, 내게 무슨 일이 있니?"

"동무들이 여러 사람 왔는데, 밀감을 한 통 사주세요."

"동무들? 어떤 동무들이?"

"학교에 같이 다니는 애들이야. 이전에도 늘 놀러 오던 애들인데, 다방골 집에 갔다가 여기로 이사하여왔단 말을 듣고 찾어왔다고 그래요."

"거 고맙구나."

하고 성재가 탁자 서랍에서 돈지갑을 낼 때에 변이 슬쩍 성순을 보면서,

"참 여자들은 퍽 다정해요. 그렇게 친구를 못 잊어하고……."

그러나 성순은 아무 대답이 없이 성재의 손에서 일 원짜리 지폐 한 장을 받아가지고 또 아까와 같이 뉘게 하는지 모르는 경례를 하고 나간다.

성순이 나가매 좌중은 마치 연극의 막이 닫힌 모양으로 적막하였다. 성순의 머리가 끼치고 나간 향유(香油)의 훈기만 고요한 실내에 떠돈다.

한참이나 말이 없다가 변이 전경의 말을 내어서 비로소 공통한 화제를 얻었다.

전경은 그 후도 매일 함 사과의 집을 저주하고 돌아다녔다. 벌써 동짓날이 지나갔건만 아직도 "이놈, 동짓날 저녁에는 너를 잡아갈 테야." 하

고 외치며 돌아다닌다. 동지 전전날 함 사과는 무서움을 이기지 못하여 무당을 불러다가 여러 가지로 방요술(防妖術)을 행하였고, 동짓날 저녁 에는 함 사과는 무당의 명령을 따라서 목욕재계하고 제물을 벌여놓고 밤을 새웠다. 무당의 말에 만일 오늘밤에 잠이 들었다가 꿈에 김 참서를 만나면 다시 깨어나지를 못한다 하므로 혼자 앉았기도 미안하여 기생 선택 사무를 보는 서기로 하여금 자기가 잠이 들지 아니하도록 파수를 보게 하였다. 이리하여 겨우 닭이 울도록 참고 다행히 김 참서의 꿈을 꾸지 아니하고 말았다. 그래서 이제는 전경의 예언도 그렇게 무서워하지는 아니한다. 전경은 이제는 머리가 많이 자라서 마치 귀신과 같이 되었다. 그리고 무엇을 먹고 사는지 어디서 자는지 아무도 아는 이가 없으며, 기억은 대부분 상실되어 아는 사람을 만나도 인식하지를 못한다.

17의 1

성순은 오래간만에 여러 동창 학우를 만나서 자기와 함께 졸업한 여자들의 근상(近狀)을 알아보려 하여 밀감을 먹어가며,

"경운(景雲)이는 어떻게 되었어요?"

하고 물었다. 경운이라는 여자는 반 중에서 가장 미모로 유명하였고 장난꾼 남자들의 익명 편지도 제일 많이 받기로 유명하였다. 좌중에 키가 후리후리하고 눈이 좀 작은 순명(順明)이라는 여자가, 바로 곁에 앉은 얼굴 길쭘한 여자의 무릎을 툭 치며,

"경운의 일이야 명운(明雲)이가 잘 알지요. 꼭 한 주일에 두 번씩은 편지가 오니깐……."

명운은 부끄러운 듯이 순명의 다리를 꼬집으며,

"응, 거짓말!"

"내가 거짓말이야? 성순 씨, 이 애 품을 봅시오, 경운의 편지가 스무 장은 있을 테니. 만지장설(滿紙長說)에……."

"거짓말이야요. 또 그런 말 할 테요?"

하고 명운은 순명의 귀를 잡아당긴다.

"아야, 아야, 이것 노시오, 안 그래, 안 그래."

"그러면 몰라도."

하고 명운은 순명의 귀를 놓는다. 성순은 그것을 보고 한참 웃다가,

"아니, 경운 씨가 어데 가 있는데?"

"저 강원도 보통학교에 훈도(訓導)로 갔는데, 무엇이 그리 슬픈지 슬퍼서 죽을 지경이라는구려. 밤낮 죽는다지."

162

하고 순명이 명운의 공격을 예방하느라고 한 팔을 내어 명운을 버티면서
말한다.

"글쎄, 어떤 남자한테 그렇게 긇았는지 편지마다 남자 원망이지. 남자
란 모두 악마다, 금수다, 더욱이 여자에 대하여서는 조금도 믿을 수 없는
사기자(詐欺者)다. 나는 일생에 결코 남자란 것을 믿지 아니한다, 명운
이 너도 결코 남자를 믿지 말아라. 남자는 우리 여자의 원수요, 대적(對
敵)이요, 악마다⋯⋯."

명운은 순명이 자기의 사랑하는 경운의 진정으로 나오는 말을 조롱거
리로 여기는 것이 불쾌하여 낯빛을 붉히면서,

"에그, 그럼 남자가 안 그런가, 남자야 다 악마지. 그래, 순명은 남자
를 천사같이 믿으우?"

지금토록 방긋방긋 웃으면서 가만히 듣고만 앉았던 얼굴 동그스름하
고 극히 침착하여 보이는 선경(善卿)이,

"참 그렇기는 그래. 남학생들은 길에 나서 다니면 여학생만 보는 게
야. 왜 우리도 그런 일이 안 있었소⋯⋯. 저 성순 씨하고 나하고 박물
관에 갈 적에 ○○학교 학생 둘이 뒤로 따라오면서 '어봅시오, 날이 추
웁니다. 저희들도 그 부드러운 비단 목도리로 좀 싸주십시오.' 그러지
않습디까. 그러구는 박물관에 들어가서도 꼭 뒤로 줄줄 따라다니지 않
아요⋯⋯. 에그, 그때에 어떻게 무서웠는지, 어떻게도 그것들이 밉던
지⋯⋯. 글쎄 그게 무슨 꼴이야요, 아이참⋯⋯ 부끄럽지도 않은가 봬."

"부끄럽기는 무엇이 부끄러워. 그것들이, 남자들이 체면을 아
나⋯⋯. 그 짐승 같은 것들이."

하고 명운이 자기의 말에 찬성을 얻은 것이 기쁜 듯이 웃는다.

"지금은 없지마는 저 토지조사국 측량 기수(技手)들은 어쨌어요. 또 ○○학교, ○○학교, 그것들은 공부는 아니 하고 밤낮 여학생 따라다닐 생각들만 하나 보지…… 과연 경운의 말이 옳아! 그까짓 것들도 사람이람."

하고 또 하나 뚱뚱한 여자가 말한다.

"그러면 모두들 시집은 아니 가겠네, 그렇게 남자를 미워하니깐."

하고 성순이 웃는다.

"시집을 왜 가? 우리도 악마가 되게."

하고 명운은 흥분한 어조로 말한다.

"다들 시집 아니 간다고 하더니 그래도 다 가데."

하는 순명의 말에,

"나는 안 갈 테야! 이제 내가 시집을 가나 보구려."

하고 명운은 결심이 굳음을 보인다.

"남자라고 다 그렇겠소, 못된 것들이나 그렇지."

하고 선경이 온화설(溫和說)을 주창하매,

"무어 다 그렇지, 다 그래."

하고 명운이,

"경운이가 왜 그렇게 남자를 미워하는지 알기나 하우? 한번은 동대문 밖에서 ○○학교 학생한테 하마터면 큰 욕을 볼 뻔했지. 또 한번은 어떤 녀석이 학교와 집에 투서를 하여서 큰 책망을 받았지. 또 한번은 철석같이 혼인을 하자고 약속한 녀석이 후에 알아보니까 아내가 시퍼렇게 살아 있더라는구려. 그리고 (소리를 낮추며) ○선생 말이요, 그것이 경운에게 어떠한 행동을 하였는지 아우? 그것만인가, 그 밖에도 많지요, 참 경운은 불쌍합니다. 그러니까 왜 남자를 아니 미워하겠어요, 글쎄."

"참, 여보, 성순! 저, 어, 김영인(金永仁)이 말이요, 영인이가 왜 홍 무엇인가 한 유학생과 혼인하지 않았소?"

"그랬나요?"

"그런데, 집에 가보니까 본처가 있더라는구려, 그래 밤낮 운대……. 글쎄 저것을 어찌해!"

17의 2

성순은 자기가 처 있는 남자를 사랑함을 생각하매 그러한 말을 듣기가 고통되었다. 그러나 이러한 줄을 모르는 그의 친구들은 여러 가지로 아내 있는 남자가 다른 여자를 사랑하는 것이 부도덕됨을 공격하고, 또 처 있는 남자를 사랑함이 여자의 큰 수치인 것과, 이혼한 남자와 혼인하는 것도 교육받은 여자가 하지 못할 일이라 함을 역설하였다. 성순도 재학 당시에는 그네에게 지지 않게 자유연애와 이혼을 공격하던 것을 생각하매 자기의 변천을 놀라지 아니할 수가 없었다. 단순한 그들의 담화는 기실 무슨 자각에서 나오는 것이 아니요, 다만 세상에서 바람이 부는 대로 동으로 서로 쏠리는 어린 처녀들의 말이언마는, 그것이 확실히 이 사회의 대표적 비판이다. 수없는 여자들이 이러한 신념 아닌 신념하에서 나고 자라고 죽고 한다. 그것이 도리어 행복일 것이다. 인습이라는 닳아진 궤도 위로 드르르 굴러가는 것이 무엇이 곤란하랴. 설혹 그 궤도의 끝은 지옥으로 들어갔다 하더라도 지옥으로 빠지는 순간까지는 아무 걱정도 없을 것이다. 성순은 자기 혼자 그 궤도 밖에 나서서 궤도 위로 맹목적으로 실려가는 무수한 동성(同性)의 동포를 볼 때에, 그네들이 자기가 굴러가는 궤도가 어떤 종류의 것이며 과거에 그 궤도로 굴러간 여자들의 결과가 어떠하였으며 지금 굴러가는 자기네의 운명이 어떠한지 반성도 아니 하고, 다만 그네의 조모(祖母)와 모(母)와 자(姊)와 붕우가 하던, 또는 하는 모양으로 울고 웃고 함을 볼 때에 자기 혼자 그 궤도에서 뛰어나온 것이 이상하였다. 기쁘기도 하고 슬프기도 하였다.

명운이나 선경이나 경운이나 순명이나 다 아무 생각도 없이 여러 백 년 묵은 닳아진 궤도로 달아나는 사람이다. 지금 비록 한자리에 앉아서 같이 밀감을 먹어가며 이야기를 하지마는 그네와 자기는 확실히 딴 세계 사람이다. 성순 자기는 그네의 세계의 말을 알되 그네는 성순의 세계의 말을 모른다. 이에 성순은 분기점에 선다. 자기도 그네의 세계에 돌아가는지 그렇지 아니하면 그네를 자기의 세계에 불러들이든지, 이 두 길 중에 하나를 취하여야 한다. 성순은 이것이 자기 일개인의 문제가 아니요 조선 여자 전체를 포괄하는 사회문제인 줄을 안다. 성순은 지금 조선이 큰 기로에 선 줄을 안다. 조선이 과거(過去)한 생활 방식의 실패임을 확인한다 하면, 이에 단연히 그 생활 방식을 분명히 비판하고 성공할 듯한 신생활 방식을 취하여야 할 줄은 안다. 성순은 이러한 말을 성재에게도 늘 듣고 민에게도 늘 들었다. 들을 때마다 과연 옳은 말이다 하고 속으로 감복하여오다가 근래에 와서 더욱 절실하게 깨닫게 되었다.

가정에 있어서 자매는 형제보다 지위가 낮은 것, 여자는 교육할 필요가 없는 것, 교육을 한다 하더라도 글자나 보게 됨에 한할 것, 부모의 명령대로, 가정의 사정과 자기네 체면을 주요한 것으로 생각하는 부모의 명령대로 시집갈 것, 시집가서는 부(夫)의 소유물이 될 것, 부가 죽거든 수절할 것……. 이것이 과거한 사회의 여자가 취할 유일한 생활 방식이었다. 그리고 근래에 양제(洋製) 집에서 물리화학과 생물학과 수학을 배우고 양(洋)머리를 쪽지고 신문과 잡지와 신사상을 전하는 서적을 읽던 여자들도 일조(一朝) 교문을 나서면 그렇지 아니한 다른 여자들과 같이 재래의 생활 방식이라는 규구(規矩)에 아니 들어가면 아니 된다. 성순은 도저히 그것으로 만족할 수가 없었다.

위선 딸이란 무엇인지, 아내란 무엇이요 지아비란 무엇인지, 시집이란 무엇인지를 생각해보아야 하겠고, 무엇보다도 사람이란 무엇인지 생각해 보아야하겠다. 오른손으로 숟가락을 잡아야 한다고 부모가 가르쳐주었고 또 지금토록 그대로 실행하여왔으나, 어찌해서 숟가락은 오른손으로 잡아야 할 것인지 좀 생각해보아야 하겠다. 어찌해서 부모의 명령은 순종해야 옳고, 아내는 지아비의 소유물, 완롱물이 되어야 옳고, 어찌해서 이혼이 그르고, 이혼한 남자에게 시집가는 것이 그른지도 생각해보아야 하겠다. 내 두뇌로, 내 이성으로 생각해보아야 하겠다. 그리고 장차 오는 조선은 어떠한 조선을 만들어야 하고, 장차 오는 자녀들에게는 어떠한 생활을 주어야 할는지도 내가 생각해보아야 하겠다. 경운이나 명운이나 순명이나 선경이나 다 길을 몰라한다. 말없이 그 궤도 위로 굴러가기는 하면서도 그것에 다소의 불만을 가진다. 더욱이 경운의 고민과 성훈의 부인의 가련함이 다 그 표방(標榜)이다. 이러한 생각을 하고 일동을 볼 때에 일동은 말없이 몇 개 아니 남은 밀감 껍데기를 벗긴다. 성순은 '너희들은 장차 어찌 될는고.' 하는 눈으로 일동을 보고 남모르게 한숨을 쉬었다.

17의 3

동무들에게 들은 말을 종합하건대 성순의 동창의 근황은 대개 이러하다.

몇 사람은 보통학교의 훈도가 되어 시골에 내려가고, 그네들은 대개 서울 있는 친구들에게 '슬프다, 괴롭다, 세상이 재미가 없다, 죽고 싶다, 밤마다 울기만 한다, 나는 너밖에 사랑하는 사람이 없고 믿는 사람이 없다, 너도 변하지 말고 나를 사랑하여다오, 우리 둘이서 손을 마주 잡고 세상을 살아가자…….' 이러한 감상적, 염세적 편지를 자주 하고.

몇 사람은 졸업 후에 집에 돌아가 있는데, '부모가 자기를 이해하지 못한다, 그러니까 슬프다, 자꾸 시집을 가라고 조르시는데 시집갈 생각이 전혀 없다, 그러니까 슬프다, 세상이 재미가 없다, 그러니까 죽고만 싶다, 다만 너만 사랑한다…….' 이러한 편지.

또 몇 사람은 어떤 남자와 철석같이 맹서를 하였더니 마침내 다른 데로 장가를 들었거나, 혹은 처가 살아 있거나, 혹은 뜻대로 가정을 이뤘지마는 며칠이 못 하여 염증이 났거나, 혹은 시집을 갔더니 시부모와 마음이 맞지 아니하여 쫓겨왔거나, 혹은 동경으로 유학하러를 갔거나, 혹 사진 결혼을 하여가지고 포와(布哇)로 갔거나…… 대개 이러한 소식이요, 그중에 하나는 지난여름부터 기생이 된 자도 있다.

이러한 말들을 그네는 자기에게는 아무 상관 없는 말같이 조롱하여가며 웃어가며 말한다. 그중에 아내 있는 민을 사랑하여 가정과 사회에 모반을 일으키려 하는 성순을 집어넣으면 성순의 동창의 근상 보고는 완성할 것이다.

일동은 한참이나 열심으로 자기네가 아는 동창의 근황을 말하다가 모두 침묵하였다. 그러고는 각각 자기네의 전도를 생각하였다. 그러나 그네의 생각에 자기네는 결코 그러한 불행한, 또는 부도덕한 길을 걷지 아니하리라 하였다. 그네도 시집갈 생각을 아니 하는 것이 아니다. 그네는 정신으로 보면 아직 극히 유치하지마는(그네뿐이 아니라 전 사회가 다 그러하지마는) 생리적으로는 성숙할 수 있는 대로 다 성숙하였다. 그네는 지아비 그리운 줄을 알 만하고, 또 혼인하는 날이면 곧 자녀를 생산할 만하다. 그네는 밤에 자리에 들어갈 때에 곁에 사람이 있었으면 하는 생각이 나고, 행복스러운 젊은 부부가 가지런히 있는 것을 볼 때에 부러워할 줄을 안다. 그네는 무수한 남자 중에는 자기의 사랑하는 지아비가 있음을 믿고 눈을 들어 어느 것이 그 사람인가를 찾는다. 사람도 잘나고 돈도 있고 재주도 있고 학문도 있고, 그러하고 자기를 사랑하여줄 지아비를 찾는다. 겉으로는 그러한 생각이 없는 체하지마는 마음속에는 잠시도 그를 찾기를 쉬지 아니한다. 그네는 아무쪼록 시집이라는 말을 아니 하려 하고, 만일 이따금 한다 하면 자기에게는 아무 상관 없는 일인 듯이, 자기는 조금도 거기 흥미를 가지지 아니하는 듯이 말한다. 이것이 그네의 행세(行世)다. 가장 잘 행세를 하려면 시집이라는 말은 입 밖에 내지도 아니하고, 남이 그러한 말을 할 때에는 귀를 기울여 듣지도 아니하여야 한다. 그래서 그네는, 특별히 행세를 잘하려 하는 여자는 그러한 말이 들릴 때에는 얼굴을 찌푸리거나 고개를 돌려 혐오의 정을 표하려 한다. 될 수만 있으면, 나는 그러한 것을 당초에 염두에 두지도 아니하오 하는 뜻을 남에게 보이려 한다. 명운이나 순명은 시집이라는 말을 하되 남의 일같이 하는 사람이요, 선경은 당초에 하지도 아니하려 하는 사람이다.

그러나 그네는 우(愚)한 자이다. 여자의 일생에 혼인같이 중대한 사건이 없다 할진대(남자도 그렇지마는, 남자에게도 국사 이외에는 혼인이 가장 중한 일이지마는 여자에게는 그보다 더하니까), 여자는 항상 혼인을 생각하여야 하고 기회 있는 대로 그것에 관한 지식을 얻으며 토론을 하여야 하겠거늘, 그네는 학교에서도 배우지 못하고 가정에서도 배우지 못하면서 혼자 생각하여보려고도 아니 하고 친구나 선배에게 문의하여보려고도 아니 한다. 그리하다가 그네는 어찌 되었는지도 모르는 사정하에 어떠한 사람인지 모르는 남자에게, 어떠한 장래일는지도 고려함 없이 시집을 가서, 아내가 무엇인지 알기도 전에 아내가 되고 어미가 무엇인지 알기도 전에 어미가 되어, 자기네의 선조의 실패의 생활을 꼭 고대로 되풀이한 뒤에, 마침내 사람이 무엇인지 알기도 전에 사람의 세상을 떠나게 된다. 이러한 생각을 하다가 성순은 일동을 향하여,

"그래, 다들 시집은 안 가고 혼자 늙으실라우?"

하며 차례로 일동의 안색을 보았다. 이때에는 명운도 "그럼!" 하지 아니하고 무슨 생각을 한다. 성순은 말을 이어,

"시집이란 대체 무엇일까요? 아내란 대체 무엇일까요? 여자란 대체 무엇일까요?"

하였다. 일동은 말없이 무슨 생각들을 하였다.

17의 4

이것은 그네에게는 실로 처음 듣는 말이다. 비록 지금까지 시집이라든

지, 아내라든지, 여자라든지 하는 제목으로 남의 말을 듣기도 하였고 자기네의 입으로 말을 하기도 하였다 하더라도, '시집이란 무엇이뇨', '아내란 무엇이뇨', '여자란 무엇이뇨', 이렇게 완전한 명제로 된 문제를 생각하여본 적은 없었다. 그네의 부친이나, 모친이나, 조모나, 자매나, 아마 그네의 부친이나, 조부나, 형제까지도, 또 아마 그네를 교육하는 남녀 선생까지도.

그네는 성순의 간단한 이 질문에 깜짝 놀랐다. 그네는 지금까지 각각 스스로 생각하기를, 자기는 보통학교를 졸업하였고 고등보통학교를 졸업하여, 산술(算術)도 할 줄 알고 대수(代數)도 일차일원방정식까지는 아직 잊어버리지를 아니하였고, 일본 말도 회화를 넉넉히 하고, 단음의 쉬운 곡조나마 학교에 비치한 풍금도 울릴 줄 알고, 그네는 서서제(瑞西製) 시계를 차서 오전 오후 몇 시 몇 분(초는 아직 사용하여본 적이 없지마는)이라고 불러도 보았고, 그중에도 어떤 이는 ABCD까지도 알아서, 자기네는 조모보다, 모친보다는 물론이어니와 동시대의 모든 여성 동포보다 훨씬 뛰어난 자로 자임하였다. 유식한 자로 자임하였다. 시집을 가려도 자기의 지아비 될 만한 자격을 가진 남자가 없음을 한탄하리만큼, 그만큼 그네는 빼어나게 교육을 받고 수양이 있는 이로 자임하였으며, 남자 측에서도 그네와 같은 여자를 아내로 삼음을 이상으로 알리만큼, 그만큼 그네는 교양 있는 자로 인정함을 받았다〔남자 자신이 그보다 높은 교양이 없으니까, 고등여학교를 졸업한 여자만 하여도 너무 교육이 높은 것을 한하리만큼 그렇게 남자 자신의 교양이 낮으니까, 실로 금일의 조선은 고등보통학교를 최고의 학교로 알아서 남녀 간 차교(此校)를 졸업하면 이미 사회의 지식계급에 참여할 자격을 얻는 사회니까〕.

그렇게 높게 자임하였던 것이, '시집이란 무엇이뇨', '아내란 무엇이뇨', '어미란 무엇이뇨', '대체 여자란 무엇이뇨' 하는, 자기네에게 가장 가깝고 긴절(緊切)한 문제의 제출을 당할 때에, 일언일구의 대답도 발할 수 없는 자기네인 것을 생각할 때에, 그네가 만일 조금이라도 총명이 있는 여자일진대 반드시 더할 수 없는 수치와 경악을 느꼈어야 할 것이다.

명운이나 선경이나 순명이나, 그네는 자기네의 무식함을 깨달았다. 그러나 우리가 그것을 알아야 옳은 것인가, 모르는 것이 당연한 것인가를 의심한다. 그리고 일제히 성순을 쳐다본다. 성순이 어찌해서 그러한 생각을 하였을까 하고 이상히 여겨본다.

무론 그네는 자기네가 그 빈약한 두뇌 속에, 또는 정신 속에 저장하였던 것을 온통 떨어놓더라도 그 문제에 대한 대답을 얻을 수 없을 것이다. 그네의 두뇌는 마치 그네의 조그마한 보퉁이와 같다. 그네는 알룩알룩한 골무며, 귀 떨어진 바늘이며, 얼쑹덜쑹한 비단 헝겊 조각이며, 학교에서 선생이 주필(朱筆)로 90이라든지 80이라든지 매겨준 습자(習字) 종이며, 사진 조각이며, "오늘은 비가 왔다. 낮잠을 자다가 꾸중을 들었다." 하는 일기책, 사랑하는 동창에게서 받은 편지 장…… 이러한 것을 귀하게 귀하게 싸둔다. 이것이 그네의 세간이다. 이러한 것을 온통 떨어놓는다 하면 그것이 무엇이랴. 그네는 이 보퉁이를 아침마다 저녁마다 하루에도 몇 번씩 열어보고는 웃기도 하고 울기도 하고 걱정도 한다. 그네가 슬퍼한다 하더라도 그것은 그 보퉁이 속에 있는 비단 헝겊과 같은 슬픔이요, 기뻐한다 하더라도 잃어버렸던 골무를 얻은 기쁨이거나, 쓸데없는 수다를 늘어놓은 친구의 편지를 받는 기쁨에 불과한 것이다. 경운의 슬픔은 아마 이것보다는 근저가 깊을 것이다. 그는 인생의 여러 가지 사실에 직접으로 다닥뜨려서 그 의외임에 놀랄 뿐이요 공포할 뿐이요 증오할 뿐이요…… 즉 감정으로 순응할 뿐이요, 이성으로 그것을 해석할 줄을 모른다. 그의 슬픔은 진실로 여기서 나온 것이다.

여러 문답이 있은 끝에 선경은,

"참 그래요. 우리는 우리가 무엇인지를 여태껏 모르고 있었어요. 또 알아보려고도 아니 하였어요. 또 누가 우리더러 알아보라고 한 이도 없었어요."

"우리가 알아야지, 누가 우리를 위해서 알아주겠어요. 우리의 일을 우리가 해야지요."

하고 성순은 확실히 자기가 좌중의 선각자임을 깨달았다. 그리고 일종 자부심의 쾌미를 얻었다.

순명은 가만히 생각만 하고, 명운은 금야에 얻은 지식을 곧 강원도 있는 경운에게 편지하기로 작정하고, 경운이 이 말을 들으면 얼마나 기뻐할까 하였다. 일동은 성순이 자기네보다 얼마큼 우월한 점이 있는 것같이 생각하였다. 그리고 돌아갈 때에는 각각 전에 없던 무슨 생각을 가지고 가게 되었다.

18의 1

민은 오후의 사양(斜陽)이 잘 비취는 자기의 화실에서 화포(畫布) 앞에 앉았다. 금강산 스케치를 기초로 하여 금강십이제(金剛十二題)를 그리려고 착수함이다. 지금 대한 화포 위에는 '가을의 만폭동'이 나오려 한다. 민은 한참 물끄러미 화포를 처다보고, 눈도 깜박하지 아니하고 무슨 생각을 하다가는 붓에 회구(繪具)를 찍어 가로세로 화포에 바른다. 왼손에는 육칠 병(柄) 넘음직한 화필이 선형(扇形)으로 쥐어져 있고, 오른편 무릎 밑에는 화구함에 각색 기름물감[油繪具]이 가로세로 누워 있다. 화포상(畫布上)에 있던 민의 눈은 왼손의 붓으로 옮아 붓을 고르고, 다음에는 화구함으로 옮아 물감을 고르고, 다음에는 화포 위로 옮는다. 미끄러지는 듯이 소리 없이 화포 위로 달아나고, 달아난 뒤로는 그 뒤에 선이 남고 점이 남아 새로운 물상(物象)을 이룬다. 화포의 좌단에는 기암이 줄률(峯崒)한 절벽이 반쯤 이루어지고, 그 우편에는 무엇이 될는지 모르는 선과 점이 착잡하게 늘어서 있다.

이때에 대문에서 "우편이요." 하는 소리가 들린다. 한 번 소리는 듣지 못하고 둘째 번 소리에 민은 화필을 든 채로 뛰어나갔다. 푸른 봉투에 넣은 편지를 받아 든 민의 얼굴에는 기쁜 웃음이 떴다. 민은 얼른 방으로 돌아와 화필을 화구상(畫具箱)에 비스듬히 누여 놓고, 석양이 비추인 창을 대하여 앉았다. 위선 민의 가슴에는 형언할 수 없는 감정의 소용돌이가 생긴다. 기쁘면서도 걱정을 섞지 아니치 못할 소용돌이가. 민은 물끄러미 보다가 피봉을 뗴었다. 이렇게 썼다.

"일전 드린 글을 보셨을 듯, 회답 못 받는 편지를 쓰는 것은 참 괴로운 일이올시다. 그러면서도 또 씁니다. 아니 쓰지는 못하여서 또 씁니다. 가슴에 끓어오르는 무한한 생각을 ○께 말씀 아니 하면 뉘게나 하오리까. 제 기쁨을 어찌 저 혼자 기뻐하며 제 슬픔을 어찌 저 혼자 슬퍼하오리까.

제게는 견딜 수 없는 슬픈 일이 또 생겼습니다. 오는 십오일에는 기필코 혼인식을 거행한다고 합니다. 이번에는 아모리 반대를 하고 애원을 하여도 아니 들으십니다. 아마 우리(저는 처음 우리라는 일인칭 복수를 씁니다. 이제는 불가불 ○와 저와를 이렇게 부르게 하여야 하겠는 고로)의 관계를 상상하여 아는 모양이올시다. 그래서 하루바삐 결혼식을 하랴는 모양이올시다. 연동(蓮洞) 가는 것도 집에서는 기뻐 아니 하시는 듯하오나 그것까지 금하지는 아니하십니다. 어찌해야 좋은지 저는 모르겠습니다.

오늘 연동서 돌아오는 길에 들르겠습니다. 자세한 말씀은 그때에 드리겠습니다. 가족의 눈을 속여 편지를 쓰랴니까 마음대로 아니 써집니다. 이 편지는 연동 가는 길에 부치랍니다. 이만.

이월 십일 성순"

민은 편지를 다 보고 나서 멀거니 벽을 바라보고 한숨을 쉬었다. 과연 어찌해야 좋은지 몰랐다.

성순은 지금 진퇴유곡한 처지에 있어서 차마 견딜 수 없는 고통을 한다. 이것을 구원할 자는 오직 민밖에 없다. 그러나 민 자기도 여러 가지로 공상은 하여보았으나 구체적 묘안은 발견치 못하였다.

"십오일! 이제 닷새!"

하고 민은 고개를 수그렸다. 그렇다. 오 일 이내에 무슨 조처를 하여야 한다. 삼 일까지는 연기하여도 상관없던 성재가 이처럼 급하게 하는 것을 보건대 정녕 성순이 자기를 찾아오는 기미를 아는 것이다. 네 시에서 다섯 시까지 꼭 한 시간만 회견하기로 작정은 하였으나, 그래도 그렇게 되지 못하여 수차, 혹은 삼십 분, 혹은 한 시간 늦어진 적이 있었다.

"이제는 가야 하겠습니다."

"네, 가셔야지요, 어서 가십시오."

이 말을 하고 나서도 서로 마주 보고 앉았는 동안에 어느덧 십 분, 이십 분은 지나가고 또,

"이제는 참 가야겠습니다."

"아차 늦었습니다, 자, 어서 가십시오."

하고 둘이 다 일어나선 뒤에도 서로 마주 보는 동안에 십 분, 이십 분은 어느덧 지났다. 이렁성하여 다섯 시 반까지는 꼭 집에 들어가야 할 성순이, 혹은 여섯 시도 되고, 혹은 여섯 시 반도 되었으니, 눈치 빠른 성재가 의심하지 아니할 리가 없다.

"이번에는 꼭 다섯 점 되거든 가요."

"네, 이번에는 꼭 다섯 점 되거든 가십시오."

하기는 하면서도 역시 그렇게 되지 못하였다. 무슨 할 말이 많아서 그러한 것도 아니언마는, 다만 서로 마주 보고 앉았는 동안에 시간은 이를 시기하는 듯이 장달음을 하여 달아나는 것이다.

"알았으면 알았지!"

하고 민은 벌떡 일어나서 방으로 왔다 갔다 한다.

18의 2

성순이 오기까지 화포를 대하려 하였으나 심서(心緖)가 산란하여 아무리 하여도 붓이 돌지 아니하므로, 민은 화를 내어 화필을 집어던지고 화포를 한편 구석에 밀어놓고 방 한복판에 우두커니 앉았다. 오 일 이내에 어찌할 방침을 생각하다가 그것도 시원치 아니하므로 어느덧 생각하기를 그치고 멀거니 있을 때에 지나간 일 개월간의 자기의 생활이 파노라마 모양으로 민의 눈앞에 떠 나온다. 민은 그것을 없이하려고도 아니 하고 가만히 보고만 있다.

맨 처음 성순이 자기 집에 찾아오던 광경이 나온다. 성순이 대문 밖에 와서 어떻게 찾을 줄을 모르고 어름어름할 때에 행랑어멈이 웃으면서 자기에게 고하던 일, 자기는 화필을 든 채로 뛰어나가서 서로 낯이 붉어지며 자기의 방으로 들어오던 일, 들어와서도 어찌할 줄을 모르고 한참이나 말없이 우두커니 섰던 일, 민이 겨우,

"여기 앉으시지요."

할 때에 성순이,

"여기도 좋습니다."

하고 방 저편 구석에 가만히 앉던 일, 성순이 한참 만에,

"제가 이렇게 찾아온 것이 옳지 아니합지요?"

할 때에 자기는 대답할 바를 모르던 일, 그 모양으로 얼마 있다가 겨우 정신이 침착하여 자기가 금강십이제에 착수한 것과, 이것이 마음대로 되면 동경 문부성 전람회에 출품할 것과, 대전(大戰) 영향으로 회구 값이 고등(高騰)하여 곤란하다는 것을 설명하고 그때에야 성순이 화포 곁에 가까

이 와서 자세히 그림을 보며,

"무슨 냄새가 나요."

할 때에 민이,

"그것이 기름 냄새야요. 그 냄새를 일생 맡으셔야 하겠습니다."

할 때에 성순이 낯을 붉히던 일, 성순이 조그마한 회중시계를 내어보며,

"이제는 가야겠습니다."

하고 일어나 갈 때에 겨우 용기를 내어 잠깐 악수하던 일.

또 그 후 한번은 민이 해금강의 절경을 그리느라고 정신없이 화필을 두를 때에, 언제 왔던지 성순이 민의 등 뒤에 선 것을 보고 민은 깜짝 놀라는 듯이 벌떡 일어나며 성순의 두 손을 꼭 쥐던 일, 그때에 성순이 잠깐 자기의 얼굴을 민의 가슴에 대었다가 얼른 물러서던 일, 또 성순이,

"어디 그려보셔요, 저는 구경하게요."

하여 자기는 한참이나 기운을 내어서 그리다가,

"성순 씨가 곁에 계시기만 하면 암만이라도 그리겠습니다. 그리고 잘 그릴 것 같아요."

할 때에 성순이 방긋 웃으면서,

"그렇겠습니까?"

하고 자기를 보던 일, 그리고 얼마 있다가 성순이,

"저도 그림 공부를 좀 해야지요?"

"왜?"

"그래서 그리신 그림을 알아보아드릴 만한 힘은 얻어야지요?"

"비평도 해주시고?"

"비평은 못하더래도 알아는 보아야지요?"

"어찌해서?"

"그래야 아니 되어요?"

"무엇이?"

성순은 한참이나 있다가 가만히,

"아내가……."

하고 얼굴을 붉히더니,

"그렇지도 못하면 모다 무의미가 아니겠습니까."

"무엇이?"

성순은 또 말하기 어려운 듯이 얼마 있다가,

"이렇게 사랑하는 것이 부모의 명령을 어기고 사회의 도덕을 깨뜨리고."

하고 무엇을 생각하는 듯이 눈을 감았다가,

"제게 그만한 자격이 있겠습니까? 이해하여드릴 것을 이해하여드리고 위로하여드릴 것을 위로하여드리고……."

"……."

"없지요? 저로 만족하시지 못하시겠지요?"

민은 대답할 바를 몰랐다. 성순은 한 번 더,

"그렇지요? 제게 그러한 능력이 없지요? 저는 그런 줄을 잘 압니다. 저는 드릴 것이 아모것도 없어요. 다만 한 가지밖에."

"한 가지라는 것은 무엇입니까?"

"저를 왼통 드리는 것밖에."

이렇게 말하던 일, 이 말을 들을 때에 자기는 부지불각에 눈물을 떨어뜨리던 일, 그 밖에도 여러 가지 일을 한참 생각하다가 민은 번쩍 눈을 떴다. 일찍이 성순이 한 번씩 앉았던 자리, 섰던 자리, 걸어 다니던 자리에는 분명히 성순이 있는 것 같았다.

그러나 어찌할까, 오 일 이내에 절박한 일을 어떻게 조처하면 좋을까, 큰 비극의 장막이 열리려고 그 장막 끈이 움직일 듯 움직일 듯하는 것 같다. 아무려나 모든 일을 성순을 면대하여 토론하리라 하고 시계를 볼 때에 문이 열리며 성순의 얼굴이 보였다. 민은 일어났다.

18의 3

양인은 한참이나 무언의 포옹 속에 있었다. 그러고 형언할 수 없는 비애를 깨달아서 마주 앉을 때에는 양인의 눈에 눈물이 있었다. 민은 단도직입으로 성순에게 물었다.

"대관절 어찌 되었습니까?"

"편지 보셨어요?"

"네!"

"놀라셨지요?"

"놀랐었지요."

"아마 오빠가 제가 여기 오는 줄을 아는 게야요. 말은 아니 하지마는 그러한 눈치가 보여요. 그래서 어저께는 저를 부르시더니 '오는 십오일에 예식을 하기로 작정하였다. 이번에는 네가 아모러한 핑계를 하여도 아니 될 터이니 어서 시키는 대로 해라……' 그러서요. 이제는 집에서 저를 못쓸 계집애라고 생각하는 모양이야요."

하고 눈물을 흘린다.

민은 무하(無瑕)한 처녀가 자기를 위하여 고민하는 양을 차마 볼 수가 없었다. 그래서,

"성순 씨!"

하고 불렀다. 성순은 그 목소리가 이상함에 놀라서 고개를 들어,

"네."

"용서합시오. 모다 제 죄외다."

"……."

"제가 성순 씨를 사랑하여드릴 권리가 없어요. 제가 사랑하는 것이 잘못이야요. 더구나 크리스마스 날 저녁에 한 일이 잘못이야요. 그때에 제가 그러한 말만 아니하였더면 성순 씨에게 이러한 슬픔이 있을 리가 없습니다. 모도 다 제 책임이야요. 그러니까 용서하여주십시오."

"그러면 어떻게 하란 말씀입니까?"

하는 성순의 눈은 어물었다.

"잊어주십시오. 지금까지 지낸 일을 꿈으로 알아주십시오."

"그러면?"

"변 군과 혼인하십시오. 제 일은 조금도 염려 말으시고, 그렇게 하십시오."

"그렇게 할 수가 있겠습니까?"

하는 성순의 어조는 분기를 띤 듯하였다.

"부득이하니까."

"부득이합니까, 그렇게 생각하십니까?"

"그러면 달리 방침이 있습니까?"

"지금토록 그렇게 생각하고 오셨습니까?"

"지금토록은 그렇게 생각하지 아니하였지요. 그러나 지금 생각하여보니 그것이 잘못이야요."

"어찌해서요?"

"아니 그렇습니까? 위선, 성순 씨는 집을 배반하서야지요? 어머님도 버리고 오라버님도 버리서야지요? 그러고……."

"그것은 어느 어른이 시키신 것입니까, 또 그것은 벌써 언제 결심한 것입니까? 애초부터 그러한 결심이 없었습니까?"

성순은 이에 울지도 아니하게 되고 정신이 쇄락(灑落)함을 깨달았다.

"그렇게 결심은 하였지요. 그러나 미처 생각 못 한 것이 있어요. 중요한 무엇을 등한히 한 것이 있어요. 실사회에 경험이 없으니까 한갓 이상으로만 달아나고 실제를 잊어버렸어요."

"실제란 무엇입니까?"

"네, 말씀을 들읍시오……. 우리는 실제를 등한히 하였어요. 그것이 잘못이야요. 실제를……."

"글쎄, 실제가 무엇입니까?"

"글쎄, 말씀을 들읍시오. 가령 성순 씨가 집을 배반한다…… 그러고는 어찌할 텝니까?"

하고 성순을 보았다. 성순은 숨결만 클 따름이요 말이 없다. 민은 말을 이어,

"네, 그러고는 어찌할 텝니까?"

"유(당신)를 따라가지요."

성순은 처음 민에게 대하여 이인칭의 대명사를 사용하였다.

"어데로?"

"아모 데든지!"

"네. 그것이 이상뿐이란 말씀이외다. 첫째, 사람은 경제를 떠나서는 살 수 없지요."

"경제?"

"네, 경제! 사람은 경제를 떠나서는 살 수가 없지요?"

"그런데?"

"그런데 우리가 만일…… 만일…… 이상대로…… 만일같이 된다 하면 사회는 우리를 버리겠지요. 성순 씨의 집에서는 성순 씨를 버릴 테요, 내 집에서는 나를 버리겠지요. 그러고 거의 모든 직업이 우리를 거절할 것이 아닙니까. 제가 지금 몇 학교에 다니는 것도 내어놓아야겠지요……. 저는 실로 이러한 말을 하기가 부끄럽습니다, 괴롭습니다, 마는 사실은 사실이지요. 엄연한 사실이야 어찌합니까. 그런데 우리는, 무경험한 우리는 지금껏 이 사실, 이 무서운 사실을 잊었었어요!"

양인은 침묵하였다.

18의 4

'경제!' 이것은 진실로 성순에게는 의외의 문제였었다. 그러나 성순도 이 간단한 '경제'라는 말의 무거운 압박을 깨달았다. 그러나 그것이 자기의 사랑의 힘을 누를 것이라고는 생각하지 못하였다. 민은 성순의 말 없음을 보고,

"우리는 이 큰 사실을 등한히 하였습니다. 등한히 할 수 없는 것을 등한히 하였어요."

"그러면 어떻게 하신단 말씀이야요?"

하고 성순은 민을 보았다. 민은 고민할 때에 의례히 그리하는 버릇대로 두 손을 두 무릎 위에 놓고 눈만으로 천정을 바라보다가,

"그러니까, 변 군과 혼인하십시오, 오는 십오일에."

"제가 아즉도 처녀겠습니까, 다시 시집갈 수가 있겠습니까?"

"네? 그럼 처녀 아니구?"

하고 민의 놀라는 듯이 성순을 보는 눈은 컸다.

"제가 처녀일까요?"

"아무렴 처녀지요!"

"어떤 정도까지를 처녀라고 합니까?"

민은 갑자기 어떻게 대답할 바를 몰랐다. 그래서 유심하게 성순의 눈을 보았다. 성순의 눈에서는 일종 처창(悽愴)한 빛을 발하는 듯하다. 성순은 다시,

"네, 어떠한 정도까지가 처녀오니까?"

"한 번도 남자를 접하지 아니한 여자를 처녀라고 하지요."

"남자를 접한다 하면 어떤 정도까지?"

"한자리에서 잔다는 뜻이겠지요……. 성교를 한다는 뜻이겠지요."

"그렇겠습니까, 그뿐이겠습니까? 저는 그렇게 생각하지 아니해요. 저는 한 번 마음을 어떤 남자에게 허하면 벌써 그 여자는 처녀가 아니라 해요. 육(肉)으로 허하는 것은 다만 그 종속물에 지나지 못한다고 해요. 마음으로 허한 뒤에는 이미 육으로 허한 것이 아니야요? 저는 벌써 처녀가

아니올시다, 저는 벌써 시집간 여자야요, 그러니까 이제 다른 데 시집을 간다 하면 간음이 아니면 재가(再嫁)야요. 제가 이제 변 씨에게 시집을 간다 하면 저는 이 고깃덩어리를 따로 떼어서 변 씨에게 드리는 것이외다. 한 번 (당신께) 드린 마음을 다시 찾을 수가 있겠습니까?"

하고 성순은 힐문하는 태도로 민을 보았다. 민은 성순의 정조관을 반박할 만한 논거를 얼른 찾지 못하였다. 그리고 어린애 같던 성순이 어느 틈에 이러한 조직적 의견을 얻게 되었는가 하였다. 성순은 얼굴이 붉게 되도록 흥분하여,

"좋습니다. 만일 저를 사랑하여주시는 것이 불편하시거든, 불만족하시거든, 만족하실 길을 찾으십시오. 제가 일생에 나아갈 길은 환합니다. 벌써 의심 없이 확정이 되었습니다. 저는 조금도 실망도 아니 하고…… 네, 굳세게 살지요, 저는 저대로 살지요!"

하고 흑흑 느끼기를 시작한다. 흔들리는 성순의 머리에 꽂힌 얼게 등이 희박한 석양빛에 번쩍번쩍한다. 민은 하염없이 한숨을 쉬면서 성순의 하얀 목과 등을 보았다.

한참 동안 아무 소리도 없었다.

민은 새로운 결심을 한 듯이,

"여봅시오!"

하고 불렀다. 그러나 무답.

"성순 씨!"

"……."

"울음을 그치고, 말을 해야지요."

"……."

"자, 고개를 듭시오."

하고 성순의 등을 흔들었다.

"말씀하셔요!"

"자, 바로 앉으셔요."

"말씀하셔요!"

"성순 씨!"

"네."

"머리를 들으셔요!"

"말씀하셔요! 이러고도 듣습니다."

하고 성순은 민의 "머리를 들으셔요." 하는 말이 어머니가 귀해하는 아기의 어리광을 듣는 듯하여 가만히 소리를 내어 웃었다. 민도 그 웃음소리를 듣고 웃었다. 둘이 외교적 담판을 하는 듯하던 기분이 없어지고 양인은 동시에 춘풍 같은 애정의 순미(醇味)를 깨달았다. 민은 감격에 못이기어 일어나서 성순을 안았다. 성순도 돌아앉으며 민을 안았다. 성순의 민의 가슴에 안긴 귀는 민의 항진(亢進)한 심장의 고동을 들었다. 민은 떨리는 목소리로,

"성순 씨!"

"네!"

그리고 한참 침묵하였다. 그 이상 더 말할 것도 없고 필요도 없었다.

"성순 씨!"

하고 또 한 번 불렀다. 무슨 할 말이 있는 듯하여 불러놓고는 무슨 말을 할는지 모른다. 성순도 처음에는 "네." 하고 말 나오기를 기다렸으나 이제는 그것을 기다리지도 아니한다. 다만 민은 "성순 씨!" 하고 부르면 그만이요, 성순은 "네!" 하고 대답하면 그만이었다. 그러한 간단한 문답이 넉넉히 양인의 무한한 의사를 소통한다.

민이 "성순 씨!" 하고 뒷말이 아니 나오는 것은 속에 일어나는 생각을 도저히 자기의 언어로 발표할 수 없음을 깨달음이다. 인류가 의사를 상통하기에 쓰는 유일한 방편인 언어는 극히 불완전하다. 일상의 평범한 사상과 감정은 십분 발표할 수가 있다 하더라도, 일보(一步) 심령적 경역에 들어서면 우리의 언어는 벌써 아무 능력도 없어지고 만다. 이 경우에 민은 가슴에 차는 생각을 통할 길이 없어서 다만 "성순 씨!" 하고 부를 뿐이다. 민은 한 번 더,

"성순 씨!"

하고 불렀다.

"네."

"확실히 성순 씨가 여기 계시지요. 이것이 (하고 한 번 몸을 흔들며) 확실히 성순 씨지요?"

"네."

"내 성순 씨지요?"

"네."

"어찌해서?"

"몰라요!"

"모르셔요?"

"몰라요!"

양인은 웃었다.

"성순 씨!"

"네."

"왜 저를 사랑하셔요? 무엇을 보고, 무엇을 취해서 사랑하셔요?"

"······."

"네, 제게서 무엇을 취하십니까? 저는 재산도 없고, 명예도 없고 재조도 없고, 게다가 용기도 없고, 아모 경륜도 없고 한데······. 암만해도 성순 씨가 저를 잘못 보셨지요? 속으셨지요? 네? 왜 저를 사랑하셔요?"

"몰라요!"

"몰라?"

"몰라요!"

"그러면 왜 사랑하는지 이유도 모르고 사랑을 하셔요? 이유도 모르고 일생을 허하셔요?"

"제가 바가(馬鹿)인가 보지요?"

"왜?"

"그 이유도 모르니깐."

"······."

"정말 몰르겠어요. 처음에 뵈올 때에는 좋은 어른이다 하는 생각이 있었겠지마는 왜 이렇게까지 되었는지는 몰르겠어요. 아모것도 저는 요구하는 것도 없고 바라는 것도 없고, 사랑하지 아니하면 아니 되리라 하는 이유도 없고, 이러저러하니 사랑하겠다 하는 조건도 없고…… 도모지 웬 까닭인지를 몰르겠어요……. 그러니까 제가 바가지요!"

민은 '아모 이유도 없고 요구도 없는 사랑'이라는 말에 가슴이 찔렸다. 과연 이것이 진정한 사랑인가 하였다.

"그래도 무슨 요구가 있겠지요, 비록 이유는 없다 하더라도?"

"글쎄요…… 만일 무슨 요구가 있다 하면 그것은 어찌하면 (당신께) 기쁨을 드릴까, 용기를 드릴까 하는 것일까요?"

"뉘게? 뉘게 기쁨을 주서요?"

성순은 말없이 웃었다. 민도 웃었다.

"그러한 사랑을 변 군에게 드릴 수는 없습니까? 변 군에게 드리시면 변 군이 얼마나 기뻐할까."

"저도 그렇게 생각해보았어요. 더구나……."

하고(성순은 민이 기혼한 남자라는 말을 성재에게 들었단 말을 하려다가 그치고),

"그렇게 약혼을 한 뒤에는 그렇게 할 양으로 힘도 써보았어요. 그러나 아니 되어요. 힘을 쓰면 쓸수록 아니 되어요. 제 가슴에는 오직 한 분밖 에 용납할 수가 없어요. 한 분으로 꽉 찼어요. 암만 떼랴도 뗄 수가 없고 잊으랴도 잊을 수가 없어요. 그러니까 저는 벌써 처녀가 아니지요?"

"글쎄…… 그럴까."

"그렇게 생각 아니 하서요?"

"글쎄……."

"저는 벌써 처녀가 아니지요. 이제 만일 다른 남자를 사랑한다 하면 간음이지요?"

"글쎄……."

"왜, 글쎄 글쎄 하기만 하셔요? 그렇다 하십시오."

하고 성순은 고개를 들어 민을 본다. 민은 결정치 못한 듯이 눈을 감고 있다.

"내가 지금 성순 씨를 떠나 먼 곳으로 간다 하면 어떻게 하셔요?"

"그러면 저 혼자 있지요!"

"혼자 있어요?"

"네."

"언제까지나?"

"혼인할 수 있기까지."

"영원히 없다 하면?"

"죽기까지!"

하고 성순은 좀 슬픈 빛을 보인다.

"죽기까지 혼자 있어요?"

"네!"

"그러고 행복되겠습니까? 그러한 비참한 일이 어데 또 있겠습니까?"

"불행합지요, 비참합지요. 그렇지만 그밖에 길이 없으니까 어찌합니까."

하고 한참 있다가,

"아모러한 불행도, 아모러한 비참도 사랑을 버리는 불행과 비참에 비기면 그것이 무엇이겠어요? 저는 아즉까지 결코 순순히 행복된 혼인 생활을 하리라 하고 생각하여본 적은 없어요. 저는 일생에 가정생활의 맛을 못 볼 줄을 잘 알아요, 저는……."

"어찌해서?"

"부인이 계시니까."

하고 성순은 고개를 숙였다.

"만일 완전히 이혼이 된다 하여도?"

"이혼은 못 하십니다, 그런 생각은 말으셔요!"

"왜?"

"못 하셔요! 만일 이혼을 하신다면 저는 사랑하여드리지 못해요."

"그것은 무슨 이유로?"

"무슨 이유로든지 못 하셔요!"

"어찌해서?"

"못 하셔요! 만일 이혼을 하신다면 제가 괴로워서 살지를 못합니다."

"그게 무슨 논리야요, 그런 논리가 어데 있습니까?"

"논리! 논리가 그렇게 중합니까? 우리가 사랑하는 것은 무슨 논리인 데요?"

"……."

"생각해보셔요. 이혼을 하시면 부인께서는 단정코 피눈물을 흘리실 테지요, 혹 돌아가실는지도 모르지요. 한 사람의 피눈물로 자기의 기쁜 눈물을 사? 아이고 무서워! 못 합니다, 못 합니다!"

하고 성순은 진저리를 친다.

"그러나 이혼 아니 하는 것이 나는 무론, 그 사람에게 행복되겠습니 까?"

"그것은 모르지요."

"내가 일생에 그를 돌아보지 아니한다 하면 민적상(民籍上) 나의 아내로 있다고 그가 행복되겠습니까?"

"그것은 모르지요. 그 어른은 이혼되는 것보다, 차라리 민적상으로만
이라도 민 씨의 아내로 있는 것을 행복으로 여기는지 알겠어요? 만일 그
렇다 하면 그를 이혼하는 것은 그를 더욱 불행하게 하는 것이 아닐까요?
그러니까 못 하셔요!"

"그러나 나는 이렇게 생각해요. 내가 그에게 줄 것이 둘 중에 하나인
데, 즉 사랑을 주거나 자유를 주거나, 그런데 나는 사랑을 못 주니 자유
를 주랴고 하는 것이야요. 그가 새로 행복된 경우를 찾을 수 있는 자유를
주려고 하는 것이야요."

"그러면 왜 지금까지 단행하지를 못하였습니까?"

"첫째는 그러한 깨달음을 얻지 못하야, 둘째는 그러할 용기가 없어
서, 말하자면 세상이 무서워서, 또 셋째는 그가 말을 듣지 아니하여
서……."

"그것 봅시오. 그가 말을 아니 듣는 것이 무슨 까닭입니까, 네, 무슨
까닭이야요?"

"습관에 매여서 그렇겠지요. 자기인들 이렇게 무정하게 하는 나를 사
랑할 리야 있겠어요? 다만 이혼이란 못 하는 것이다, 하물며 재혼이란
못 하는 것이다, 그러니까 남편이 무엇이라고 하든지 나는 아니 들어야
된다, 이것이겠지요. 나는 이렇게 생각합니다. 그도 될 수만 있으면 차라
리 새로 행복된 경우를 찾고 싶어하리라고. 그도 청춘이야요, 지금 이십
삼이야요, 왜 혼자 늙기를 좋아하겠습니까. 다만 구습의 힘에 매여서 그
러지요……. 오직 그뿐이야요."

성순은 다만 고개를 도리도리하였다.

18의 6

"그것이 습관이거나 무엇이거나 그가 원통해하기는 마치 한가지 아닙니까. 그러니까 이혼은 못 하셔요. 만일 이혼을 하신다면 저는 다시 뵙지 않도록 하겠습니다."

하고 성순은 길게 한숨을 쉬며 민에게서 물러앉는다. 민도 제자리에 돌아와 어찌할 줄을 모르는 듯이 한 팔로 턱을 버티고 책상에 기대어서 연필로 붓장난을 한다. 뉘엿뉘엿 넘어가는 석양이 붉게 창을 비추고 저편 구석에 놓인 만폭동 화폭이 차차 거뭇거뭇하여진다.

"그러면 어찌하실랍니까?"

하고 장난하던 연필을 책상 위에 던지고 성순을 향하여 돌아앉았다. 성순은 화폭을 보며 무슨 생각을 하다가,

"네?"

하고 다시 물었다.

"만일 성순 씨께서 그러한 의견을 가지셨다 하면 장차 어찌하시겠는가 말씀이야요!"

"무슨 일이나 일합지요!"

"어떻게?"

"제 힘이 미치는 대로, 소학교에서 애들을 가르치든지, 그도 못 하면 간호부가 되든지……. 일 없어서 못 하겠습니까?"

하는 성순의 구조(口調)는 마치 아무 근심 없는 사람의 것 같다.

"일생을?"

"그것이 운명이라면 일생이라도 합지요!"

"운명!"

"참, 운명이라는 말씀을 싫여하시지요?"

"우리에게는 운명이 없어요! 오직 우리의 힘에 달렸지요. 우리의 힘이
즉 운명이지요."

"그러면 우리의 힘이 그렇다 하면 일생이라도."

하고 성순은 경련하는 듯이 픽 웃는다.

"그러고 저는 어찌하구요?"

"역시 일하시지요!"

"어떻게?"

"지금까지보다 더 힘 있게!"

하고 괴로워하는 민을 위로하는 듯이 다정하게 웃으면서,

"그것이 좋지 않습니까, 서로 힘껏 일하는 것이, 네, 그렇지요?"

민의 얼굴은 더욱 불편하게 된다. 성순은 슬쩍슬쩍 그 불편하여가는
양을 본다.

"따로따로 떨어져서?"

"네. 그러나 정신으로만 합하여서. 그것이 좋지 않습니까? 저는 그것
을 생각하고 기뻐해요."

하고 또 위로하는 듯이 웃는다.

"진정으로 그렇게 생각하십니까?"

하는 민의 얼굴은 더욱 찌푸려졌다.

"진정입지요!"

"성순 씨는 아즉 처녀십니다. 다 잘 알으시지마는 모르시는 것도 있습
니다."

"에그, 제가 무엇을 알아요?"

"옳습니다. 아직 성순 씨는 처녀시니까."

성순은 자기를 처녀라고 부르는 것을 더 반대하려고도 아니 하고 다만 속으로만, '너는 무엇이라고 하든지, 천하 사람들이 다 무엇이라고 하든지, 나는 이미 처녀가 아니요 우먼(woman)이다, 민의 처다.' 하고 생각하니까 마음이 든든하였다.

민은 성순이 아직 육적(肉的) 요구를 깨닫지 못하는 것을 재미롭게 여겼다.

"정신으로만 서로 합하면 만족입니까?"

성순은 어떻게 대답할 줄을 몰랐다.

"정신으로 서로 합하는 이외에, 이상에 또 합할 것이 있는 줄을 모르십니까?"

"……."

"그것은 우정이야요, 정신으로만 합하는 것은."

"그러면 육으로까지 합해야 됩니까?"

"그렇지요. 거기 연애가 완성되는 것이지요. 완전한 결합이 끝나는 것이지요."

"육으로 합하는 것이 그렇게 중요할까요?"

"중요하지요. 옛날은 육으로 합하는 것만을 전체로 알아 왔습니다. 지금도 그렇지요, 다수한 사람들은."

"그럴까요? 저는 육이란 생각을 하고 싶지 아니해요. 그러한 생각을 하면 어째 신성하던 것이 더러워지는 것 같아요."

"육이란 그렇게 더러운 것일까요?"

"어째 더러운 것 같아요. 그렇지 않은가요?"

"성순 씨는 그 몸을 더럽게 생각하십니까?"

"몸이야 더러울 것이 없지마는."

"그러면 무엇이 더러워요?"

"사랑에 육이란 관념을 섞는 것이 더러운 것 같아요."

"그것이 일종 미신이야요, 공연히 육을 천히 여기는 것이. 우리의 정신이 신성한 것이라 하면 육체도 신성한 것이지요. 육만을 생각하는 것이 수적(獸的)이라 하면 영(靈)만을 생각하는 것은 신적(神的)이야요."

"신적인 것이 아니 좋습니까?"

"아니, 우리는 사람이니까 인적(人的)이라야 하지요. 완전한 영육의 합치, 이것이 우리의 이상이지요."

18의 7

성순은 아무리 생각하여도 육(肉)이라는 것이 그렇게 중요한 것인 줄을 알 수가 없었다. 사랑에 육이라는 관념이 아니 섞이지 못하는 것을 도리어 혐오하게 생각하였다. 자기에게는 진실로 조금도 육에 대한 요구가 없고, 다만 정신적으로 서로 사랑할 수만 있었으면 그것으로써 만족하리라 하였다. 무론 성순은 일생 민과 함께 거주하기를 바라지마는 그것은 육의 요구를 채우려고 그러는 것이 아니요, 다만 늘 마주 볼 수 있으려고 함이다. 늘 보고 싶고 늘 그리운 민과 떨어져 있기는 참 고통이다. 그러므로 아무 때나, 잘 때나 깰 때나 늘 같이 있기만 하였으면 만족이요, 아무러한 다른 요구도 없다. 성순도 육교(肉交)라는 것을 모르는 것이 아니요, 육교의 쾌미라는 말을 아니 들음도 아니요, 자녀를 생산하는 것이 육교의 결과인 줄도 대강은 추측하여 안다. 그러나 그는 육교란 어떠한 것인가, 그 쾌미란 어떠한 것인가 하는 호기심은 있으되, 자기가 몸소 그것을 알아보리라 하는 요구는 그리 강하지 아니하고, 그러할뿐더러 될 수만 있으면 그런 불결한 것은 일생에 보지 말고 지내기를 바란다. 더구나 자녀를 생산하는 것 같은 것은 성순에게는 우스운 일이다. 그는 아직 오빠에게 대한 사랑의 범위 내에 있다. 그는 형매의 사랑을 불만족해하면서도, 그래서 민이라는 다른 이성을 사랑하면서도 아직 처(妻)의 사랑은 깨닫지 못한다. 하물며 모(母)의 사랑은 상상도 못 한다. 지금 성순이 품은 사랑은 마치 엄〔芽〕과 같다. 아직 간(幹), 지(枝)의 분화가 없는 엄과 같이 오직 그렇게 분화할 소질만 가진 것이다. 거기서 처의 사랑, 모의 사랑이 분화하여 나올 것인 줄은 성순 자기도 모른다. 그러니까 아직 성순에게 육으로 합한다는 뜻을 알기를 바랄 수는 없다.

양인은 자기네가 무슨 말을 하던지를 잊어버리고 묵묵히 앉았었다. 민은 자기의 앞에 앉았는 성순에게 대하여 불쌍한 생각이 났다. 꽃 같은 청춘, 무한히 행복되어야 할 첫사랑 속에 있으면서도 슬퍼하지 아니치 못할 성순의 경우를 불쌍히 여겼다.

"성순 씨!"

"네."

"지금 행복되다고 생각하십니까?"

"행복됩지요."

"어째서?"

"그러면 불행하다고 생각하십니까?"

"불행하시지요."

"어째서요?"

"나 같은 것을 사랑하셔서."

"……."

"전도(前途)에 이보담 더한 불행이 있으면 어찌합니까. 집에서도 버리고 세상에서도 버리고……. 버릴 뿐이면 좋지마는 온갖 수욕(羞辱)을 다 주고……."

"주는 대로 받지요, 닥치는 대로 당하지요!"

"그러라니 오죽 괴롭겠어요?"

"세상이 다 버리더라도 한 분만 아니 버리시면 저는 행복되지요."

"그렇겠습니까?"

"그래요."

"과연 그러실까요?"

"아니 그렇겠습니까?"

"글쎄……."

"아마 저 때문에 괴로우시겠지요, 저는 행복되지만."

"아니, 그런 것이 아니라……."

"아마 그러시겠지요. 저 때문에 세상에서 비난을 받으시고……. 저만 없으면 아모 비난도 아니 받으실 텐데……."

"아니요……."

"그러면 저는 어찌하나?"

"아니, 그런 것이 아니야요."

198

"그래요, 그래요! 만일 저 때문에 성공하실 것을 성공도 못 하신다 하면 그런 죄가 어데 있습니까. 아니야요, 그래요, 그래요!"

하고 무릎 위에 낯을 대고 운다. 민은 어찌할 줄을 모르고,

"여봅시오!"

"그래요, 그래요!"

"말을 들으셔야지."

"그래요, 그래요!"

하고 몸을 흔든다.

"글쎄, 내 말을 들읍시오, 자, 머리를 들고……."

"……."

"이제 우리가…… 내 말을 들으십니까?"

"저는 단념합지요."

"글쎄, 내 말을 들고…… 이제 우리가 잘 힘을 써서…… 들으시지요?…… 그래서 큰 사업을 이뤄요, 네? 무슨 좋은 것을 하나 맨들어서 우리 후손에게 전해주어요. 그네가 오래오래 가도록 이익을 얻고 행복을 얻고 자랑으로 알고 보배로 알 만한 것을 하나 만들어서 우리 후손에게 전해주어야 합니다. 우리 둘 사이에 난 정신적 자식을……."

"……."

"알아들으셨지요? 우리가 그냥 아모것도 아니 되고 말면 무의미하지마는, 그러한 무엇을 하나 맨들어서 불쌍한 조선 사람들에게 전해주면 거기 모든 의미가 있지 아니합니까?"

성순은 울음을 그치고 그냥 엎딘 대로,

"그렇게 되었으면 좋지마는 그렇게 될까요?"

"되지요!"

양인은 한참이나 말없이 여러 가지로 장래를 상상하여보았다. 그중에는 슬픈 장래도 있고 기쁜 장래도 있고 그것을 절충한 장래도 있었다.

성순은 시계를 내어보고 깜짝 놀라는 듯이,

"벌써 여섯 점이올시다."

과연 실내가 어두워졌었다. 성순은 벌떡 일어나면서,

"에그, 어쩌나, 또 한 시간이나 늦었네."

민은 아무 말 없이 성순만 본다. 가지 말랄 수도 없고 가라기도 싫다.

"가야겠지요?"

"가시지요."

"어째, 가야만 될까."

하고 성순은 웃는다.

"가셔야 되지요."

"가기는 싫은데…… 그래도 가야만 되지요."

"……."

"가야만 되어요…… 가겠습니다."

하고 성순은 민에게 인사를 한다. 그러나 여전히 그 자리에 섰다.

"가시지요."

"네, 가겠습니다."

하고 또 한 번 인사를 하고 두어 걸음 문을 향하여 나가다가 또 섰다. 민은 그냥 앉은 대로,

"가시기 싫여요?"

"네."

"웬일일까."

"몰라요!"

하고 양인은 웃었다.

"그래도 가야지요."

하고 성순은 또 한 걸음 문을 향하여 나가다가 또 한 번 돌아선다.

"그런데 오래 이야기는 하였어도 아모것도 해결은 아니 되었습니다그
려."

"해결되었어요."

"에?"

"다 해결되었어요."

"어떻게?"

"어떻게 할 것을 저는 다 작정하였어요."

"언제?"

"지금."

"여기서?"

"네."

"어떻게 하시랴고."

"그것은 알으셔서 무엇합니까……. 가겠습니다."

하고 문고리에 손을 댄다.

"어떻게 하기로 작정하셨어요?"

하고 민도 일어선다.

"다 작정하였어요……. 갑니다."

하고 얼른 문을 열고 뛰어나간다. 민도 따라 나갔다. 그러나 성순은 뒤도

돌아보지 아니하고 대문을 나서서 컴컴한 묘동(廟洞) 넓은 길로 내려간다. 종묘 음침한 수풀 속으로 찬바람이 홀홀 내어분다. 밟혀서 거뭇거뭇한 눈 위로 하얀 성순의 몸이 걸어가는 모양이 보인다. 한참 있다가 성순의 그림자가 우뚝 서는 것은 아마 뒤를 돌아봄인 듯, 민은 저편에 아니 보일 줄은 알면서도 한 번 팔을 둘렀다. 그러고는 아무것도 아니 보이는 어둠을 물끄러미 바라볼 때에 민은 형언할 수 없는 비애를 깨달았다.

방에 돌아와서 민은 얼빠진 사람 모양으로 불도 아니 켜고 우두커니 서서 성순이 하던 말을 한번 되풀이하여보았다. 성순은 "세상이 다 버리더라도 오즉 한 분만 아니 버리시면 행복됩니다." 하였다. 그러고 "주는 대로 받지요, 닥치는 대로 당하지요." 하였다. 민은 새삼스럽게 오싹 소름이 끼쳤다. 자기는 지금토록 성순을 몰랐었다. 성순이 그렇게 강하게, 그렇게 열렬하게 자기를 사랑하는 줄을 몰랐었고, 그러한 무서운 결심…… 모든 수욕(羞辱)과 위험을 다 무릅쓰고 그렇게 전 심신을 자기를 위하여 희생하려 하는 줄은 몰랐었다. 자기의 사랑이라는 것이(지금까지 자기는 퍽 열렬한 줄로 생각하던) 성순의 것에 비하면 몇 층 떨어지는 것임을 깨달으매 부끄럽기도 하고 무섭기도 하였다. 자기는 아직 성순을 위해서 자기를 희생하리라 하는 생각까지는 하지 못하였다. 그러나 성순의 가슴에는 오직 자기뿐이 있는 것을 생각할 때에 민은 부끄럽지 아니할 수가 없었다. 민은 지금까지 모르던 새로운 인생의 신비를 깨달은 듯하였다.

성순은 집에 돌아와서 변이 양복장이를 데리고 왔더란 말과, 조선복으로 하려다가 아무리 생각하여도 양복이 좋을 듯해서 자기도 예복 일습을 신비(新備)하고 성순의 예복도 지으려 한다는 말과, 일자가 급하므로 양복점에 두 배나 수공(手工)을 주게 하고 사 일 이내에 완성되도록 계약하였다는 말과, 옷감은 간색첩(看色帖)에서 성순이 친히 고르게 한다는 말과, 예복 이외에도 만일 양복을 지을 마음이 있거든 마음대로 주문하라는 말과, 동경 천상당(天賞堂)에 주문하였던 혼인지환(婚姻指環)이 금조(今朝)에 도착한 것이며, 그 지환에는 변 자기와 성순과의 성(姓)의 머리자를 떼어 'PK'라고 새겼다는 말이며, 혼인식은 성순이 다니던 승동 예배당에서 할 것과, 식은 서양 선교사 모 씨에게 위탁할 것이며 혼인 피로연은 벌써 명월관에 주문하였다는 말이며, 당일에는 자동차를 보낼 터이나 성재의 집 앞까지는 길이 좁아서 올라올 수 없은즉 중간까지는 인력거로 올 것이며, 또 변의 집에서는 이미 모든 절차가 다 완비하여서 다만 그날이 오기만 기다린다는 말이며, 먼 시골 친척들도 벌써 십여 인 올라왔고, 작야 늦도록 청첩 육백여 장을 띄운 말까지 하였다고 성순의 모친은 성순을 보고 기쁘게 웃음 섞어가며 전한다. 성훈 부인은 부러운 듯이 곁에 앉아서 성순을 바라보며 눈을 끔벅끔벅한다. 그러고 나서 모친은,

"너는 잘났다, 저 뚜뚜 하는 자동차도 타보겠구나."

"어머님께서도 타신다고 그랬지요."

하고 성훈 부인은 낯을 붉힌다.

"내가 무엇을 타?"

"그래도 어머님께서 이 누이와 같이 타고 오시라고 아니 그러서요."

"변 서방은 그러더라마는 내가 자동차를 왜 탄단 말이냐, 타면 인력거나 타지."

곁에 앉아서 공연히 기뻐하던 어멈이,

"왜 그러서요. 마님께서 작은아씨와 같이 가서야지, 자동차라나 타시고……."

이러한 회화를 듣던 성순은 들었던 숟가락을 땅에 떨어뜨렸다. 얼른 다시 집으려다가 그냥 방바닥에 엎더져 소리를 내어 울었다. 어멈은 눈이 둥그레지며 벌떡 일어나 성순의 허리를 안아 일으키며,

"에그, 작은아씨, 웬일이서요? 밥에 돌이 있었어요?"

"……."

"마님! 작은아씨가 왜 이러십니까?"

하고 어멈도 눈이 슴벅슴벅하여지며 눈물이 쏟아진다. 모친은 너무 놀란 듯이 한참이나 말이 없다가,

"얘야, 성순아! 왜 그러니, 응?"

그래도 성순은 대답이 없고 울음소리만 더욱 높아간다. 성훈 부인은 성순의 손을 잡고 아무 말도 없이 눈만 끔벅끔벅한다. 모친은 휘유 한숨을 쉬더니,

"또 집안에 무슨 변이 나나 보다. 요새에 꿈자리가 하두 흉하더니만…… 글쎄 이 계집애야, 울기는 왜 운단 말이냐. 늙은 어미가 속이 썩어서 죽는 양을 보고야 말 테냐."

하고 일어나 밖으로 나가며, 마당에 신 끄는 소리가 들리더니,

"성재야, 집안에 무슨 변이 났다."

"네? 무엇이요?"

"집안에 무슨 변이 났어. 성순이가 지금 운다."

"왜요? 왜 울어요?"

하고 문 열리는 소리가 나며 다시 마당에 신 끄는 소리가 나더니 성재가 기침을 두어 번 하고 안방 문을 연다. 성훈 부인은 가만히 일어나서 불도 켜놓지 아니한 윗방으로 올라간다. 성재는 울고 엎드러진 성순의 머리맡에 우뚝 선 채로,

"성순아!"

"……."

"성순아! 얘, 성순아!"

"네."

"일어나 앉어라!"

"……."

"일어나 앉으라면 일어나야지!"

하고 성재의 목소리는 점점 노기를 띠어간다. 성순은 겨우 고개를 들고 일어나려 하였으나 그래도 눈물이 앞을 가리어서 도로 엎더진다. 성재는 하릴없는 듯이 그냥 서서 물끄러미 우는 성순을 이윽히 보다가 자리에 앉으면서,

"무슨 일이냐, 무슨 일이여? 응? 울기는 왜 울어? 말을 해야 알지. 무슨 일이야?"

이때에 모친도 들어오면서,

"웬심인지 도모지 알 수가 없다. 무슨 큰 변괴가 나는가 보다, 으응."

하고 성재가 피석(避席)하는 아랫목에 앉아서 성순을 본다.

성재는 성순의 대답 없음을 보고 모친을 돌아보며,

"이 애가 왜 웁니까?"

"몰른다, 내가 아니?"

"무슨 말씀을 하셨어요?"

"무슨 말을 해?"

"그런데 밥 먹다 말고 울어요?"

하고 성재는 의심스러운 듯이 모친을 본다.

"아까 변 서방이 하던 이야기를 했지. 양복장이 왔더란 말과, 자동차 타는 말을 했지. 그랬더니 밥을 먹던 애가 숟가락을 집어 내던지고 우는구나. 대체 나는 심평을 알 수가 없다."

성재는 사건의 진상을 다 알아들은 듯이 혼자 고개를 끄덕끄덕하더니,

"철없는……, 내가 그만큼 말을 해도 알아듣지 못하고……, 내가 네게 해로운 말을 하겠니? 왜 쓸데없이 눈물을 내어서 어머님 걱정을 하시게 한단 말이냐. 자, 울음 그치고 일어나거라."

"그 애가 왜 우는지 너는 아니?"

하고 모친이 성재를 향하여 묻는다.

"시집가기 싫다고 그러겠지요."

"무어? 그러면 일생 혼자 늙는다고?"

"저 가고 싶은 데 못 가니까……."

"저 가고 싶은 데? 어데? 저 민가한테? 아이참, 이 계집애가 아즉도 그것을 못 잊어서 있는 모양이어? 아이……."

성재는 모친의 말에는 대답지 아니하고,

"성순아, 전에도 말했거니와 민 군과는 절대적 안 될 일이구, 또 변 군과는 벌써 약혼한 지가 오랠뿐더러 혼인 예식 준비까지 다 한 것이니까, 이제는 아모러한 말을 해도 쓸데없고 아모러한 생각을 해도 쓸데없다. 또 네가 무엇을 알겠니, 아즉 어린 것이 어서 시키는 대로 말이나 잘 들어라. 지금은 설혹 네게 애정이 없다 하더라도 같이 사노라면 서로 애정도 생기고 또 그러는 동안에 자녀도 나서 가정에 재미도 붙이게 되고……."

여기까지 와서는 성재도 말이 막혔다. 자기와 아내와는 벌써 혼인한 지가 십여 년이나 되지 아니하였나, 그러나 자녀까지 낳지 아니하였나, 그러면서도 자기네는 아직도 애정을 맛보지 못하지 아니하나, 이렇게 생각하매 성재는 성순을 더 강제할 용기가 없어졌다. 그러나 성재는 성순이 아니다. 자기의 동생 되는 성순에게 오는 행복이나 불행도 결코 자기의 것은 아니다. 그러므로 성순의 장래의 행불행(幸不幸)을 고려하는 것보다, 목전의 체면을 보전하고 걱정을 제거하는 것이 급무인 것 같다. 성순이 변과 혼인한 뒤에 행복되고 불행되기는 성순 자신의 운명이요, 지금 자기의 할 일은 아무렇게나 하여서라도 성순을 변의 집으로 들여보내는 것이었다. 그래서 어서 십오일이 와서 무사히 혼인 예식만 끝나면 모든 시름을 놓을 것같이 성재는 생각하였다. 그래서 성재는 단연히,

"네가 아모리 울더라도 기왕 작정된 일은 변할 수가 없다."

하고 선고하였다.

이러할 때에 대문에서 "이리 오너라." 하는 소리가 들리더니 어멈이 나갔다가 들어와서,

"변 서방님이 양복장이를 데리고 왔습니다."

하고 고하며 일동을 둘러본다. 성재는,

"양복은 지어서 무엇 한다고 그러는지……. 내가 여러 번 쓸데없다고 말을 해도 기어이 양복을 짓는다고 야단이여."

"양복을 지으면 어떠냐."

하고 모친이,

"변 서방 하고 싶은 대로 하게 해라. 우리도 이제는 아모것도 못 해주는데……."

하고 성순이 우는 것은 잊은 듯하다. 모친은 어멈을 향하여,

"그러면 양복장이더러 이리 들어오라지."

이때에 성순은 참다못하여,

"어머니!"

"자, 어서 양복장이더러 들어오라고 일러라."

"아니야요, 어머니!"

"글쎄, 무슨 고집이냐. 너는 암말도 말고 어서 시키는 대로 해라!"

"어머니! 저는 시집갈 수 없습니다. 무엇이라고 하시더라도 시집갈 수 없습니다."

"또 그런 소리를 하느냐?"

하고 모친은 성을 낸다.

"저는 시집 못 가요."

"왜? 어째서, 응?"

하고 성재도 성을 낸다.

"아모려나 시집은 안 갈 테니 그렇게만 아서요."

"무엇이 어째?"

"……."

"그게 누구더러 하는 말버릇이냐, 응?"

하고 모친은 주먹으로 성순의 옆구리를 쥐어지른다.

19의 3

"한번 다시 그런 말을 해봐라!"

하고 모친은 분을 참지 못해한다. 성재도 사랑에 나가려고 일어섰다가
다시 앉으면서,

"그러면 어떻게 한단 말이냐?"

"그게 어데서 배운 버릇이야?"

하는 모친께,

"가만히 계십시오."

하면서 성재는,

"어디 말을 해라, 어떻게 하겠단 말이냐?"

"시집 안 가요!"

"무슨 이유로?"

"갈 수 없으니까요!"

할 때에 성순은 당돌하게 되었다.

"갈 수 없으니까?"

하고 성재가 반문할 때에,

"네, 갈 수 없으니까 못 가요!"

"이미 작정한 일을?"

"저는 시집 안 가기로 작정했어요."

"네 임의로?"

"네!"

"네가 그렇게 임의대로 할 수가 있을까."

"네!"

"무엇이 어째, 응, 이 계집애야!"

하고 모친이 앉은걸음을 걸어 나오면서,

"무엇이 어째?"

"저는 시집 안 가요!"

"그렇게 하는 법은 없다!"

하는 성재의 말에,

"안 가요!"

"그렇게 못 한다! 못 한다면 못 하는 줄만 알아라!"

"그래도 못 가요!"

이러하는 성순은 이미 눈물은 흐르지 아니하고 입술만 꼭꼭 문다. 전에 없던 한독(悍毒)한 빛이 미우(眉宇)에 드러난다. 성재는 그 빛을 보고 문득 전율함을 깨달았다. 세 사람의 호흡은 마치 경주하고 난 사람과 같다. 어멈과 성훈 부인은 컴컴한 윗방에서 가만히 앉아 본다. 성재는 분(忿) 나는 양해서는 당장에 성순을 때려죽이고 싶었다. 마땅히 들어야 할 자기의 말을 아니 듣는 성순은 큰 요녀(妖女)같이 보였다. 그러나 성재는 위협을 쓰다가 더욱더욱 성순에게 반항심을 넣어주는 것보다 감언

으로 달래는 것이 나으리라 하여,

"성순아, 이제 와서 네가 그런 말을 하면 어떻게 한단 말이냐. 혼인 일자까지 다 작정해놓고 저렇게 양복장이까지 불러왔는데. 하니까 다시 돌이켜 생각을 해봐라."

"저는 벌써⋯⋯."

하다가 성순은 말이 막힌다. 성재는 '벌써'라는 말에 바늘로 찔리는 듯하였다. 그래서 물끄러미 성순을 보았다. 성순도 성재를 이윽히 보더니,

"저는 벌써 처녀가 아니야요."

"무어?"

하고 성재와 모친은 전기를 맞은 듯하였다. 성순은 태연히,

"저는 벌써 남의 아내야요. 이제 다시 시집을 가면 그것은 간음인 줄 압니다."

모친과 성재는 한참이나 아연하여 실로 막지소조(莫知所措)하였다. 성순의 이 말은 과연 청천벽력이었다. 모친은 몸만 벌벌 떨고, 성재가,

"그게 무슨 소리냐? 네가 지금 정신 있이 하는 말이냐?"

"벌써 말씀을 드리랴면서도 모처럼 새로 실험을 시작하신 오빠에게 괴로움을 드릴까 보아서⋯⋯."

"아니, 대관절 처녀가 아니라니 그게 무슨 뜻이냐?"

"저는 처녀가 아니야요."

"어떤 사내에게 벌써 허했단 말이지?"

"네."

"언제부터?"

"벌써 오랬어요!"

"그게 누구냐, 네가 허했다는 사내가?"

"오빠께서 아시는 이야요."

"민 군?"

"네!"

"민 군에게 네가 몸을 허했어? 계집애가!"

"네!"

하는 성순은 '몸을 허한다'는 말이 육교(肉交)를 의미함인 줄은 몰랐다. 성재는 "흑." 소리를 내며 벌떡 일어나더니,

"에이, 더러운 계집애!"

하고 발길로 앉았는 성순의 옆구리를 탁 찬다. 성순은 "윽." 하며 방바닥에 거꾸러졌다. 모친은,

"아이구, 이년아!"

하며 성순의 쪽진 머리를 잡아당기며 주먹으로 머리로 성순을 때린다. 윗방에 앉았던 어멈과 성훈 부인도 일어났다. 일동의 다리들은 추운 사람들의 것 모양으로 벌벌 떨린다. 성재는 한 번 더 성순을 발길로 차려다가 억지로 참고, 문을 차고 사랑으로 나갔다. 성순은 가만히 누워서 모친이 때리는 대로 맞았다. 어멈이 말리려는 것을 모친은,

"아이구, 집안 망했구나. 계집애가 집안 망하는구나. 하느님 맙시사."

하고 성순의 어깨와 팔을 물어뜯는다. 성순은 꿈 같기도 하고 죽은 것 같기도 하였다. 모친은, 자기가 기운이 진(盡)하여 거꾸러질 때까지 성순을 때리고 물고 꼬집고 하였다.

변은 안방에서 큰소리 나는 것을 엿들어서 사건의 내용을 대강 짐작하였다. 그러할 때에 성재가 나왔다. 성재의 얼굴은 중병자의 것과 같이 창백하였다. 성재는 들어오는 길로,

"양복장이는 보내주십시오."

하였다. 변은 이유도 묻지 아니하고, 내일 또 말하마 하고 양복장이를 돌려보냈다. 말을 모르는 양복장이는 웬셈을 모르고 눈이 둥글해져서 인사를 하고 나간다. 변은 담배를 피우며 아무것도 모르는 듯이 가만히 앉았다. 성재는 가슴이 진정하기를 기다리는 모양으로 잠시 벽만 바라보고 앉았다가 변에게,

"참, 이런 미안한 일이 없어요. 무엇이라고 말씀을 해야 좋을는지 알수가 없어요."

그러나 변은 무관언(無關焉)하고 가만히 앉았다. 성재는,

"모다 내 책임이니 용서하시오. 지금까지 지내오던 일은 다 꿈으로 알고 잊어주시오."

하고 또 얼마를 쉬었다가,

"이런 창피한 일이 없지마는 사세가 부득이하니까 파혼할 수밖에 없어요."

하고 또 얼마를 쉬다가,

"그 이유는 물어주시지 말아주셔요. 무론 형의 자유로 상상하심은 자유지요."

그래도 변은 아무 대답이 없고 담배 연기로 공중에 여러 가지로 그림을

그려본다. 성재는 원래 변에게 대하여서는 선배로 자임하므로 항상 변을 지도하고 훈회(訓誨)하는 태도를 가져왔었건마는 오늘은 마치 변이 자기를 심문하는 법관같이 보이며, 더욱이 변의 아무 말도 없음이 도리어 자기를 위압하는 듯하였다. 그뿐더러 실험 탁자를 바라볼 때에 변의 은혜가 생각되고, 그러할수록 성순이 가증하게 보여서 당장에 때려죽이기라도 하고 싶다. 여전히 아무 말이 없다가 변이 간 뒤에 성재는 분을 참지 못하여 다시 안으로 들어왔다. 들어와 본즉 성순은 여전히 엎더져 울고 모친도 성순을 때리기에 기가 진하여 성훈 부인이 가져온 베개를 베고 누워서 자는지 깨었는지 눈을 감았고, 쪼그라진 두 뺨에는 눈물 흐른 자국이 그냥 젖어 있으며, 어멈은 어찌할 줄을 모르고 눈물을 흘리며 한편 구석에 우두커니 서 있고, 성훈 부인은 성순의 등을 만지다가 성재가 들어오는 것을 보고 윗방으로 뛰어 올라간다. 양등(洋燈)에 비추어진 방 안은 폭풍이 지나간 뒤와 같이 고요하다. 성재도 들어오기는 들어왔으나 어찌할 바를 모르고 멍하니 서 있을 뿐. 만일 성재 부인이 친정 모친의 생신으로 친정에 가지 아니하였던들 좀 더 가내(家內)가 소요하였을 것이다.

성재는 떨리는 소리로,

"성순아."

하고 불렀다. 성순은 대답 아니 할 수가 없다고 생각하여 고개를 들고 바로 앉으며,

"네."

하였다.

"너도 네 죄를 알지?"

"무슨 죄요?"

하고 성순은 울어서 붉은 눈으로 성재를 보았다. 성순의 이 침착한 대답에 성재는 더욱 분이 나서,

"무슨 죄요? 그러면 잘한 줄 아느냐. 약혼한 처녀가 다른 사내와 밀통하고, 응, 너는 다만 간음죄만 범한 것이 아니다. 첫째, 네 지아비를 속였어. 처녀로 간음죄를 범한 것도 큰 죄지마는 지아비 있는 계집이 간음죄를 범한 것은 더 큰 죄다. 전일 같으면 당장 사형을 당할 큰 죄여! 그리고 둘째는 부모를 배반하였어. 너는 불효와 부정(不貞)의 양대 죄를 지은 계집이다. 비록 법률은 너를 죽이지 아니한다 하더라도 사회와 도덕이 너를 죽일 것이여! 응, 너는 벌써 이 세상에서 일생에 용서를 받지 못할 큰 죄인이다. 너는 네 몸을 망케 하고 우리 가성(家聲)을 더럽힌 대악인(大惡人)이다."

여기까지 와서 성재는 숨이 차서 말이 나오지 아니하리만큼 격노하여 부지불각에 두 주먹을 불끈 쥐고 두어 걸음 성순을 향하여 걸어 나왔다. 그러나 성순은 대답도 아니 하고 피하려고도 아니 하고 눈만 깜박깜박한다. 어멈이 얼른 일어나면서 성재의 곁으로 다가서며 만일을 경계할 뿐.

이때에 모친이 일어나며 엄정한 어조로,

"성순아, 가자, 나하고 가자."

"어델 가요?"

함은 성재의 말.

"가자, 어서 일어나거라. 아버지 산소에 가서 너와 나와 죽고 말자. 이년아, 글쎄 내가 무슨 면목으로 저승에 가서 아버지를 대한단 말이냐. 자, 가자, 가서 죽자."

하고 일어나서 성순의 손을 잡아당기며,

"일어나라면 일어나. 네 어미의 말은 아니 듣기로 작정이냐?"
하며 힘껏 성순을 잡아당긴다. 성순은 저항하려고도 하지 아니하고 모친의 손에 끌려 일어선다. 모친은 눈물도 간 데 없고 눈에는 독기가 보인다. 성재는 모친의 길을 막아서며,
"어머니!"

20의 2

모친은 한 팔로 성재를 떠밀고 한 팔로 성순을 앞세우면서,
"비켜라, 나는 오늘 저녁에 영감 무덤 앞에 가서 죽을란다. 내가 무슨 면목으로 이 세상에 살아 있단 말이냐. 자, 비켜!"
하고 발길로 문을 차고 성순의 등을 떠민다. 성순은 문밖에 나섰다. 성재는 모친의 앞을 막아서면서,
"어머니, 참으십시오! 가시기는 어데를 가서요."
"죽으러 가지!"
"참으십시오, 그게 무슨 말씀이오니까."
"그러면 이 꼴을 하고도 살란 말이냐. 이 낯을 들고 사람을 대하란 말이냐."
"기왕 그렇게 된 일을 어찌합니까. 글쎄, 이제 어데를 가서요, 이 밤에."
"죽으러 가는 사람이 밤낮을 가리겠니?"
"아이고 마님, 참으십시오!"

하고 어멈이 운다.

성재는 문을 닫고 모친을 떠밀어 방 안으로 들어오게 하였다. 그러나 모친은 성재의 간지(諫止)하는 말은 듣지 아니하고 다만 완력에 못 이기어 끌려 들어왔다.

"아니 놀 테냐?"

"글쎄, 참으셔요. 어머님께서 그렇게 하시면 저도 죽겠습니다. 그러면 집안이 왼통 망하지 아니합니까."

성재의 '저도 죽겠습니다.' 하는 말에 모친은 더 저항하지 못하고 아랫 목에 누웠다. 성재는,

"어멈, 가서 냉수 한 그릇 떠 오게."

하였다. 과연 모친의 입술은 열병 환자 모양으로 초조하였다. 성재는 모친의 고집을 알므로 아직도 안심이 되지 못하여 모친의 가슴을 쓸며,

"어머님께서 만일 돌아가시면 저도 따라 죽겠습니다. 그러니까, 저를 불쌍하게 알으시거든 그런 말씀은 아니 하서야 합니다."

모친은 성재가 권하는 대로 냉수를 한 모금 마시더니 도로 누우면서,

"에그, 맙시사, 이런 변괴(變怪)가 어데 있단 말이냐."

하고 이를 간다.

성재는 한 번 더,

"어머니, 참으십시오. 성순의 일은 제가 다 잘해놓을 것이니 어머니께서는 염려 놓으십시오."

하고 곁에 쭈그리고 앉은 어멈에게 잘 주의하라는 눈짓을 하고 일어서 밖으로 나간다.

성재는 캄캄하게 어두운 마당에 내려서며 고개를 둘러 성순을 찾았다.

그러나 없다. 성재는 "성순아!" 하고 두어 번 불렀다. 그래도 대답이 없다. 사랑문을 열어보았다. 거기도 없다. 대문은 반쯤 열리고 한길에는 인적이 고요하다. 성재는 안으로 뛰어 들어오며,

"성순이가 어데로 갔어요."

하였다. 이 말에 모친은 깜짝 놀라 눈을 떴으나 다시 눈을 감고 가만히 있었다. 어멈이 뛰어나오며,

"네? 작은아씨께서 어데 가셨어요?"

"마당에도 없고 사랑에도 없는데."

"어데 가셨을까."

하는 어멈을 가까이 불러서 성재는 귓속말로,

"잠시도 마님 곁을 떠나지 말게. 내가 돌아오기까지는 자지 말고 있게."

하고 사랑에 들어가 모자를 쓰고 어데로 나가고 만다.

성재는 창황(蒼慌)하게 계동 골목을 나서서 지나가는 인력거를 잡아타고 묘동 민의 집으로 갔다. 아마 민의 집에 갔을 듯하건마는, 민의 집에 갔다 하면 더욱 밉기는 하지마는, 그래도 성순이 행여나 민의 집에나 가 있기를 바랐다. 비록 중죄를 범한 음녀라 하더라도 그래도 동기라, 만일 수치를 못 이겨서 여자의 편심(偏心)으로 자살이나 아니 하였나 하는 것이 몹시 걱정이 되어 인력거부(人力車夫)더러 사오 차나 "빨리빨리."

하였다. 계동서 묘동까지가 사오십 리나 되는 듯하였다. 인력거가 동대문통 넓은 길로 달려갈 적에 성재는 지나가는 전차와 행인을 보기를 두려워하는 듯이 눈을 꼭 감았다. 무수한 사람들은 성재의 집 비극은 염두에도 아니 두고 제가끔 제 생각을 하면서 옆구리에 두 손을 넣고 빨리 달아

난다. 그러나 지금은 저렇게 무관언하던 군중들도 일조(一朝) 성재의 집 비극이 세상에 드러나는 날에는, 그네는 옳다구나 하고 제각기 무책임한 비평과 조매(嘲罵)를 발하며 웃고 즐길 것이다.

성재는 대문에 이르러 큰 소리로,

"이리 오너라."

하였다. 놀라 뛰어나오는 민을 보고 성재는 다른 인사 할 새 없이,

"성순이 여기 아니 왔어요?"

"아니요."

하고 민도 놀라면서,

"들어오시지요."

"들어갈 새 없어요. 성순이가 지금 어데로 나갔는데, 여기 왔는가 하고."

하며 실망한 듯이 발을 들었다 놓았다 한다. 민은 무슨 말을 할는지 모르고 속으로 '큰 비극이 일어났고나.' 하면서 성재를 물끄러미 볼 뿐이었다.

20의 3

성재는 실망하였다. 성순이가 어데로 갔을까. 만일 민한테도 아니 왔다 하면 정말 어데 죽으러나 아니 갔을까. 경찰서에 가서 보호 청원을 하는 것이 적당하지 아니할까 하고 벽돌로 지은 종로경찰서를 얼른 생각하여보았다. 그러나 말없이 섰는 민의 근심도 결코 성재에게 지지 아니하

였다. 그래서 부끄러움과 수줍음을 참고,

"그런데 성순 씨가 어데로 가셨어요?"

하고 물을 필요도 없는 말을 물었다. 성재는,

"집에 큰 비극이 일어났소. 어머니께서는 돌아가신다고 그러시고 성
순은 어데로 달아나고……. 정말 여기 아니 왔소?"

민은 좀 성을 내며,

"아니 왔어요!"

하였다. 성재는 무슨 말을 할 듯 할 듯하다가 인사도 없이 인력거를 타고
어두운 묘동 골목으로 내려간다. 민은 방으로 들어와 책상에 기대어 앉
았다. 가만히 성재의 집에 일어났단 풍파를 상상하고 성순이 혼자서 어
데로 도망하는 양을 상상하였다. 성순이 헐떡거리며 자기 방으로 들어오
는 양도 보이고, 또 어데서 자살을 하여서 경관과 군중 사이에 피 묻은 성
순의 주검이 누워 있는 양도 보이며, 사복순사(私服巡査)가 자기의 방에
난입하여 자기를 힐문하는 양도 보이고, 자기가 무수한 군중 속에 섞여
서 무정한 타매(唾罵)를 받는 양도 보인다. 그러고는 자기와 성순이 한정
없이 멀리로 달아나는 양과, 어떤 산중이나 도중(島中)에서 둔세(遁世)
의 적막한 생활을 보내는 양도 보인다.

그러나 이러한 생각을 하고 있을 때가 아니다. 성순의 생명은 지금 풍
전에 등화니, 성순이 비록 아무리 의지가 견고하다 하더라도 일시의 비
분과 수치에 어떠한 일을 저지를는지도 모르는 것이니, 이 경우에 있어
서 진실로 책임을 가지고 그를 구원할 자는 민 자기밖에 없다. 민은 벌떡
일어났다. 당장 뛰어나가서 성순의 뒤를 따르리라. 그러나 성순이 어데
로 갔는지 방향도 알 수 없으니 어찌하랴. 혹 자기에게로 올는지 모르며,

만일 왔다가 자기가 없는 것을 보면 그때야말로 성순은 갈 바를 모를 것이다. 이렇게 생각하고 민은 도로 책상에 기대어 앉아서 가만히 귀를 기울이고 대문에 누가 들어오는 것만 기다렸다.

십 분이나 기다렸다. 벌써 아홉 시 사십 분!

열 시가 되었다.

민은 검은 소프트모를 꾹 눌러쓰고 목도리로 코까지를 싸 두르고 대문 밖으로 나서서 어데로 간다는 목적도 없이 전차 선로를 향하여 나갔다. 전차도 이제는 드물게 다니고 전주에 달린 등불만 반짝반짝하며 그리 세지 아니한 북풍에 전선이 붕붕 소리를 낼 뿐이다. 민은 동(東) 할까 서(西) 할까 잠깐 주저하다가 종로를 향하고 건보(健步)로 올라갔다. 민의 머리는 혼란하여 무수한 생각이 있는 듯하면서도 기실 아무 생각도 없었다. 민은 가다 가다 좁은 골목을 물끄러미 들여다보았고, 그 골목의 컴컴한 그늘에는 성순이 혼자 방향을 몰라서 방황하는 것이 보이는 듯하였다. 그래서 소리를 못 질러도 두어 번 큰기침을 하기도 하였다.

이 모양으로 민은 얼마를 가다가 자기가 지금 어데를 목적 삼고 가는가 하고 우뚝 섰다. 어떤 자동차 하나가 질풍같이 몰아오는 것을 볼 때에도 민은 얼른 그 속을 들여다보았다. 그러다가, '옳다, 위선 성재의 집으로 가볼 것이다.' 하고 너무 지나온 것을 후회하면서 교동(校洞) 골목으로 올라간다. 장국밥집 처마 끝에서 고깃국 냄새가 섞인 김이 나오며 웃고 떠드는 일단의 사람과 지나요리점(支那料理店)의 이층도 민은 들여다보았다.

민은 성재의 집 사랑 창밖에 이르러서 귀를 기울였으나 인적이 없고, 대문 밖에 가서 귀를 기울였으나 인적이 없다. 민은 석상 모양으로 한참

이나 그렇게 섰다가,

"이리 오너라."

하고 불렀다. 그때에야 사람의 소리가 나고, 문 열리는 소리가 나더니 어멈이 가만히 대문을 연다. 민은 소리를 낮추어,

"계신가?"

하였다.

"안 계셔요. 아까 나갔다가 들어오셨다가, 또 나가셨어요!"

민은 실망하였다.

"성순 씨는 아즉 아니 들어오셨나?"

"아니요."

"마님께서는 어떠하신가?"

"지금 누워서 울기만 하셔요."

민은 그날 일어난 풍파에 관한 말을 물으려 하다가, 그것도 부질없는 일이라 하여 발을 돌려 오던 길로 다시 걸어 내려온다. 무슨 생각이 나는지 가다가는 서고 가다가는 서고 한다.

21의 1

성순은 그 길로 사랑에 들어갔다가 탁자 위에 놓인 유산병(硫酸瓶)을 들고 뛰어나왔다. 성순은 아무 정신이 없고, 유산을 마시고 죽어버리는 것이 가장 편한 해결 방법인 것같이 생각하였다. 이 몸 하나가 있기 때문에 여러 가지 문제가 일어나는 것이니, 이 몸만 소멸하여버리면 모든 문제도 따라서 소멸될 것이라고 생각하였다. 장래의 모든 희망과 인생에 대한 모든 의무의 관념도 이 큰 결심 앞에는 아무 권위도 없었다. 성순은 뒤도 돌아보지 아니하고 중앙학교 문을 들어서서 사방을 휘휘 둘러보며 운동장을 지나 신축된 교사 모퉁이를 돌아 성문과 같이 된 돌문을 나섰다. 거기를 나서면 울울한 송림. 여기저기 희끗희끗한 눈 뭉텅이도 사람이나 아닌가 하고 놀라면서 나무와 나무 사이로 뛰어 내려갔다. 얼마를 가다가 성순은 늙은 소나무에 몸을 기대고 우뚝 섰다. 성순의 가슴은 마치 참새의 가슴 모양으로 자주 들먹거렸다.

송림은 암흑 속에 잠겼다. 나무 끝이 바람을 맞아 우수수 우는 소리는 마치 하늘 위에서 나는 소리와 같았고, 송지(松脂) 냄새가 황토 냄새를 합하여 성순의 코를 찔렀다. 이 속에 오기만 하여도 벌써 죽음의 나라에 들어온 것 같았다.

여기는 이미 성순을 책망하는 자도 없고 조롱하는 자도 없고, 죽는다고 하여도 붙드는 자도 없을 것이며, 죽었다고 슬퍼할 자도 없을 것이다. 자연은 사람이 성순이라고 더 사랑할 리가 없다. 저 소나무들이나, 바위나 풀이나 다름없이, 성순도 자연의 가슴에 난 털 한 개에 불과하다. 성순의 목숨이 끊어진다 하더라도 자연에게는 저 소나무 가지 하나가 꺾어지는 것과 다름이 없을 것이다.

성순은 겨우 정신을 차린 듯이 약병을 들어서 눈앞에 대었다. 그것은 성재가 날마다 하루에도 몇 번씩 들어서는 시험관에 쏟던 약병이다. 성순은 이윽히 그것을 보다가 쩔레쩔레 흔들어보았다. 그 속에서는 확실히 액체의 유동하는 소리가 들렸다. 성순은 그 소리를 들을 때에 무의식적으로 오싹 소름이 끼쳤다. 그 소리 나는 액체가 한번 목으로 넘어가면, 아니 입에서부터 성순의 살을 태우기 시작하여 몇십 분 내에 성순의 생명의 뿌리까지 태워버리고 말 것이다.

'내 몸이 다 타서 없어져!' 하고 성순은 생각하였다. 그러나 자기의 골육이 온통 다 타버리고 만다 하더라도 무엇이나 타지지 않고 남을 것이 있을 것 같았다. 그것은 성순의 생각에는 자기의 사랑이었다. 그렇게 미묘한 것이, 그렇게 신기한 것이 타버리고 말리라고는 생각할 수가 없었다. 자기의 육체가 소멸되고 만 뒤에 그 사랑만이 뛰어나서 영원히 영원히 살아 있을 것 같았다.

성순은 한 번 더 약병을 흔들어보았다. 여전히 액체의 동하는 소리가 났다. 그리고 한번 좌우를 둘러보았다. 모두 침묵하고 냉랭한 속에 자기의 조그마한 생명이 홀로 미미한 소리를 내고 따뜻한 기운을 띠었으며, 만물이 자기를 협박하여 자기네와 같이 침묵하게, 냉랭하게 되기를 요구하는 것 같았다. 큰 바람이 지나가는지 마른 송엽 떨어지는 소리가 우수수 들리며, 성순이 기댄 소나무의 몸뚱이가 큰 배 모양으로 흔들흔들 움직인다. 성순도 그것을 따라 움직인다.

성순의 눈에서는 부지불각에 눈물이 쭉 흐른다. 아무 방해도 아니 받는 눈물은 제 마음대로, 혹은 저고리 자락에, 혹은 치맛자락에 떨어졌다.

성순의 눈앞에는 모친과 성재와 민과 변과 불쌍한 성훈 부인과 어멈의 얼굴이 환등에 비친 모양으로 쑥 떠 나온다. 그네의 얼굴은 모두 다 피곤한 듯하다. 실망한 듯하다. 웃지도 아니하거니와 울지도 아니하고 마치 정신없는 사람들과 같이, 졸린 사람들과 같이 멍멍하다. 그들은 자기에게 대하여 특별한 주의도 아니 하는 모양으로 무심히 스르르 지나가고 만다.

그 뒤에는 돌아간 부친의 얼굴이 쑥 떠 나온다. 그 얼굴은 다른 모든 얼굴보다 더욱 분명하게 비창(悲愴)하게 보인다. 마치 비분을 못 이기어서 피 선 눈을 부릅뜬 것 같다. 그 얼굴이 성순의 면전에 왔다 갔다 할 때에 성순은 한 번 몸을 떨었다. 그러고,

"아버지, 저도 아버지를 따라가요."

할 때에는 벌써 그 얼굴은 없어졌다.

다음에 민의 얼굴이 한 번 다시 떠 나온다. 슬픈 듯한 얼굴이다. 멀었다 가까웠다, 작았다 컸다 한다. 그러나 말도 없고 웃지도 아니하고 졸리는 듯이, 모든 것에 다 염증이 나는 듯이 눈을 반쯤 감았다. 성순은 허공에 팔을 내밀어 민을 안으려 하였다.

21의 2

성순에게는 이제는 모친보다도 성재보다도 민이 가장 가깝다. 자기가 죽더라도 모친은 슬퍼할 뿐이요 성재는 세상에 대하여 부끄러워할 뿐이지마는, 불쌍한 생각과 아까운 생각도 있겠지마는, 자기의 반신(半身)이

죽은 듯이 슬퍼하고 낙망할 자는 민이다. 진실로 성순은 이미 사회의 모든 관계에서 떠나서 오직 민과만 관계가 있는 것이다. 인류를 볼 때에도 민을 통하여, 우주를 볼 때에도 민을 통하여, 사생(死生)을 볼 때에도 민을 통하여 본다. "웬셈인지 이제는 당신과 저를 분간할 수가 없어요." 한 성순의 서간 중 일 절(節)은 그의 진정을 토로한 것이다. 그러면 성순은 자기를 죽임은 민을, 적더라도 민의 일부분을 죽임인 줄을 알 것이다. 자기가 죽은 뒤에 민이 얼마나 슬퍼하고 낙망할 것을 알 것이다.

성순의 눈앞에 근심하는 듯한 민의 얼굴이 떠 나올 때에 성순은 손에 든 약병을 감추지 아니치 못하였다. 그리고 혼잣말로,

"용서하십시오. 당신을 외롭게 찬 세상에 두고 나만 편안한 나라로 돌아가려 하는 것이 죄인 줄 아옵니다. 그러나 모친의 슬퍼하심과 형의 책망하심은 제가 견디기에는 너무 무거웁니다. 앞날에 우리의 전도에 다닥뜨릴 비난과 공격은 제가 견디기에는 너무 무서웁니다. 그러니까 용서하십시오. 저는 찬 세상에 당신을 혼자 두고 먼저 달아납니다.

이것이 무론 슬픈 일이올시다. 부모를 버리고, 형제와, 나라와, 꽃 같은 청춘을 버리고, 다른 모든 것보다도 사랑을 버리고 가는 것이.

아아, 사랑! 그 사랑을 어떻게 버리고 가리까. 사랑이란 그렇게 버려지기 쉬운 것이오리까. 내 육신의 생명이 끊어지면 곧 내 가슴에 불길같이 타던 사랑도 식어가는 육체와 같이 식어버리고, 스러지는 조직과 같이 스러질 것이오리까. 그럴 수가 있겠습니까. 만일 그렇다 하면 이 생명이 스러지는 것보다 이 사랑이 스러짐이 아픕니다.

내 육체가 죽으면 온전한 사랑만이 뛰어나서 당신의 품속에 들어갈 것이 아니겠습니까. 아모 저항도, 아모 방해도 받지 아니하고. 만일 그렇게

된다 하면 차라리 이 육체를 죽이는 것이 기쁜 일이 아니겠습니까.

……아아, 그러나 사후의 일을 누가 아나, 누가 아나. 만일 이 몸과 같이 사랑도 스러진다 하면 그것이 무서운 사실이 아닙니까……. 하느님! 어떤 것이 참입니까, 가르쳐주십시오.

왜 그렇게 말씀도 아니 하시고, 물끄러미 보기만 하십니까. 왜 나를 안아주지도 아니하시고, 키스도 아니 하십니까. 왜 그렇게 수십 보의 거리를 두고 나를 싸고 빙빙 돌기만 하십니까.

어서 죽어라! 하십시오. 제가 이 약을 먹는 것을 무서워함은 아니올시다마는, 이 찬 세상에 당신을 혼자 두고 어떻게 가겠습니까.

아아, 이것이 당신을 위해서 죽는 것이라 하면 얼마나 기쁘겠습니까. 저는 제 슬픔이 무서워서 죽으려 함을 부끄러워하옵니다. 저를 위해서 죽으려 함을 당신께 대하여 미안해하옵니다. 아아, 이것이 당신을 위해서 죽는 것이면, 가령 당신이 병이 중할 때에 내 생명을 들여서 당신을 살리기 위하여 대신 죽는 것이라 하면 얼마나 기쁘겠습니까.

그러나 제가 산다고 해도 당신께 비방과 고통을 드릴 뿐이겠지요? 세상은 당신을 핍박할 수 있는 대로 핍박하겠지요? 당신의 평온할 수 있는 일생은 도리어 저를 위하여 불행한 일생이 되겠지요. 제가 사랑하여 드리는 데서 받으시는 기쁨이 족히 그 불행과 상쇄하고 남음이 있겠습니까. 어떻게, 어떻게. 제 사랑이 무엇이기로, 저 같은 것의 사랑이 무슨 힘이 있고 무슨 대가가 있겠기로. 아아, 위대한 당신에게 조그마한 제 사랑이 무엇이겠습니까. 제가 제 몸과 마음을 다 바친들 그것이 무엇이겠습니까.

그래요, 그래요! 제가 살아 있음이 제게도 불행이요 당신께도 불행이외다!

아아, 당신은 왜 저를 물끄러미 보시기만 하십니까. 죽어라! 해주십시오. 죽어라! 해주십시오.

저는 지금 죽어도 불행은 아니지요, 저는 행복되지요. 저는 살아보았고 사랑해보았으니까. 이제 더 산다 하더라도 다만 그것을 연장해갈 뿐이겠지요. 네, 저는 사회에 대하야 다하지 아니하면 아니 될 직책이 있습니다. 그것을 피하는 것은 죄겠지요. 그러나 어찌합니까.

아아, 여러분! 저라는 생명이 이 세상에 아니 왔던 줄로 단념해주십시오! 그리고 죄가 있거든 책망해주시되 불쌍하거든 동정해주십시오."

21의 3

"저는 갑니다. 제가 간 뒤에 어머님께서는 내내 무양(無恙)하시고, 오빠께서는 아모리 하여서라도 실험에 성공해주십시오. 그리고 온 집안이 속히 제가 죽은 슬픔을 잊고 행복되게 되어주십시오. 그리고 우리나라가 문명하고 번창하여주십시오. 정의와 자유와 행복과 사랑의 나라가 되게 하여주십시오.

오오, 당신께서는 아즉도 거기 계십니까. 부디 행복되게, 건강하게 오래 살으시며 일 많이 하여주십시오. 가슴에 품은 이상을 달하게 하여주십시오. 아아 여러분, 안녕히 계십시오."

성순은 눈을 떠서 암흑한 사방을 둘러보다가 몸을 푸르르 떨며 눈물을 흘린다. 그리하고 확실히 결심한 듯이 유산병을 들어서 한 번 다시 흔들어보고 코르크 병마개를 뽑자마자 입에다 대고 서너 모금 들이마셨다. 그러고는 부지불각에 약병을 땅에 떨어뜨렸다. 그러고는 입안과 목에 격렬한 아픔을 깨닫고 가슴 속과 배 속도 차차 찢어지는 듯이 아픔을 깨달았다. 성순은 누울 자리를 찾을 양으로 다리를 옮겨놓으려 하였으나 그만 그 자리에 거꾸러졌다. 성순은 겨우 몸을 돌려 나무뿌리를 베개로 삼고 치마로 몸을 잘 가리고 반듯이 하늘을 향하여 누웠다. 늙은 소나무 사이로 심청한 밤하늘이 보이고 거기는 반짝반짝하는 별이 말없이 자기를 내려다본다.

'내가 지금 저 별 있는 데로 가나?' 하고 빙긋 웃는 성순의 눈에서는 갑자기 눈물이 쏟아져서 별이 아니 보이게 된다. 성순은 눈을 감았다. 입은 벌릴 수가 없고 가슴 속과 배 속은 불이 붙는 듯이 아프다. 성순은 그래도 꽉 참고 몸을 움직이지 아니하여서 죽은 뒤에라도 자기의 방정한 자세를 변치 아니하리라 하였다. 불쌍한 최후의 노력!

성순의 눈에는 또 민이 떠 나온다. 성순은 두 팔을 벌려서 안는 모양을 하였다. 그러나 안기는 것은 자기의 가슴뿐이었다.

'저를 사랑하여주십시오. 당신의 따뜻한 가슴속에 제가 영원히 살게 하여주십시오. 제 몸은 당신의 품에 들기를 방해하거니와 제 영(靈)이 당신의 품에 드는 것이야 자유가 아니오니까. 가끔 당신은 일하시던 손을 쉬고 마음으로 "성순아." 하고 불러주십시오. 그리고 당신 눈앞에 제 모양을 한 번 그려주십시오. 그리고 또 산보 삼아 제 무덤을 돌아보아주십시오. 세상에는 죄인의 무덤이나, 당신께는 불쌍한, 불쌍한 아내의 무덤이 아닙니까.

아니야요. 제 무덤은 당신의 가슴속이야요. 이 뜨거운 사랑을 품고 차디찬 땅의 가슴에 어떻게 들어가 있습니까. 네, 당신의 가슴이 제 무덤이 야요. 무덤이 아니라 제 집이야요.

차차 고통이 더하여갑니다. 아마 제 위와 식도는 이미 재가 되었겠 지요. 제 피는 지금 비등합니다. 제 전신이 지금 불에 타는 듯이 더웁니 다. 그리고 전신이 바늘로 쑤시는 듯이 아픕니다. 이것이 마땅합니다. 저는 사랑으로 타서 죽읍니다. 저는 제 몸이 불길이 되어 올라가기를 바 랍니다.'

성재는 열한 시가 지나서 실망하고 집에 돌아와 모친의 머리맡에 말없 이 앉았다가 문득 대문 밖에서 외치는 소리가 들렸다. 문을 열러 나갔던 어멈은 어떤 소년 하나를 데리고 들어왔다. 성재는 자연히 가슴이 두근 두근하면서 소년을 향하여,

"왜 왔니?"

하였다. 소년이 숨이 차서,

"속히 좀 나오셔요!"

하는 말에 성재는 다 알아차린 듯이 따라 나왔다. 모친도 고개를 들며,

"무슨 일이냐?"

하고 놀랐으나, 소년은 아무 대답도 없이 성재의 뒤를 따라서 뛰어나 갔다.

성재는 소년이 인도하는 대로 송림을 향하고 간다. 성재가 송림 속에 등불이 있음을 볼 때에는 만사를 다 깨달았다. 성재는 성순을 안아 일으 키며 눈물을 섞어,

"성순아, 성순아!"

하고 불렀다. 성순은 가만히 눈을 떠서 성재를 보고 무슨 말을 하려 하는 기색을 보였으나, 설(舌)과 구개(口蓋)가 미란(糜爛)하여 발음이 불분명함을 자각하고 잠잠하였다. 성재는 성순을 안고 무거운 줄도 모르고 집으로 내려왔다. 성순이 안방 아랫목에 누울 때에는 모친을 위시하여 일동이 일제히 통곡하였다. 성순은 차마 그것을 보지 못해하는 듯이 고개를 돌렸다. 성재는 소년이 들어다가 놓고 간 유산병을 보이면서,

"이것을 마셨어요. 한 보시기나 마셨어요. 이제 한 시간을 못 지낼 것이외다."

하고 호흡이 곤란하여 자주 들먹거리는 성순의 가슴을 내리쓸면서 운다. 모친은 성순의 허리에 낯을 비비며 흑흑 느낄 뿐이요 아무 말도 없다가 겨우 고개를 들어,

"애, 성순아!"

하고 길게 부른다.

21의 4

"애 성순아, 이게 웬일이냐!"

할 때에 성순은 눈물 흐르는 눈을 떠서 모친을 보며 분명치 아니한 어조로,

"어머니, 불효한 자식을 용서하십시오!"

하고는 더 말을 못 한다.

"글쎄, 약을 왜 먹었단 말이냐. 내가 잘못했다. 내가 너를 죽이는고

나……. 애 성재야, 무슨 약 없겠니? 얼른 먹이려무나."

"쓸데없어요. 벌써 늦었어요."

"성순아! 정신을 차려라!"

"오빠, 용서하셔요!"

"오냐, 내가 잘못했다. 나를 용서해다오. 네 속을 모르는 것도 아니언마는 그랬고나."

성순은 성재를 보던 눈으로 모친을 보며,

"어머니, 용서해주셔요!"

하고 절을 하는 듯이 약간 고개를 숙인다.

"오냐, 어서 나아서 일어나기만 해다오. 다 네 마음대로 하여줄 것이니."

성순은 손을 들어서 모친께 드리면서,

"어머니!"

"무슨 말이나 해라!"

"어머니! 저는 아즉 어머님 딸입지요?"

"그렇지, 내 딸이지."

"저는 아즉 처녀야요. 마음은 허하였지마는 몸은 허하지 아니하였어요. 저는 아즉……."

모친과 성재는 놀랐다. 꼭 민과 관계가 있는 줄만 알았었다.

성순은 고민을 못 참는 듯이 이를 두어 번 갈더니 붉게 상기한 눈을 반쯤 뜨면서,

"어머니! 오빠!"

하고는 말을 잇지 못하고 운다.

232

성재는 손수 성순의 눈물을 씻어주면서,

"무슨 말이나 해라, 네 원대로 해주마."

"어머니, 오빠!"

"오냐, 말을 해라. 아이구, 이를 어쩐단 말이냐."

하고 모친은 두 주먹으로 가슴을 두드린다.

"어머니! 울지 말으셔요!"

"하느님! 내 목숨을 대신 가져가시고 내 딸을 살려줍소서……. 아이구, 이게 웬일이냐."

성재가 모친의 무릎을 흔들면서,

"어머니! 잠깐 참읍시오! 이 애 목숨이 이제 한 시간이 못 남았으니 제 원을 들읍시다. 마지막 소원을 들어줍시다."

하고 성순을 향하여,

"자, 말을 해라."

할 때에 성순은 입에서 걸쭉한 핏덩이를 두어 번 토한다. 성재는 얼른 손으로 그것을 받았다. 모친과 어멈은 그것을 보고 소리를 내어 울고 성훈 부인도 치맛자락으로 낯을 가리고 운다. 얼마 동안 죽은 듯이 눈을 감고 있다가 성순이 다시,

"어머니! 제가 이렇게 되었다고 저 사람은 원망하지 말아주십시오!"

하고 언어와 호흡이 차차 곤란하여가면서,

"저 사람에게는 아모 허물이 없어요. 죄가 있으면 제 죄야요. 부디 저 사람은 원망하지 말아주십시오."

하고 말끝이 눈물에 스러진다.

"원망 아니 한다."

하고 모친과 성재는 일제히 말하였다.

"원망 아니 하셔요?"

하고 눈물이 흐르는 성순의 얼굴에는 만족과 감사의 웃음이 뜬다. 그것을 볼 때에 보는 자는 더욱 슬펐다.

"무엇이나 네 말대로 하마."

하고 성재는 말없이 문을 차고 뛰어나간다. 모친은,

"그밖에 무엇이나 할 말이 없느냐? ……아이구, 내 딸아, 왜 약을 먹었단 말이냐."

"어머니!"

"무슨 말이나 해라!"

"제가 죽기에 어머니 사랑을 또 받게 되었지요. 제가 살아 있으면 어머니께서는 죽일 년이라고 미워하셨겠지요. 이렇게 어머니 사랑 속에서 죽는 것이 오래 살아 있는 것보다 낫지 아니합니까."

"성순아, 왜 그런 말을 하느냐. 하느님 맙시사, 저를 대신 죽이시고 내 딸을 살려줍소사."

하면서 숟가락으로 냉수를 떠서 성순의 입에 흘려 넣는다.

"어머니!"

하고 성순은,

"어머니! 저 사람을 원망하지 말으셔요! 네, 미워하지 말으셔요! 저를 용서해주시는 것과 같이 용서해주셔요!"

"오냐, 알아들었다. 그렇게 해주지. 어서 나아서 일어나거라, 설마 죽으랴."

"어머니, 제 목숨은 이제 몇십 분 안 남았어요! 그러나 한 가지……."

하고 또 흑갈색 핏덩어리를 토한다. 이번에는 성훈 부인이 성순을 안고 어멈이 손으로 피를 받았다. 어멈은,

"아씨, 이게 웬일이셔요. 자, 물, 물 잡숩시오."

"물 먹으면 더 괴로워!"

하고 성순은 눈을 감고 숨이 막힌다. 삼 인은 가슴을 쓸고 인중을 쓸고 몸을 흔들어 겨우 다시 숨결을 돌렸다.

21의 5

성재가 들어온다. 그 뒤에 또 들어오는 사람이 있었으니 그것은 민이다. 민의 얼굴은 푸르게 되었다. 민은 아까 자기 집으로 돌아가서 성순이 아니 왔더라는 말을 듣고 도로 성재의 집을 향하여 오다가 중간에서 성재를 만나서 "마침 잘 만났소. 급한 일이 있으니 속히 내 집으로 갑시다." 하는 성재의 말에 깜짝 놀라기는 하였으나 이러한 줄은 몰랐었다. 성순이 이불을 가슴까지나 덮고 정신없이 누운 것과 모친이 성순의 곁에 울며 쓰러진 것과 어멈이 눈이 붉게 된 것을 볼 때에 민은 전신의 피가 일시에 동결함을 깨달았다.

실내의 공기는 연(鉛)과 같이 무거워서 그 속에 있는 사람들의 가슴으로 천 근의 무게로 내리누르는 듯하고, 천정에는 벌써 죽음의 그늘이 서리어 있는 듯하였다. 방 한복판에 달린 양등불의 춤을 추는 불길도 무서운 조짐으로 사람을 위협하는 것 같아서 민은 소름이 쪽 끼침을 깨달았다.

성재는 성순의 곁에 쭈그리고 앉아서 손으로 성순의 턱을 흔들면서,

"성순아, 민 군이 오셨다."

하는 그 소리는 떨렸다.

성순은 전기를 맞은 듯이 몸을 떨며 눈을 방싯 뜬다. 그리고 그 기운 없는 눈으로 민을 찾는다. 민은 곧 뛰어 들어가 성순을 껴안고 싶었으나 성재의 말을 기다리는 듯이 가만히 섰다. 성재는 성순에게 아직도 정신이 있는 것을 다행히 여기면서 일어나 민에게 자기의 앉았던 자리를 사양하고 자기는 민의 등 뒤에 선다. 민은 앉으며 성순의 눈을 보았다. 말없이 이윽히 보는 두 사람의 눈에는 일시에 눈물이 솟아올랐다. 민은 성재를 돌아보면서 그제야,

"무슨 약을 먹었어요?"

하고 물었다. 아까 길에서는 아무 말도 물어보지 못하였고.

"유산을 먹었어요!"

하고 성재도 성순의 눈을 보고 운다.

"유산!"

하고 민이 다시 성순의 얼굴을 보며,

"왜 유산을 잡수셨습니까? 왜 그런 생각을 내셨습니까?"

그러나 성순은 말이 없고 전신에 한 번 경련이 일어나며 눈을 감는다. 성재는 그것을 보고 민의 앞으로 뛰어나오면서,

"민 군! 성순을 좀 안아줍시오. 이제 얼마가 안 남았소, 얼마가 안 남았소!"

하고 "성순아!"를 연호한다. 모친도 새로 울기를 시작하고 성순의 가슴에 매어달린다. 민은 팔을 성순의 목으로 돌려 가만히 그를 일으켜 자기의 가슴에 안았다. 성재는 성순의 수족을 만져보고 이미 거기는 맥이 끊

어졌음을 고하였다.

윗방에서 혼자 울던 성훈의 부인도 뛰어 내려와 성순의 다리를 만진다. 각 사람은 구태여 가려는 성순의 영혼을 잠시라도 오래 머물게 할 양으로 울음과 소리로 외쳐 부른다. 성순의 가슴에 마주 잡힌 민의 두 손은 불불 떨린다. 성순의 머리는 민의 왼편 어깨에 기대어지고 민의 해쓱한 뺨은 성순의 찬 땀이 흐르는 이마에 올려놓았다.

성재는 죽은 빛이 된 성순의 손을 쳐들어보면서,

"성순아, 잠깐만 정신을 차려라."

하고 손에서 팔까지 올려 주물렀으나 대답이 없으매 또,

"성순아, 잠깐만……."

할 때에 성순은 눈을 떴다.

"민 군이 오신 줄 아느냐?"

성순은 두어 번 고개를 끄덕끄덕한다.

"민 군이 어데 계신지 아니?"

성순은 가만히 눈을 들어 민을 보다가 민의 눈물이 자기의 이마에 떨어질 때에 다시 눈을 감는다. 성재는,

"성순아, 용서하여라. 너는…… 너는……."

하다가 곁에 울어 쓰러진 모친의 등을 흔들면서,

"어머니, 어머니, 이 애 생전에 어머니 입으로 네 뜻대로 하여준다 해주십시오."

모친은 겨우 고개를 들어,

"성순아, 네 뜻대로 하여주마. 네 뜻대로 하여줄 것이니 살아만 다고."

하고 도로 쓰러진다.

성재는 성순의 손과 민의 손을 마주 잡히면서,

"민 군! 용서하시오! 내 누이 생전에 내 누이를 아내라고 불러주시오! 한 번만이라도 좋으니 불러주시오."

하고 성순을 흔들며,

"성순아! 정신을 차리느냐, 잠깐만 정신을 차려라! 성순아!"

성순은 또 한 번 눈을 뜨며,

"네!"

하고 분명치 못한 음성으로,

"자, 민 군! 이제! 이제! 아내라고 불러줍시오."

민은 고개를 들어 정면으로 성순을 보며,

"성순 씨! 저는 영원히 성순 씨를 가장 사랑하는 아내라고 부릅니다."

성순의 눈에서는 새 눈물이 흐른다.

21의 6

온 방 안의 사랑과 동정은 성순에게로 모였다. 이제야 누가 성순을 미워하랴. 같이 아버지의 무덤 앞에 가서 죽자고 하던 모친까지도 아무리하여서라도 성순의 생명을 일 분이라도 늘리고자 한다. 아아, 죽음이라는 큰 사실이 여러 사람의 불화를 풀고 따뜻한 사랑의 융합 속에 그들을 뭉쳤다.

미움과 질욕 속에 살아가야 할 성순의 일생은 따뜻한 사랑 속에서 죽게 되었다. 성순도 아마 만족하였겠지. 모친과 성재의 사랑을 회복하고 민의 품에 안겨서 '너는 내 아내'라는 말을 듣고 괴로운 세상을 떠나려 하는 성순의 가슴에는 아마 기쁨도 있었겠지. 그러나 양양한 장래를 가진 꽃봉오리가 실컷 피어보지도 못하고 때아닌 광풍에 날려버리는 것을 무심하게 보내는 사람도 눈물이 지거든, 하물며 떨어지는 자기에게야 왜 애통한 생각이 없으랴.

그뿐인가. 사랑하는 사람을 뒤에 남겨두고 저만 혼자 어덴지 알지 못하는, 한 번 가면 돌아오지도 못하는, 정답던 모양을 다시 차려서 사랑하는 눈에 다시 보일 수도 없고 그리운 언어를 다시 발하여 사랑하는 귀에 다시 들릴 수도 없는, 그러한 나라로 떠나가는 정이 얼마나 하랴.

옛말이 옳다 하면 지금 성순의 곁에는 염라국의 사자가 지켜 서서 어서 행장을 수습하여 길 떠나기를 재촉할 것이다. 그가 아니 가려고 해도 아니 가지 못하고, 분초를 지체하려고 하여도 지체할 수도 없다. 그를 아끼는 사람들이 그의 몸을 안고 그의 손발을 꼭 쥐고 아니 놓으리라 하되, 어느덧 그의 영(靈)은 소리도 없이 무궁한 먼 나라로 달아나고 싸늘하게 식은 껍데기가 남을 뿐이다. 그렇게 깨끗하고 사랑스럽던 영을 담았던 몸뚱이도 그로부터는 아니 썩을 수가 없고, 땅에 아니 묻을 수가 없고, 그렇게 미묘하고 미려하던 신체의 조직이 컴컴한 보기 싫은 빛이 되어 구린내를 아니 발할 수가 없고, 마침내 풀뿌리를 배불리는 흙이 아니 될 수가 없다. 그를 사랑하는 자가 아무리 그의 무덤을 꽃과 대리석으로 꾸민다 한들 그에게 무슨 유익이 있으며, 아무리 그를 애석(愛惜)하는 혈루로 그의 무덤을 적신다 한들 그에게 무슨 유익이 있으랴. 그래도 미련한 사람들은 무덤에 놓아주기를 위하여 향기로운 꽃가지를 생전에 아끼고, 관

위에 뿌려주기 위하여 동정의 눈물을 생전에 아긴다.

성순의 사지는 차차 식어 올라온다. 성순의 호흡은 차차 단촉(短促)하여간다. 그러하면서도 성순의 의식은 아직도 명료하다. 그는 그의 사지가 식어 올라오는 줄을 알고, 그의 지금 명료하던 의식이 차차 몽롱하여질 것을 안다. 그는 자기의 손이 민의 손을 잡은 줄을 알고, 자기의 얼마 아니 남은 체온이 여러 겹의 장애를 관철하여 민의 슬퍼하는 체온과 서로 화(和)하는 줄을 안다. 그러하는 동시에 그는 얼마 아니 해서 자기의 의식이 몽롱하여지면 자기의 손이 민의 손 속에 있는 줄도 모를 것이요, 자기의 아직 뛰는 가슴이 민의 가슴에 안긴 줄도 모를 것임을 잘 안다. 그래서 성순은 몇 분인지 몇 초인지 알 수 없는 자기의 생명의 따뜻함이 있는 동안에 느낄 수 있는 대로 인생의 맛을 느끼려 한다.

너희는 민의 손을 잡은 성순의 손가락이 떨리는 것을 보느냐. 그것은 남은 힘을 다하여 한 번 더 힘껏 쥐어보려 함이다. 너희는 기운 없이 내리감긴 성순의 눈꺼풀이 움직움직하는 것을 보느냐. 그것은 눈의 동자가 물건을 비출 수 있는 동안에 한 번 더 사랑하는 사람들의 얼굴을 보려 함이다. 사람들아, 울지만 말고 무엇이나 기쁜 말을, 위로되는 말을 될 수 있는 대로 많이 하여주어라. 그의 귀가 아직 성음(聲音)을 분변할 능력이 남아 있는 동안에 정다운 말소리를 실컷 듣게 하여라.

성순의 몸에는 또 경련이 일어난다. 일제히 놀람으로 둥그레지던 눈들에는 새로운 눈물이 고인다. 그러나 방 안은 고요하다. 그네는 소리를 내어서 울기를 그쳤다. 소리를 내어 울기에는 너무 슬픈 일인 것 같다. 그네는 몸으로 울기를 그만두고 마음으로, 영으로 울기를 시작하였다. 몇십 층 더 아픈 울음을, 몇십 층 더 뜨거운 눈물을 시작하였다.

단촉하지마는 부드럽게 들리는 성순의 숨소리는 일동의 마음을 깊은 애수에 침정(沈靜)하게 하였다. 가만히 만일 귀를 기울이면 벽의 흙과 서까래의 나무의 분자, 분자가 운동하는 소리조차 들릴 것같이 그렇게 일동의 마음은 침정하였다. 그 숨결은 마치 장마 뒤의 서풍과 같이 일동의 마음 하늘에 덮였던 검은 구름, 잿빛 구름을 말끔 몰아내었다. 그리하고 이 방 속에 이 집이 지어진 이후로 아마 한 번도 있어본 전례 없는 참사람의 일단(一團)이 되게 하였다.

21의 7

성순은 전의 어느 것보다도 더 심한 경련을 한다. 그리고 눈을 번쩍 뜨며 몸을 한 번 흔들고 민의 손을 힘껏 쥔다. 일동의 전신에 얼음 같은 전율이 번개같이 지나가고 말할 수 없는 공포가 정신을 그러쥔다. 그리고 부지불각에 일제히,

"성순아, 정신 차려라!"

하였다.

성순은 다시 눈을 스르르 감고 고개를 수그렸다. 그리고 헛소리 모양으로,

"죽음! 죽음!"

하였다. 일동은 아까보다 더한 전율과 공포를 깨달았다. 민은 한 손으로 성순의 턱을 받쳐서 그의 고개를 들며,

"성순 씨! 성순 씨!"

하고 두 번 불렀다.

"네."

하는 대답은 입술 안에 방황하는 듯.

"정신 차립시오!"

하고 한 번 몸을 흔들 때, 성순은 잠이 들었다가 깨는 듯이 깜짝 놀라 눈을 번쩍 뜨고 고개를 쳐들어 한 번 모친부터, 성훈 부인, 어멈, 성재, 민을 둘러보더니,

"저는 가요."

하고 방그레 웃는다.

"얘, 성순아, 정신 차려라!"

하는 모친의 말도 들은 듯 만 듯,

"어머니! 저는 먼저 가요. 아버지 계신 데로."

"가기는 어데를 가!"

"하느님께로!"

성재는 눈물을 흘리면서,

"오냐, 기쁘게 가거라. 하느님께로 가거라…… 짧은 일생을 우리가 들러붙어서 때리고 차고 못 견디게 굴었고나…… 기쁘게 자유로운 나라로 가거라!"

"가다니 어데를 가? 나를 두고 어데를 가?"

하고 모친이 성순의 손을 잡아당긴다. 그러나 성순의 호흡은 점점 더 단촉하여지고, 두 번에 한 번씩 혹은 세 번에 한 번씩 끊어지기도 한다. 성순은 자기의 의식이 점점 희미하여짐을 깨달았다. 그것을 깨달을 때에 그는 강렬한 생의 집착을 깨달았다. 그는 살고 싶었다. 죽기는 너무 이른

듯하였다. 벌써 죽기에는 이 세상은 너무 아까운 듯하였다. 사랑하는 사람들을 버리고 어덴지 모르는 데로 가는 것이 슬프기도, 무섭기도 하였다. 그래서 성순은 최후의 힘을 다하여 민의 손을 꽉 쥐며 억지로 눈을 떴다. 한 손은 민이, 한 손은 모친이, 한 다리를 성훈 부인이, 또 한 다리를 어멈이, 머리와 가슴을 민이 꼭 잡았다. 아무리 힘센 죽음의 신이 오더라도 아니 놓치려는 듯이 꼭 잡았다. 성순도 발을 벋디딜 대로 벋디디고 악을 쓸 대로 써보았다. 그러나 눈앞에 사랑하는 사람들의 얼굴이 번쩍 보인 뒤에는 그 얼굴들은 꿰뚫을 수 없는 어둠의 장막 속으로 들어가고 광명한 새 세계가 눈앞에 번뜻할 때에 정다운 소리들이 차차 멀어감을 깨달았다. 성순은 멀어지는 그 소리를 따라서 다시 돌아오려 하였으나 어느덧 그의 영은 세상의 고민과 비방과, 나중에는 독한 유산으로 타버린 낡은 집을 떠나 무궁한 자유와 사랑의 세계에 두둥실 나떴다. 아마도 그가 구름을 지나고 별들을 지날 때에 반드시 정든 지구를 다시금 돌아보고 "저는 가요!"를 불렀을 것이다. 그러나 그를 붙들고 있던 사람들에게는 그의 모양도 보이지 아니하고, 그의 소리도 들리지 아니하였고, 다만 조는 듯한 해쓱한 육체가 남아 있을 뿐이다.

반쯤 뜬 그의 눈은 지금도 등불을 반사하여 진주와 같이 반짝반짝 빛이 난다. 그 눈에는 사랑하는 사람들의 상이 꼭 박혀서 영원히 남아 있을 듯하였다. 민은 얼마큼 피곤과 고민의 빛을 띤 성순(이제도 성순이라고 할는지)의 얼굴을 물끄러미 보다가 전후를 불고하고 자기의 뺨을 성순의 뺨에 비비며 그 창백한 입술에 자기의 입을 꼭 대었다. 거기는 아직도 온기가 있었다.

성재는 벌떡 일어나면서,

"어머니, 사랑으로 나가십시오."

하고 어멈에게 눈짓을 하였다. 모친은 두어 번 반항하고 성순의 시체(이제는 그렇게 부르게 되었다)에 매어달리려 하다가 마침내 어멈의 어깨에 달려 사랑으로 나갔다.

"자, 이제 내려 누입시다."

하는 성재의 말에 민은,

"아니요, 잠깐만! 아직 체온이 남아 있어요. 아주 싸늘하게 식을 때까지나마 이렇게 안고 있게 하여줍시오!"

하였다.

성순의 눈은 여전히 반쯤 뜬 대로 어덴지 모르는 먼 곳을 보고 있다. 그의 싸늘한 손은 아직도 민의 손을 감아쥔 대로 있다. 그러나 그의 코에서는 다시 숨이 나오지 아니하고 그의 가슴이 영원히 잠잠하였다. 차차 더욱 창백하여가는 입술 틈에서는 무슨 뜻인지 빨간 피가 흘러내린다.

밤은 어느새 깊었던지, 이 서울 장안에 어느 집 닭이 소리를 높여 운다.

21의 8

성순의 얼굴은 덮지도 아니한 대로 가만히 베개 위에 놓였다. 곁에 앉았는 민과 성재의 눈에서는 끝없이 눈물이 흐른다. 성순의 생전의 일과 죽을 때의 모양을 생각하고는 울고, 울다가는 조는 듯한 성순의 얼굴을 보고, 보고는 또 울었다. 어멈과 모친은 사랑에 나가고 없고, 윗방에서 외로운 성훈 부인의 훌쩍훌쩍 우는 소리가 들린다. 새벽이 가까워 실내에는 음랭한 기운이 돌고 양등의 기름도 거의 다 졸아서 불이 그물그물하 건마는 아무도 그것을 깨닫는 이가 없다.

성재는 일어나서 이불로 시체를 덮고 병풍을 두르려 하였다. 그러나 민은,

"잠간 참읍시오. 아직 그 얼굴을 가리우지 말으셔요."
하였다. 아직 그를 시체라고 보고 싶지 아니하다. 그의 얼굴을 죽은 자의 얼굴이라고 보고 싶지 아니하다. 그 코에서 숨이 달아나고 두 뺨에서 붉은빛이 달아나고 몸에서 부드러움과 따뜻함이 달아났다. 그렇게 따뜻한 기름 모양으로 미끄럽게 흘러 다니던 피는 얼었다. 그러나 아직도 죽었다고 보고 싶지는 아니하였다.

그 얼굴은 이제 덮이면 영원히 덮이는 것이다. 평생 부드러운 사랑으로 빛나던 그 눈은 비록 감았다 하더라도, 깨끗한 눈물에 여러 번 젖었던 눈썹은 아직 남아 있지 아니하냐. 설혹 그것이 이미 시체라 하자. 생명이 빠져나간 빈집이라 하자. 그래도 근 이십 년간 사랑하는 사람이 들어 살던 집이라 하면 얼마나 정다우랴. 아아, 어떻게 차마 그 얼굴을 가리고 그 몸을 관에 넣고 그 관을 차디찬 흙 속에 묻으랴. 옛날 애급(埃及) 사람들 모양으로 시체에 약을 발라 영원히 썩지 않는 미라는 만들지 못한다 하더라도…….

민은 마치 자기를 잃어버린 사람 모양으로 망연히 성순의 얼굴만 보고 앉았다. 자기의 장부(臟腑) 속에서 몇 가지 중요한 것을 잃어버린 것같이 갑자기 공허함을 깨달았다. 천칭의 일방(一方)에 달렸던 추가 갑자기 없어진 때에 그것이 평형을 잃어 되는 대로 상하(上下)하는 모양으로, 민의

영(靈)은 안정을 잃고 구만리 장공에 떴다 잠겼다 하여 현훈(眩暈)이 생긴 듯하였다. 그러고 지금까지 꽃 피고 새 울고 일광(日光)이 조휘(照輝)하던 세계가 갑자기 잿빛 같은 광선으로 덮이고 불타고, 번번한 지구 위에는 자기만 혼자 올연히 서서 슬픈 노래를 부르는 듯하였다. 모든 희망은 양인(兩人)의 것이었고, 모든 계획은 양인의 것이었으며, 모든 기쁨, 모든 가치는 다 양인의 것이었었다. 그러하던 것이 이제 한편이 없어지니 그것들도 그를 따라서 없어지고 말았다. 그는 무슨 일에나, 무슨 경영에나 '우리 둘'을 주격으로 삼았었다. 그러나 이제는 없다. 영원히 없다. '우리'는 깨어져서 '내'가 되고 말았다. 다만 양인의 살과 같이 유합(癒合)하였다가 떨어진 자리가 일생을 두고 쓰라릴 뿐일 것이다.

성순을 매장하고 돌아와서 민이 지은 제문(祭文)을 쓰고 이 슬픈 이야기를 그치자.

성(性)아, 너는 갔고나, 마치
농(籠)에 갇혔던 새가 놓여
'자유, 자유' 하면서 외쳐
구름 속으로 높이높이

올라가듯이, 너는 갔다.
서리 나리기 전날 피는
국화와 같이, 아리따운
꽃이 피듯 말 듯 졌다.

쓸쓸한 하늘 길을 홀로
가는 네 신세나 쓸쓸한
세상의 사막에 고적(孤寂)한
짝 잃고 헤매는 몸으로

가는 내 정경(情境)! 아아, 성아!
어이 갔느냐, 아니 가든
못 하겠더냐. 가랴거든
함께 가든 못 하겠더냐.

내가 만일 네 뒤를 따라
한울 우에나 땅속에서
정녕 네 나라를 찾어서
찾기만 한다 하면, 아아.

당장 가겠다마는, 저리
수없는 별들 중에 뉘라
너 있는 별을 가리키랴.
벗 없는 땅에서 외로이,

밤마다 한울을 우러러
남에서 북, 동에서 서로
십이성좌의 별을 모도

헤며 부르고 헤며 불러!

성아, 듣거든 한마디나
'여기다!' 하여다오. 만일
영(靈)의 나래 있거든 매일
꿈의 수레를 타고 오라!

성아! 모든 희망과 기쁨
내게 있는 온갖을 말아
네 관에 넣고, 오즉 하나
가슴에 남은 것, 이 슬픔!

아아, 귀한 슬픔! 오즉
이것이 나의 재산이다!
세상의 끝까지 품에다
품을 기념이 이것! 오즉!

사람이 죽을까. 죽으러
생명이 났을까. 생명은
죽는다 하여도 사랑은
사는 것 아닐까 오히려?

『개척자』의 위상과 새로운 정본

정홍섭

『개척자』의 위상과 텍스트 문제

『개척자』(『매일신보』 1917. 11. 10~1918. 3. 15)는 한국 근대소설의 '개척자'인 춘원 이광수가 한국 근대소설의 효시라 일컬어지는 그의 첫 번째 장편소설『무정』(『매일신보』 1917. 1. 1~6. 14)에 이어 발표한 두 번째 장편소설인데, 이제까지는 연구자들 사이에서조차『무정』과의 대비 가운데 일반적으로 그 의미가 폄하되어온 만큼 대중에게도 잘 알려지지 않은 작품이다. 한 연구자가 정리하고 있듯이, 이러한 사정은 김동인의 평가(「춘원 연구」, 『삼천리』, 1935. 2) 이래 대부분의 '『개척자』론'에 해당하는 실정이며, 페미니즘에 입각한 몇몇 연구자의 호의적 평가가 예외로서 나타나고 있을 뿐이다. 이를테면 "『개척자』라든가 기타의 사소한 작품들은『무정』의 한갓 사족에 지나지 않는다."는 것이 이 작품에 대한 일반적 평가의 대표적 예이다.

그러나 일정한 한계 내에서나마 서구 근대과학의 수용과 독립된 존재로서의 여성의 자각이라는 주제를 한국 근대소설 최초로 매우 진지하게 제시하고 있는 이 작품이 이런 식의 극단적 평가 절하의 대상이 되어야만 하는지는 의문의 여지가 있다. 이 작품의 평가와 관련하여 한 가지 더 문제 삼아야 할 것은, 뒤에서 살펴보겠지만 이 작품의 경우 논의의 바탕이 되어온 텍스트 자체에 이미 근본적 결함이 있다는 사실이다. 부정적 관점에서건 긍정적 관점에서건 이 작품의 정확한 '실상'을 근거로 한 평가가 이루어질 수 없었다는 것이다.

해방 이후 남한에서 이 작품에 대한 평가가 대체로 매우 부정적이었음에 비해, 그 정치적·이념적 배경을 차치하고 볼 때 이광수 문학에 대한 북한문학사에서의 평가가 긍정적 방향으로 변화의 조짐을 보이는 가운데, 그 중심 근거 역할을 하는 작품이 바로 『개척자』임을 알 수 있다. 그러나 이 작품의 출간에 북한 체제의 이념 지향성이 강하게 작용함에 따라 북한 판본에서는 작품의 본래 내용이 훼손되거나 왜곡되는 부분이 적지 않게 발견된다. 뿐만 아니라, 이와 같은 문제와는 무관하게도 한자 오독 등의 단순 오류도 심각할 정도로 많이 발견된다.

이처럼 우선 연구자의 입장에서 보자면, 한국 근대문학 연구에서 일반적으로 지적될 수 있는 문제이기도 하거니와, 요컨대 이 작품 역시 남북한을 통틀어 '정평' 있는 텍스트가 부재하다. 일반 대중 독자의 입장에서는 문제가 더욱 심각하다. 쉽게 접할 수 있는 이 작품의 텍스트 자체가 부재하다고 해도 과언이 아니기 때문이다. 이것은 기존의 평가대로 이 작품이 『무정』에 비해 의미와 재미가 떨어지기 때문이었다고 볼 수 있을지도 모른다. 그러나 달리 보자면, 기존의 부정적 평가가 이 작품의 활발한 텍스트 출간을 방해하고, 그것이 다시 대중으로부터 이 작품을 멀리 떨어뜨려놓는 악순환의 결과 때문이었다고 볼 수도 있다.

새로운 '춘원 이광수 전집'에 실리는 이 새로운 정본 『개척자』는 바로 이와 같은 '오류'와 '부재'를 해결하기 위해 만든 것이다.

『무정』과 『개척자』의 연속성과 차이점

『개척자』가 『무정』 바로 다음에 발표된 춘원 이광수의 두 번째 장편소설이라는 점, 그리고 『무정』이 한국 근대소설사에서 차지하는 위치 때문에 『개척자』가 『무정』과 비교하에서 평가되고 폄하된다는 점을 생각할 때, 이 두 작품의 연속성과 차이점을 살펴보는 것이 『개척자』 평가에서 중요하다. 부자 관계 중심의 전통적 가족 구조에서 벗어나 부부 중심의 가족 구조를 새롭게 만들어내야 한다는 것이 『무정』에 담긴 자유연애사상의 근본이라 할 때, 『개척자』는 분명히 이러한 『무정』의 주제 의식을 계승하고 부연하는 성격의 작품이라 할 수 있다. 『무정』에서 형식과 선형의 관계를 비롯한 여러 가지 '사제 관계'가 그러한 신시대의 가치를 체득하기 위한 배움의 토대가 되는 것처럼, 『개척자』에서도 민(閔)과 성순 사이에, 그리고 성순과 성순의 여성 친구들 사이에 그러한 '사제 관계'가 아주 유사하게 나타난다.

그러나 두 작품 사이에는 중요한 차이점이 있는데, 이 차이점은, 춘원이 자신의 두 번째 장편소설을 쓰면서 첫 번째 기념비적 작품 『무정』과도 대비되는 특유의 중요한 요소로 의식한 면이라고 판단된다. 그것은 무엇보다도 『개척자』의 핵심 주인공이 김성순이라는 여성이라는 점이다. 『개척자』의 앞부분에서는 열악한 제반 조건 속에서 과학 실험을 하며 성과를 내기 위해 애쓰는 김성재가 이 작품의 주제를 이끌고 나갈 주인공인 것처럼 등장하지만, 한 연구자의 지적처럼, 그가 하는 실험이 무슨 실험인지 구체적인 설명도 없고, 그가 실험에 매진하는 것은 돈을 벌기 위한 것일 뿐 인류의 과학 발전에 대한 공헌까지는 기대하지 않는다 해도 식민지 지식인으로서의 책임감조차 찾아볼 수 없다. 성순의 '정신적 연인' 민(閔)도 작중 비중이 성순보다 훨씬 낮고, 『무정』의 이형식과 같은 '영웅적'인 면모도 없다. 이것은 『무정』에서 작가 자신을 분명히 연상케 하는 '시대의 선구자' 이형식이라는 남성 주인공이 압도적으로 부각되는 점과 대비된다. 반대로 『개척자』에서는 그만큼 김성순이라는 여성 주인공이 도드라진다.

> "우선 딸이란 무엇인지, 아내란 무엇이요 지아비란 무엇인지, 시집이란 무엇인지를 생각해보아야 하겠고, 무엇보다도 사람이란 무엇인지 생각해보아야 하겠다. 오른손으로 숟가락을 잡아야 한다고 부모가 가르쳐주었고 또 지금토록 그대로 실행하여왔으나, 어찌해서 숟가락은 오른손으로 잡아야 할 것인지 좀 생각해보아야 하겠다. 어찌해서 부모의 명령은 순종해야 옳고, 아내는 지아비의 소유물, 완롱물이 되어야 옳고, 어찌해서 이혼이 그르고, 이혼한 남자에게 시집가는 것이 그른지도 생각해보아야 하겠다. 내 두뇌로, 내 이성으로 생각해보아야 하겠다. 그리고 장차 오는 조선은 어떠한 조선을 만들어야 하고, 장차 오는 자녀들에게는 어떠한 생활을 주어야 할는지도 내가 생각해보아야 하겠다."

이것은 아마도 한국 소설에서 최초로 보는 '여성독립선언'일 것이다. 위 인용문이 담긴 이 작품의 '17의 2' 회가 『매일신보』에 실린 날이 1918년 2월 5일이고, 여성 작가 스스로 이와 같은 여성해방이라는 선구자적 주제 의식을 담은 나혜석의 「경희」가 같은 해 『여자계』 3월호에 발표된 것을 보더라도 『개척자』의 '선구적' 의미를 인정할 수 있다. 작가는 이러한 주제 의식을 독자의 심중에 더욱 강력히 각인하기 위해 성순이라는 여성 주인공이 스스로 생을 마감하는 것으로 이 작품에 비극성을 부여한 것이다.

기존 『개척자』 텍스트의 의의와 문제점

앞서 밝힌 바와 같은 기존 텍스트의 문제를 해결하기 위해 새로운 정본 『개척자』는 작가 생전에 발표된 텍스트를 비롯하여 이제까지 남북한에서 출간된 모든 주요 텍스트의 면밀한 검토를 바탕으로 만들었는데, 우선 각 텍스트의 의의와 문제점을 간략히 정리하면 다음과 같다.

① 『매일신보』 연재본(1917. 11. 10 ~ 1918. 3. 15. 76회분)

작가가 최초로 발표한 판본으로, 뒤에 간행된 단행본과 함께 작가의 창작 의도를 직접 확인할 수 있는 중요한 판본이다. 그러나 단행본을 통해 작가가 직접 변화를 주게 되는 교정 대상 판본이기도 하다. 단행본을 통해 이 판본의 오식이 바로잡히기도 하지만, 거꾸로 단행본에서 발견되는 오식은 이 판본을 통해 바로잡을 수 있기도 하다. '아래아'가 그대로 쓰이고 있는 등, 1910년대의 표기법을 확인할 수 있는 국어학적 자료가 되기도 한다.

② 홍문당서점 간행 초판본(1922. 12. 20)

『개척자』의 최초 단행본일뿐더러 이후 작가 생전에 간행된 단행본들 역시 이 판본의 내용과 다르지 않다는 의미에서 절대적 중요성을 지닌 판본이다〔검토 결과 홍문당서점 4판본(1924. 9. 20)과 회동서관 5판본(1930. 4. 30)은 이 초판본과 다르지 않았다〕. 이러한 중요성에도 불구하고, 기존 연구들이 이 판본을 근거로 삼지 않았기 때문에 더더욱 주목을 요하는 판본이다. 신문 연재본에서 보이던 '아래아'가 사라지는 등 불과 몇 년 사이에 나타나는 표기법의 변화를 살필 수도 있게 해주는 중요한 자료이다. 또한 사용 어휘와 내용 배치상의 변화 등에서 작가의 개작 의도가 일정하게 발견된다. 그러나 앞서 언급했듯이, 이 판본의 오류는 오히려 거꾸로 신문 연재본을 참조하여 교정해야 한다.

③ 삼중당 간행『이광수 전집』제1권(1962)
이제까지 확인한 바로는 해방 이후 남한에서 최초로『개척자』를 수록한 판본이며, 남한에서 이후에 간행된 모든 판본의 저본 노릇을 한 판본이다〔후대의 판본으로는 예컨대 우신사 간행본『이광수 대표작 선집』1권(1979)의 내용 역시 이 판본과 똑같다〕. 이 판본의 편집진(주요한·박종화·백철·정비석·박계주)이 그 저본을 밝히고 있지는 않으나, 신문 연재본을 기준 판본으로 하여 단행본 또한 일부 참조한 것으로 보인다. 따라서 남한에서 간행된『개척자』의 대표 판본이라 할 수 있다. 그러나 원문을 오독하거나 자의적으로 변경하는 등 크고 작은 수많은 오류를 내포하고 있는 판본이기도 하다.

④ 북한 문예출판사 간행『현대조선문학선집』8(1991, 1만 부 발행)
북한에서 간행된 유일한『개척자』판본으로 보이며, 앞서 언급한 대로 한국문학사를 바라보는 북한의 관점 변화가 반영되어 만들어진 것이다. 홍문당서점 초판본 또는 이와 같은 내용의 일제강점기 단행본을 원본으로 한 듯하며,『매일신보』연재본은 참조하지 않은 것으로 보인다. 그런

데 앞서 지적한 대로 이 판본은 대단히 심각한 온갖 문제를 다량 내포하고 있다. 그러나 이러한 문제점까지 포함하여, 이 텍스트는 오늘날 북한의 근대문학사 인식과 구체적 작품 연구 및 출판의 수준을 가늠할 수 있게 해주는 자료로서 중요한 의미를 갖는다.

기존 텍스트의 검토 결과로 얻은 정본 『개척자』

이상에서 알 수 있는 바와 같이 ①과 ②를 동시에 대비 검토하고 그 내용을 충실히 반영했을 때 작가의 본래 창작 의도와 작품의 맛을 온전히 전달할 수 있다. 그래서 새로운 정본 『개척자』는 ①과 ②의 내용을 충실히 대비하면서 ③과 ④의 문제점을 검토하는 작업을 동시에 하여 만들었다. 이것은 오늘날 독자들을 위해 최대한 가독성을 확보해주는 방향이기도 하다. 좀 더 구체적으로 말하자면, ①과 ②에 담겨 있는 원본의 고졸(古拙)한 맛을 살리기 위해 (한글 문체로 이루어진 『무정』과 매우 대조되는) 이 작품 특유의 수많은 중요한 한자어는 괄호 속에 병기하고 당대의 구어 등도 최대한 훼손하지 않음으로써, 남한의 텍스트를 대표하는 ③과 북한의 텍스트 ④의 문제점을 개선하여 완전히 새로운 판본의 『개척자』를 만들어내고자 했다. 이제부터는 그렇게 얻은 결과의 몇 가지 대표적 예를 들어보겠다.

기존 텍스트의 문제점 가운데에는 원본의 오류를 그대로 답습해서 생긴 오류가 가장 먼저 눈에 띄었고, 따라서 이러한 오류의 정정을 새로운 정본 『개척자』의 가장 큰 장점으로 꼽을 수 있다. 그 예를 들어보겠다.

"아직 날이 흐리고 눈이 날리지마는 여러 지붕의 설광(雪光)에 실내는 밝아서, 병인의 가슴이 자주 들먹거리는 것이며 양 변두(邊頭)의 동맥이 자주 뛰는 것까지(① 것신지, ② 것가티, ③ 것같이, ④ 것 같이) 보였다."

이 문장에서는 의미상 '것같이'보다는 '것까지'가 잘 들어맞는다. ③과 ④가 동시에 오류를 범하고 있는 예인데, 전자는 문맥을 정확히 따져보지 않았고 후자는 신문 연재본(①)을 참조하지 않아서 생긴 오류임을 알 수 있다.

"성순은 이에 울지도 아니하게 되고 정신이 쇄락(灑落)(① 洒落, ② 灑落, ③ 주락(酒落), ④ 쇄락)함을 깨달았다."

『개척자』에는 현재 잘 쓰이지 않는 한자어가 많이 등장하며, 한자 하나하나도 예스런 것들이 많다. 따라서 이 작품을 정확하게 읽는 관건 가운데 가장 중요하다고 할 수 있는 것이 한자와 한자어를 정확하게 읽어내는 일이다. 이 문장의 경우, ①에서 '洒落'으로 되어 있던 것을 ②에서 '灑落'('기분이나 몸이 상쾌하고 깨끗함'이라는 뜻)으로 고쳐 쓰고 있는데, 이 두 한자어는 서로 바꿔 쓸 수 있는 것들이며 『표준국어대사전』에도 둘 모두 나와 있다. 그런데 ③은 '洒'를 '酒'로 잘못 읽어 '주락(酒落)'이라는 엉뚱한 말로 바꿔놓고 있다(이로 볼 때 작가가 이러한 오독을 방지하기 위하여 단행본에서는 같은 뜻의 다른 한자로 바꿨을 가능성이 충분히 있다). 그러나 이 말은 사실 존재하지도 않으며, 그 뜻을 그대로 푼다 할지라도 본래의 것과는 완전히 상반된다고 할 정도로 잘못된 것이다. 이는 곧 ③이 ②를 제대로 참조하지 않은 채 만들어진 텍스트임을 보여주는 증거라 할 수 있다. 한편 ④는 한자를 병기하지 않아서 이 낱말의 뜻을 분명하게 이해하기가 힘들게 되어 있다.

단순히 한자어를 잘못 읽거나 비슷한 뜻의 다른 말로 바꿔 본래의 의미와 분위기를 훼손하는 경우도 있다.

> "비록 의지가 건강(堅强)한(① 堅强흔, ② 堅强한, ④ 긴장한) 대장부로도 가정과 세상의 압박을 견디기가 죽기보다 더한 큰 고통이어든(① ④ 고통이려든, ② 고통이려던), 하물며 어제 핀 꽃송아리(③ 꽃봉오리)와 같은 처녀가 어떻게 그 골수에까지 들어오는 고통을 감내하랴……."

이 경우를 보면, 우선 ④는 '건강'이라는 한자어를 '긴장'으로 잘못 읽는 오류를 범하고 있다. ③은 '꽃이나 열매 따위가 잘게 모여 달려 있는 덩어리'라는 뜻의 순우리말 '송아리'를, '망울만 맺히고 아직 피지 아니한 꽃'이라는 전혀 다른 뜻의 '봉오리'로 바꾸어 쓰는 잘못을 범하고 있다. 한편 위 문장에서 '이려든'이나 '이려던'은 예나 지금이나 적절치 않은 어미이므로, '～거든'이라는 뜻의 옛말 '～어든'으로 바꾸어주는 것이 적절하다고 판단된다.

위의 경우와 유사한 것으로서 고졸한 맛을 주는 표현들을 자의적으로 바꾸어 씀으로써 작품 본래의 모습을 훼손하는 경우 역시 바로잡았다.

> "어디(① 어듸, ② 어대, ④ 어데) 집에 붙어 있답디까? 어데(① 어듸, ② 어대, ③ 어디)를 다니는지 밤낮 밖에만 나가지."

이것은 작중에서 성재의 어머니가 하는 말인데, 이를 보면 당시에 '어디'라는 말과 '어데'라는 말의 의미를 뚜렷이 구별하여 사용했음을 알 수 있다. 즉, '어디'는 오늘날의 사전적 규정에서 보자면 '마음대로 되지 아니하여 딱한 사정이 있는 형편을 강조할 때 쓰는 감탄사'로 쓰이고 있고, '어데'는 '일정하게 정해져 있지 아니하거나 꼭 집어 댈 수 없는 곳을 가리키는 지시대명사'로 쓰이고 있다. 이것은 이 대목 이외에도 모든 용처에서 확인되는 당대의 규칙적 어법이므로 그대로 살려둘 필요가 있다.

> "성순의 눈앞에는 모친과 성재와 민과 변과 불쌍한 성훈 부인과 어멈의 얼굴이 환등에 비친 모양으로 쑥 떠 나온다(①② 써나온다, ③ 떠오른다, ④ 떠나온다)."

이 문장에 나오는 '떠 나온다'라는 표현은 요즘 쓰지 않는 것이지만, 당시의 고졸한 어법을 느낄 수 있게 해주는 말이므로 그대로 둘 필요가 있다. ④와 같이 '떠나온다'라고 쓰면 전혀 다른 의미가 된다.

새로운 정본 『개척자』는, 크게 보아 위와 같은 몇 가지 유형의 기존 텍스트의 오류와 문제점을 고치고 보완해서, 한편으로 작가 생존 당시의 본래의 작품 분위기를 최대한 복원하여 살리면서도 동시에 오늘날 독자들이 쉽고 흥미롭게 읽을 수 있도록 하기 위한 노력의 결과다. 즉, 먼저 기존 텍스트의 오류는 정확히 고치고, 시대 분위기와 작가의 의도를 최대한 살리면서도, 원본의 수정과 한자 병기는 최대한 자제하면서도 오늘날 독자가 쉽게 읽는 데 도움이 되도록 적절히 했다. 특히 한자어를 비롯한 어려운 어휘는 『표준국어대사전』을 찾아보는 것만으로도 대부분 이

해할 수 있도록 작업했다.

100주년을 맞은 『개척자』와 새로운 정본 『개척자』의 의의

춘원 이광수의 『개척자』가 발표된 지 지난해로 꼭 100년이 되었지만, 이 작품은 오랜 세월 동안 제대로 된 평가를 받지 못했을 뿐만 아니라 그러한 평가의 기본 조건이 되는 작품 자체를 정확한 본래 모습으로 편찬하는 작업도 이루어지지 못했다. 그러다 보니 일반 독자들은 이 작품을 접하는 것조차 쉽지 않았다. 현재 출간되어 있는 이 작품의 텍스트로는 종이책은 전혀 없고 전자책이 몇 종 있는데, 그조차도 어느 판본을 가지고 만든 것인지 확인할 수 없다. 이러한 사실이 그간 이 작품이 어떻게 취급되어왔는지를 단적으로 보여준다.

그러나 이 작품은 『무정』의 작가 춘원 이광수의 두 번째 장편소설이라는 위치에 걸맞은 나름의 의미와 재미를 담고 있다. 특히 여성해방을 향한 여성의 자각을 그리는 면에서 이 작품은 가히 '개척자'라 할 수 있다. 이 주제 면에서 이 작품이 다른 작가들에게 끼친 영향이 작지 않았을 것임을 충분히 추론해볼 수 있다. 또한 한국어 어휘와 문장을 다루는 재능이 남다른 춘원의 진면목이 이 작품에서도 뚜렷이 나타난다. 이 작품이 지닌 재미의 원천이 무엇인지 찾아보는 것도 독자들에게 흥밋거리가 될 것이다.

기존 판본들의 문제점을 꼼꼼히 살펴 새로이 만들어낸 정본 『개척자』는 바로 이러한 의미와 재미를 제대로 전달하기 위해 탄생한 것이라고 자부한다. 한편 『개척자』와 관련하여 특기할 만한 사실은, 앞에서 확인했듯이 남한 판본과 북한 판본 모두에서 심각할 정도의 오류들이 발견된다

는 점이다. 따라서 새로운 정본 『개척자』는, 남북한 공히 앞으로 어떤 문
학작품의 정본을 만들 때 어떤 기준과 원칙하에 텍스트를 만들어야 할지
를 가늠해보는 시금석 역할도 할 수 있을 것이라 기대한다.